KB187967

# 열구

그때 우릴 미치게 했던 야구

NEKKYU

by Kiyoshi Shigematsu

Copyright ⓒ 2002 by Kiyoshi Shigematsu

All rights reserved.

First published in Japan in 2002 by TOKUMA SHOTEN PUBLISHING CO.,LTD.,Tokyo.

Korean translation rights arranged with SHINCHOSHA Publishing Co.,Ltd.

through Gaon Agency, Seoul

Korea translation copyright ⓒ 2010 by it Book Publishing Co.

이 책의 한국어판 저작권은 가온 에이전시를 통한
Shinchosha Co.와의 독점계약으로 도서출판 잇북에 있습니다.
신 저작권법에 의해 한국 내에서 보호를 받는 저작물이므로
무단전재와 무단복제를 금합니다.

이 도서의 국립중앙도서관 출판시도서목록(CIP)은
e-CIP홈페이지(http://www.nl.go.kr/ecip)에서 이용하실 수 있습니다.
(CIP제어번호 : CIP2010002508)

熱球

# 열구

그때 우릴 미치게 했던 야구

시게마츠 기요시 장편소설

김대환 옮김

잇북
it BOOK

I

# 1

닷새를 잤다. 처음 하루는 지독한 숙취, 다음 날은 심통이 나서 누워 버렸고, 오늘부턴 힘내야지 하고 스스로에게 말한 셋째 날에는 열이 나서 화장실 외에는 이불 밖으로 나오질 못했다.

요 몇 달 동안 쌓인 피로가 한꺼번에 밀려왔다. 도쿄에 있을 때는 정신없이 바빠서 깨닫지 못했지만 역시 피곤했었나 보다.

엿새째 아침, 새벽녘의 서늘한 기운에 눈을 떴다. 순간 내가 어디에 있는지 몰라 누워서 주위를 둘러보았다. 창문 위치가 다르다. 가구가 없다. 텅 빈 방 한가운데에서 침대도 아니고 바닥에 이불을 깔고 누워 있었다.

"아아, 그렇지……."

목소리를 내어 중얼거리고, 쓴웃음을 짓고, 숨을 한 번 내쉬었다. 머릿속으로 여덟까지 세고 몸을 일으킨다. 파이팅 포즈를 취할 만큼 기운이 있는 것은 아니지만 열은 내려간 것 같다. 러닝셔츠의 등이 땀으로 젖었고, 파자마도 축축하니 무겁다.

문 옆에 여행 가방과 택배 상자가 세 개. 포장을 뜯은 상자 안에 갈아입을 옷이 들어 있을 것이다.

휘청거리며 일어난다. 파자마와 셔츠를 벗고, 부르르 몸부림을 치고, 상반신을 벗은 채 창가에 섰다. 아직 커튼을 달지 않은 창이 뿌옇게 흐려져 있고, 그 너머로 도쿄보다도 30분 늦은 아침을 맞이하려는 하늘이 펼쳐져 있다.

잠금장치를 풀고 창을 연다.

고향이 있다.

산줄기가 있고, 거리가 있고, 항구가 있고, 바다가 있다.

도쿄에서는 비행기를 타고 왔다. 산을 깎아 만든 공항에서 리무진 버스로 시내로 나와 택시를 타고 집에 도착한 것이 해질녘이었다. 방에 짐을 놓고, 창을 열고 경치를 감상할 새도 없이 마사오 외삼촌이 찾아와 술을 마시고 말다툼을 벌이다가 멱살잡이 직전까지 간 끝에 술에 취해 곯아떨어져서 오늘 아침에 이른다.

"돌아왔어."

고향 거리에 늦게나마 인사를 했다. "내가 돌아왔다고." 이어지는 목소리가 조금 갈라졌고, 다시 한마디 "이제 됐지?" 하고 덧붙이려다가 재채기가 튀어나왔다.

옷을 갈아입고 여행 가방에서 노트북을 꺼냈다. 상인방上引枋에 걸어놓은 재킷 주머니에서는 휴대전화를 꺼냈다. 거의 일주일 만에 문자를 체크한다. 이렇게 오랫동안 문자를 체크하지 않은 것도 오랜만······ 아니 어쩌면 처음일지도 모른다.

휴대전화에는 문자가 거의 오지 않았을 것이다. 도쿄를 출발하기 직전에 번호를 바꿨다. 개인적으로 친한, 그것도 아주 친한 사이가 아니면 가르쳐주지 않았다.

착신 문자는 세 통.

—힘내. 제수씨한테 사정 얘긴 들었어. 쓸데없는 말은 하지 않겠지만, 어쨌든 건강 잘 챙기고 힘내라고. 안정되면 연락 줘.

대학 때부터 친하게 지낸 다니가와에게서 온 문자였다.

두 번째는 도쿄 회사에서 가장 많은 신세를 진 구와바라 선배.

—너한테 자극받아서 나도 다음 달 말에 그만두기로 했다. 독립할 거야. 널 고민하게 할 생각은 없지만 사무실이 마련되면 연락할게. 다시 한 번 너와 콤비를 이뤄 일하고 싶다.

다니가와의 얼굴, 구와바라 선배의 얼굴을 각각 떠올리면서 불과 일주일 사이에 도쿄에서의 생활이 의외일 정도로 멀게 느껴진다는 것을 깨닫고 그 의아함에 고개를 갸웃했다.

세 번째는 아내 가즈미에게서 온 문자였다.

—걱정이네. 미나코에게서 문자 받았어. 첫날부터 마사오 외삼촌과 크게 싸웠다면서? 기분은 알겠지만 앞으로 시간도 많은데 너무 화내지 마. 칼슘 꼭 챙겨 먹고.

수신 일시는 어제 한밤중이었다. 보스턴과의 시차를 계산해보고 열네 시간쯤 나는 것 같아 답장을 보내지 않고 대기 화면으로 돌아갔다.

다음은 노트북. 이쪽의 착신 메일은 200건 이상이었다. 하루 평균 30건. 회사 메일 주소는 퇴사와 함께 말소되었으니까 모두 개인 메일로 온 것이었다. 업무 관련 메일도 상당수가 있었지만 제목만 보고 삭제했다. 정기적으로 발송되는 메일매거진이나 뉴스 류는 일일이 체크하고 모두 수신 거부를 했다.

브라우저에 남은 메일은 단 한 건이었다. 가즈미에게서 온 메일. 나와 미나코가 도쿄를 떠난 날 송신된 조금 긴 메일이었다.

제목은 '미나코를 잘 부탁해'.

―벌써 비행기를 탔겠지? 여긴 연일 차가운 비가 내리고 있어. 아직 10월인데 어젯밤엔 영하로 떨어지더군. 한겨울엔 어떨지 생각하니 벌써부터 걱정이야. / 당신한테 이사 간다는 말을 듣고 한 달 동안 많은 생각을 했어. 솔직히 회사를 그만두는 것이나 미나코의 학교 문제도 포함해서 '괜찮을까……?' 하고 걱정되는 부분도 없는 건 아니지만, 내 자신이 멋대로 구는 여자이니 피차일반이지. / 미나코가 당신을 따라간다고 결정한 것은 꽤 충격이었지만, 그 아이도 나름대로 생각하고 결심했을 테니 더 이상 아무 말 않을게. 시골에서 살면서 생야채와 통생선을 먹을 수 있게 되면 다행이고(^.^). / 시골에서의 생활, 당신이 앞으로 할 일, 사소한 것이라도 상관없으니까 메일로 자주 알려줘. 가끔은 전화도 하고. 나도 메일이나 전화를 종종 할게. / 1년 전에는 생각도 못했던 상황이 되어버렸지만, 뭐 이것도 인생이려니 생각해야겠지. 몸은 떨어져 있지만 마음은 통한다고 믿어. / 나는 말이지. / 그럼 또 연락할게.

보관 파일에 넣었다.

분명 이것도 인생이리라.

우린 대학 동급생이었다. 열여덟 살에 만나 스물다섯 살에 결혼하고, 지금은 서른여덟. 서로 '인생'이라는 말을 스스럼없이 하게 되었다는 것이 조금 우습기도 하고, 쓸쓸하기도 한 묘한 기분이 든다.

앞으로 몇 년만 지나면 그때는 '청춘' 따위의 말을 우쭐대지 않고 말할 수 있게 될 것이다. 백퍼센트의 그리움을 담아 멋대로 추억을 미화시켜가면서.

아저씨와 아줌마의 완성이다. 이것도 인생이리라.

가즈미에게 답메일을 썼다. 생각했던 것보다 글이 길어졌다.

—메일 잘 봤어. 휴대전화 문자도 받았고. / 마사오 외삼촌 일은 걱정하지 않아도 돼. 늘 그렇듯 술에 취하셔서 내게 화를 내신 것뿐이니까. 어렸을 때부터 어쨌든 날 마음에 들어 하지 않으셨잖아. / 퇴직과 이사 등등, 지난 몇 달 동안 이런저런 일들로 쌓인 피로가 한꺼번에 몰려와서 한동안 이불 속에서 나오지도 못했지만, 오늘부터 일상으로 복귀할 생각이야. 미나코도 새 초등학교에 데리고 가야지. 그 녀석은 적응을 잘해서 별 걱정 없어. / 아버지께선 부쩍 더 늙으신 것 같아. 주름이라든가 흰머리도 그렇지만 뭐라 말씀을 드려도 반응이 왠지 둔해진 것 같고, 이미 반쯤은 어머니 곁에 가 계신 건지도 몰라. 후후, 농담이야. / 난 걱정하지 마. 일도, 퇴직금과 실업보험이 있어서 한동안은 놀면서 지내볼 생각이야. 뭐랄까, 인생의 점심 휴식을 받은 기분이랄까. 문득 네가 점심시간에 도서관에서 책을 읽던 게 생각나더라. 비유를 하자면 그런 느낌이지. 새로운 생활로 인해 받는 스트레스는 네가 더 많아 보이니까, 정말이지 무리하지 마. 내년 여름에 서로 어떻게 돼 있을지는 모르지만, 뭐 어차피 앞일은 생각해봤자 소용이 없으니까, 지금은 눈앞의 생활에 집중하려고 해. / 다니가와와 구와바라 선배에게서도 문자 받았어. 구와바라 선배는 다음 달에 독립한다네. 이런 불황에 괜찮을지 좀 걱정은 되지만, 저마다 제 갈 길이 있는 거니까. / 보스턴의 늦가을 날씨도 꽤 추운 것 같은데, 여기도 엄청 추워. 낙엽은 벌써 다 떨어졌

고. 이제 1, 2주 안에 첫 눈이 올 것 같아. / 그럼 또 연락할게.

다시 읽어보지 않고 '보내기' 버튼을 클릭했다.

지구 반대쪽을 향해 메시지가 날아간다.

여름부터 몇 번…… 몇 십 번을 되풀이한 동작이다. 가즈미가 보스턴으로 떠난 것이 7월이니까 벌써 석 달 반, 한 번도 얼굴을 보지 못했다. 회사를 그만두는 것도, 도쿄에 있는 아파트를 정리하고 귀향하는 것도, 모두 메일과 국제전화로 연락했을 뿐이다. 가즈미는 줄곧 냉정했다. 이야기를 꺼낸 것도 나고, 결론을 낸 것도 난데, 실제 주도권은 처음부터 끝까지 가즈미가 쥐고 있는 것 같은 기분이다.

가즈미는 내년 여름까지 보스턴의 대학에서 미국 이민사를 연구한다. 재직 중인 사립 여대에서 특별연구원으로 파견되었다. 본인의 표현을 빌리면 '휴가나 다름없는 연구비 지원 유학'이다. 귀국해서 논문을 제출하면 조교수에서 교수로 승진한다. 그때의 '우리 집'이 어디가 될지 지금은 아직 알 수 없다.

노트북을 닫고 여행 가방과 택배 상자의 짐을 정리하기 시작했다. 도쿄에서 쓰던 가구나 생활용품은 대부분 트렁크 룸(렌탈 수납공간—옮긴이)에 맡겨놓았다. 귀향한 날 밤 마사오 외삼촌이 술에 취해 화낸 것은 그 때문이었다.

"결국엔 잠깐 들른 거 아이가." 걸걸한 목소리로 말씀하셨다. "잠깐 대를 이을 것처럼 효도 흉내를 내고 나면 도쿄로 돌아가겠지." 정곡을 찔렀다.

아버지는 말없이 차가운 니혼슈(日本酒)를 후루룩거리며 마시고 계셨다. 마사오 외삼촌의 말에 찬성하는 모습은 아니었지만, 그렇다고 말릴 생각도 없이 그저 말없이 멍하니 텔레비전을 보면서 술을 마시고 계실 뿐이었다.

짐 정리가 대충 끝났을 때 노크 소리가 들렸다. 돌아보고 대답도 하기 전에 미나코가 얼굴을 들이밀었다.

"아빠, 열은 내려갔어?"

"응, 이제 괜찮아. 걱정하지 않아도 돼."

"별로 걱정하진 않았지만, 아빠 그거 알아? 아빠가 헛소리하면서 계속 엄마 이름 불렀어. 가즈미…… 돌아와줘…… 하고."

"거짓말."

"맞아, 정말이라고."

"시끄러워. 그보다 너, 짐은 다 정리했어?"

"벌써 다 했지."

"뭐 부족한 건 없었어?"

"있었어."

미나코는 시원하게 대답하고 과장된 목소리와 몸짓으로 말한다.

"어, 엄, 엄마의 사랑이 필요해……."

난 택배 상자에서 벗겨내 둥글게 말아놓은 포장 테이프를 미나코에게 던졌다. 미나코는 "얍." 하고 뒤로 점프했지만, 테이프는 꽃무늬 자수를 놓은 칠 부 바지 자락에 그대로 붙어버렸다.

"오늘 쇼핑하러 갈 거니까 부족한 거 체크해놔."

"새 학교에는?"

"쇼핑하기 전에 들를 거야. 인사하고 교과서도 받아야지."

*연구*

"으~ 긴장된다."

몸서리치는 동작을 해 보이고 깔깔깔 웃는다. 명랑한 여자아이이다. 초등학교 5학년. 깜짝 놀랄 정도로 어른스런 말투를 쓰는가 하면 맥이 탁 풀리는 유치한 모습을 보일 때도 있다. 지난 몇 개월 동안은 부모의 방황이나 동요를 고스란히 보면서 우울해하는 날도 많았지만, 일단 결정이 나면 마음을 다잡고 적극적으로 바뀐다. 그런 점은 가즈미를 쏙 빼닮았다.

"할아버지랑은 좀 친해졌니?"

"으응, 그런데 사투리라 무슨 말인지 잘 못 알아듣겠어."

"적당히 '응, 응.' 하고 대답하면 돼."

"그게 뭐야."

눈을 살짝 흘기고 테이프를 되던진다. 스웨터의 등에, 오른손으로도 왼손으로도 잡을 수 없는 애매한 곳에 붙었다.

"엄마한테는 메일 왔어?"

"오긴 했는데, 미나코 너 왜 쓸데없는 얘길 했어? 엄마가 걱정하잖아."

"작은 할아버지랑 싸운 거? 그건 어쩔 수 없었어, 나 정말 화났다구. 그래, 이거야 이거."

오른손 팔꿈치를 구부려 팔을 세우고, 손등을 보인 채 가운뎃손가락만 쭉 펴고, 팔꿈치 안쪽의 조금 윗부분을 왼손 집게손가락과 가운뎃손가락으로 손목 치기를 하듯 두드린다. '퍼큐fuck you!' 포즈. K-1과 힙합의 열혈 팬이기도 하다.

"하지만 뭐 괜찮아. 얘긴 했어도 위험한 건 쓰지 않았으니까."

"위험한 거?"

"그러니까, 그거, 술에 취해서 엄마에 대해 시끄럽게 떠든 거."

"⋯⋯아아."

마사오 외삼촌은 내가 하는 일은 뭐든 마음에 들어 하지 않는다. 옛날부터 그랬다. 고향 국립대학이 아니라 도쿄의 사립대학에 진학한 것부터 시작해서 도쿄에 있는 출판사에 취직한 것, 한마디 상의도 없이 가즈미와 결혼한 것, 결혼 후에도 가즈미가 일을 그만두지 않은 것, 가즈미가 일할 때 결혼 전 성을 계속 쓰는 것, 미나코를 낳고도 가즈미가 일을 그만두지 않은 것, 아이는 하나면 된다고 정한 것, 대를 잇는 것 따위 의미가 없다고 생각한 것, 미나코를 기독교계 사립 초등학교에 입학시킨 것, 가즈미가 부부 별성 운동에 찬성하는 코멘트를 신문에 발표한 것, 내가 편집하던 잡지가 고향 지역구에서 선출된 여당 국회의원의 스캔들을 폭로한 것, 가즈미가 보스턴으로 유학을 떠난 것, 내가 그걸 허락했다는 것⋯⋯.

마사오 외삼촌은 어머니의 동생이다. 술에 취해 시비를 걸 때의 가시 돋친 말은 어머니의 본심이기도 했다. 외삼촌의 말버릇인 "니 어머니 마음도 생각해라."가 그날 밤은 "어머니도 하늘나라에서 울고 계실 기다."로 바뀌었다. 그 한마디를 듣고 난 뒤로 갑자기 취기가 오르는 기분이었다.

"외삼촌이 무슨 생각을 하시는지 나도 모르겠다. 너도 너무 신경 쓰지 말고 그냥 지켜봐."

난 등으로 손을 돌려 테이프를 찾으면서 말했다.

"하지만 어젯밤에도 할아버지한테 전화가 왔었단 말이야."

"괜찮아, 신경 쓰지 마. 그보다 등에 붙은 테이프나 떼어줘. 손이 전혀 닿질 않네."

억지로 떼려다가는 등 근육이 경련을 일으킬 것 같다.

미나코는 할 수 없지, 하고 테이프를 떼어주었다.

"아빠, 몸이 너무 굳은 거 아냐?"

"어쩌겠냐, 이제 곧 마흔인데."

"아아, 이제 우리 아빠도 아저씨가 다 됐네."

허탈해하며 웃던 미나코의 표정이 갑자기 굳어졌다. 무언가를 떠올린 표정이다. 좋지 않은 일을 떠올린 표정이기도 하다.

"야구부에 대해서 나 처음 알았어."

"응······."

시선을 피했다. 고개를 숙인 탓에 목소리가 분명치 않다.

"왜 여태 말해주지 않았어?"

"뭐 별로 재미있는 얘기도 아닌데."

"재미없어도 소중한 추억이잖아."

맞는 말이다. 수다쟁이 마사오 외삼촌을 원망할 일도 아니다. 미나코가 철들 무렵부터 내가 부탁한 것도 아닌데 아버지와 어머니는 그 일에 대해 한마디도 하지 않는 과묵함 쪽을 택했다.

"준우승도 정상적인 준우승이 아니었잖아."

"······글쎄."

"나 쭉 친구들한테 자랑했단 말이야. 아빠가 고시엔甲子園(일본의 전국 고등학교 야구 선수권 대회—옮긴이) 대회에 출전할 수 있는 기회를 바로 한 걸음 앞에서 놓쳤다고."

"바로 한 걸음 앞에서 놓친 건 맞지."

억지로 웃어 보였지만 오히려 자조적인 웃음이 되어버렸는지도 모르겠다.

잠깐 사이를 두었다가 미나코가 말했다.

"새 학교에서는 그 얘기 하지 말까?"

나는 말없이 고개를 끄덕였다.

"작은 할아버지가 요전에 아빠 잘 때 말씀하셨어. 아빠가 만약 고시엔 대회에 출전했다면 인생이 달라졌을 거라고."

이번에는 말없이 고개를 젓고 빈 택배 상자를 난폭하게 접었다.

"도쿄에 갈 일도 없었을 거라고…… 심하게 말씀하셨어. 그랬다면 엄마를 만나지도 않았을 거고 나도 태어나지 않았겠지? 정말 작은 할아버지는 최악이야."

말하는 동안 화가 치밀었는지 미나코는 다시 포장 테이프를 내 등에 던지고 방을 나갔다. 테이프는 이번에도 정확하게 손이 닿지 않는 한가운데에 붙었다. '비운의 에이스'라 불린 소년의 피를 외동딸이 물려받았는지도 모르겠다.

# 2

혼슈本州(일본 열도의 주되는 가장 큰 섬—옮긴이)의 서쪽 끝에 있는 인구 10여만 명의 항만도시이자 성시城市인 스오周防 시가 온통 들썩였던 20년 전 여름.

구舊제도의 중학교부터, 아니 정확하게는 한코藩校(제후들의 자제를 교육하던 학교—옮긴이)부터 이어져 내려온 100여 년의 전통을 자랑하는 현립 스오

고교, 사람들은 슈코周高라 부르는 그 학교가 여름의 고시엔 대회 지역 예선을 거짓말처럼 연전연승하고 있었다.

그래 거짓말처럼.

당사자가 말하는 것이니 틀림없다.

시에서 첫 번째, 현 내에서도 다섯 손가락 안에 드는 명문 고등학교이다. 야구부도 당시에 6, 70년 가까운, 아니 좀 더 될지도 모르는, 어쨌든 오랜 역사를 자랑하고 있다.

단지 약할 뿐이다.

당사자가 말하는 것이니 정말로, 틀림없이 약체였다.

역대 전적은 지역 예선 8강이 최고이고, 그것도 구제도의 중학교 때 이야기이다. 내가 철이 들고 난 후로는 3회전에 진출한 적이 한 번도 없었다. 전통 있는 학교인 만큼 응원단은 빵빵했고, OB를 중심으로 한 시내 어른들도 줄지어 현립구장으로 뛰어갔다. 그러나 죽자고 연습한 응원을 펼쳐 보일 기회는 한 경기 내지 두 경기가 고작이었다. 여학생들이 나눠서 접은 필승 기원 종이학은 새 것으로 고스란히 승리한 고등학교에 바쳐졌다. "슈코는 종이학만 잘 만들어." 하고 언제나 조롱당하곤 했다.

그해도 결코 강팀은 아니었다. 주전 멤버 아홉 명 중 세 명은 중학교 때 후보였다. 부동의 4번 타자는 중학교 때 7번밖에 치지 못했다. 등번호 1을 배정받은 에이스도 본인은 정면 승부를 하는 빠른 볼 투수인 체해도, 고시엔 대회에 항상 진출하는 세토 학원의 후보 투수가 던지는 견제구보다도 느리지 않느냐는 것이 한결같은 평판이었다.

아니 그건 평판뿐만이 아니라 만약 스피드건으로 측정해보았다면 틀림없는 소리일 것이다.

당사자가 말하는 것이니까 여하튼 그렇다는 것이다.


"그렇게 자학하듯 말하지 않아도 되잖아."

미나코는 어이없다는 표정으로 웃고, 올해 생일 때 사준 Baby—G의 문자판을 보며 "아직 5분밖에 지나지 않았어." 하고 한숨을 쉬었다.

시내 중심가로 가는 버스가 올 때까지 앞으로 15분. 버스 시간을 너무 안이하게 계산했다. 버스의 배차 수가 옛날에 비해 줄었다는 얘기는 들었지만 아침 10시 무렵에 시간 당 석 대밖에 다니지 않을 거라고는 생각지 못했다.

"모두 자가용으로 출퇴근하나?"

"그럼, 우리도 차 사면 되잖아. 그럼 훨씬 편할 텐데."

"글쎄……"

도쿄에서는 도심부 아파트에서 살았다. 비좁긴 했어도 대신 교통편은 좋았다. 평소 생활은 지하철로 충분히 볼일을 보았다. 가끔 멀리 나갈 때는 렌터카를 활용했다. 유지비나 주차장 비용을 생각하면 그 편이 훨씬 나았고, 목적이나 행선지나 기분에 따라 차종을 바꾸는 자유로움도 언론인 남편, 학자 아내, 기독교계 초등학교에 다니는 외동딸이라는 조합에는 안성맞춤이었다.

하지만 여긴, 몇 번이라도 재확인하는 게 나은, 익숙한 도쿄가 아니다.

"택시도 전혀 오지 않네."

"이 근방에 일반 택시는 다니지 않아. 모두 전화로 불러."

"엄청 불편해."

"그래도 그게 일상이야, 이 동네에서는."

대답하고, 휴우 숨을 내쉬고, 역시 차가 없으면 불편하구나 하고 생각했다. 우리 집에도 구식 세단이 한 대 있기는 하지만, 그 차는 일주일에 사흘, 촉탁직嘱託職으로 조선소에 다니는 아버지가 쓰고 있다.

"나중에 시간 나면 중고차 매장에 들러볼까?"

"새 차로 사면 안 돼?"

"부담스러워."

내년…… 하고 계속하려다 입을 다물었다. 거의 무의식중에 나올 뻔한 '내년 여름에는 도쿄로 돌아갈지도 몰라.'라는 말을 삼켰다.

어색한 말투를 어떻게 받아들였는지 미나코는 "그런가." 하고 분별 있는 척 고개를 끄덕이고 있었다. "실업자니 사치는 금물이겠지."

"실업자 아니야. 이런 걸 재충전이라는 거야."

"그거나 이거나. 그래서 야구부는 어떻게 됐어? 그렇게 약한 팀이 어떻게 결승까지 간 거야?"

난 가볍게 고개를 끄덕이고 담배를 물었다. 라이터의 작은 불꽃은 산에서 불어오는 차가운 북풍을 맞고 몇 번이나 중간에 꺼져버렸다. 흐릿한 하늘. 가을의 끝이라기보다 겨울의 시작을 말하는 구름의 색이다. 차보다 팬히터를 먼저 사는 게 좋을지도 모르겠다.


우리는, 고교구아高校球兒(야구에 열정을 바치는 고교생을 특정지어 부르는 말—옮긴이)라면 누구랄 것 없이 고시엔 대회를 동경하고 있었다.

하지만 그것이 결코 목표는 아니었다.

꿈과 목표는 닮은 것 같지만 다르다. 꿈을 꾼다는 것과 목표로 삼는다는 것은 미묘하게 다르다.

두 기수 위 선배는 창단 이래 두 번째 8강을 목표로 했다가 2회전에서 콜드로 졌다. 한 기수 위 선배는 과감히 고시엔 대회 진출을 목표로 내걸었지만 첫 게임에서 졌다. 그런 만용을 부리지 않겠다는 반성과 야구부원들의 구성을 감안하여 우리는 어디까지나 겸손하게 현실적인 목표를 세웠다.

1회전 통과.

그 목표는 간신히 달성할 수 있었다. 대진 운이 좋았다. 슈코의 1회전 상대는 2년 전에 개교한, 그러니까 야구부원이 1학년과 2학년밖에 없는 사립학교였다.

"그럼 낙승한 거야?"

텅 빈 버스 맨 뒷좌석에 앉아 미나코가 묻는다.

"그렇지도 않았어. 4대 2였으니까 정말로 아슬아슬했지."

"상대는 3학년이 없었는데도?"

"슈코가 그 정도로 약했어."

승리의 가장 큰 원인은 상대 팀이 딱 아홉 명이었는데 그중 4번 타자 겸 포수가 시합 중에 손가락을 삔 것이었다. 그것까지는 말하지 않았다.

"2회전은 어땠어?"

"이번에도 접전이었어. 마지막 회에서 상대의 동점 스퀴즈를 피하고 간신히 이겼어."

"대단하네."

"전혀 대단하지 않아. 몸쪽 높은 곳을 노리고 던졌는데 빗나가서 바깥쪽의 터무니없는 곳에 떨어지는 바람에 배트가 닿지 않았던 거야. 아빠 컨트롤이 조금만 더 좋았다면 틀림없이 동점이 됐을 거고, 종반의 기세였다면 연장에서 역전당했을 거야."

"뭐 그래도 포수가 몸쪽으로 달렸다가 그런 공을 받았으니 대단한 거지. 이심전심인가?"

"……사인 미스."

"응?"

"그 녀석은 바깥쪽 낮은 곳으로 빠지는 커브를 달라고 했지만 아빠가 몸쪽 높은 곳의 빠른 볼로 착각한 거야. 이제 마지막이라고 전력으로 직구를 던졌는데…… 다른 투수의 공이었다면 슬로 커브를 기다리던 포수가 잡을 수 없었겠지만 어쨌든 내 볼은 견제구보다 느리니까."

배터리를 이룬 친구의 얼굴이 떠오른다. 여드름을 짠 자국이 늘 빨갛게 부어 있는 동그란 얼굴. 이름이 진노였다. 진노 부타(돼지). 모두가 줄여서 진부라고 불렀다. 중학교 때는 1루수였지만 "표적이 크면 던지기 쉽다."는 이유만으로 포수로 바뀌었다. 그런 수준의 팀에서 진노는 7번 타자였다. 타격은 나쁘지 않았지만 발이 느리다. 야구부가 창설된 이래 유례가 없는 코미디라고 모두가 웃었던, 공식 시합에서 세 번의 우익수 앞 땅볼 아웃은 지금도 깨지지 않는 기록이리라.

"뭐랄까 이건……." 미나코가 조금 미안하다는 듯 말했다. "동네야구 같아."

"맞아." 하고 나는 웃었다. 솔직히 인정한다. 당시 우리 팀의 야구 수준은 동네야구와 같았다. 슈코 야구부가 동네야구 팀이 아닌 것은 단 하나, 고시엔 대회라는 꿈.

"그럼, 다음 시합은 어땠어? 조금은 정상적이었어?"

"……3회전은 더 동네야구 같았어."

상대 팀은 에이스를 올렸지만 최악의 컨디션이었다. 첫 회에 사사구와 포일, 폭투, 견제 악송구로 요컨대 아무도 배트 한 번 휘두르지 않고 슈코는 선취점으로 5점이나 올렸다.

그 후로는 내가 그 점수를 지키기만 하면 되었는데, 1회, 2회는 무실점으로 버텼지만 3회에 1점을 빼앗겼다. 우리 팀의 공격은 제구를 되찾은 상대 에이스에게 2회, 3회 모두 삼자범퇴를 당했다. 4회에도 1점을 빼앗겼다. 슈코는 삼자범퇴. 5회에는 2점을 빼앗겼고, 우리는 다시 삼자범퇴, 그것도 세 명 연속 삼진이었다.

5점차 리드가 1점차로 줄어들었다. 게다가 상대는 분위기를 타고 있었다. 역전패를 각오한 6회초 공격 중에 벤치에 앉아 있던 누군가가 "야, 하늘 좀 봐." 하고 말했다. 그 말에 고개를 들고 하늘을 보니 시합 전반까지 화창했던 하늘이 갑자기 어두워져 있었다. 비가 곧 내릴 것 같았다. 그것도 억수같이 퍼붓는 소나기가. 비가 오면 콜드게임으로 끝낼 수 있다.

타임을 부르고 타자를 벤치로 불러서 가능할 것 같진 않았지만 저마다 "파울로 시간을 끌어. 알았지?" 하고 말했다. 그러는 동안 하늘에서 천둥소리가 들려와 벤치는 순식간에 흥분에 싸였다.

"그거 너무 야비하지 않아?"

"괜찮아, 승부의 세계는 냉정한 법이야."

"그래도 고교 야구잖아. 깨끗하고 정정당당하게 해야 되는 거 아니야?"

"이상과 현실은 달라."

6회초 공격은 무득점으로 끝났지만, 날씨가 수상한 걸 알고 초조하

연구

게 나온 상대 에이스가 컨트롤이 흔들려 볼넷으로 주자를 두 명이나 내보낸 덕에 우리는 정정당당하게 시간을 벌었다.

"그 주자를 불러들여서 리드를 벌리겠다는 생각은 못했어?"

"시끄러, 쓸데없는 말 하면 얘기 안 해줘."

6회말 마운드에 서서 투구 연습을 하는 동안 비가 내리기 시작했다. 천둥소리는 점점 가까워졌고, 하늘은 온통 캄캄해졌다.

천천히 여유를 갖고 공을 던졌다. 벼락같이 삼유 간을 가르는 좌전 안타. 노 아웃 1루, 마운드에 내야진이 모였다. 상대 팀 벤치와 응원단이 시간 끌기라며 야유를 보냈지만 그런 걸 신경 쓸 여유가 없었다. 빗줄기는 더욱 거세졌지만 아직 시합 중지를 선언할 정도는 아니었다.

보내기 번트를 대주었다. 원 아웃 2루. 안타 하나면 동점. 다음 타자는 파울로 끈질기게 매달리더니 볼넷으로 걸어 나갔다. 역전 주자를 내보내고 이번에는 내가 초조해져서 다음 타자마저 볼넷으로 내보내고 말았다.

빗줄기가 더욱 거세졌고 천둥소리가 상당히 가까워졌다는 것은 그나마 다행이었다. 그러나 다음 타자는 3타수 3안타의 맹타를 휘두른 1번 타자였다. 외야 플라이 하나면 동점, 안타면 역전, 스퀴즈번트도 있다.

진노가 마운드로 달려온다. 볼 배합에 대해 말하러 온 것이 아니라 하늘 모양에 대해. 주심은 안경을 쓰고 있으니까 비가 조금만 더 거세지면 바로 시합을 중단시킬 것 같은 분위기라고 한다. 3루수 유타카가 타임을 부르고 스파이크 끈을 다시 묶었다. 감독은 우익수를 못짱에서 2학년 도쿠미쓰로 교체했다. 비는 더욱 거세졌다.

초구는 스퀴즈에 대비해 바깥쪽으로 뺐다. 3루에 견제구를 던지고 난 2구째는 바깥쪽 낮은 스트라이크를 노렸지만 빠졌다. 천둥이 운다. 훨씬 가까워졌다. 3구째. 진노가 과감하게 몸쪽 높은 공을 요구하고 나도 그에 응했지만 상대 팀은 움직임이 없었다. 원 아웃 만루. 노 스트라이크 쓰리 볼. 절체절명의 순간이었다.

이제는 한가운데로 던질 수밖에 없다. 마음을 굳게 먹고, 그래도 시간 끌기만은 잊지 않고 1루에 있는 시라이시에게 형식적인 견제구를 던졌다. 시라이시에게서 포물선을 그리며 공이 돌아왔을 때 땅이 흔들릴 정도로 큰 천둥이 머리 위에서 울었다. 스탠드에서 비명소리가 들리고, 그것이 신호가 되기라도 한 듯 비는 삽시간에 폭우로 변했다.

주심이 양손을 벌리고 흔들어서 시합을 중지시키고 우리는 벤치로 돌아갔다. 비가 내리고 천둥이 울린다. 그라운드는 순식간에 거대한 웅덩이가 되었고, 벤치에서 몰래 입을 모아 노래한 "비야, 비야, 내려라, 내려라, 엄마가……."라는 기도가 통해서 혼자 홈베이스로 돌아간 주심은 강우 콜드게임을 선언했다.

"마지막 견제구가 승부의 분기점이었어. 거기서 타자한테 공을 던졌다면 어떻게 됐을지 몰라. 아빠의 보이지 않는 파인플레이였지."

익살스레 얘기하고 가슴을 폈지만 미나코는 인정머리 없이 "야비하기만 한걸 뭐." 하고 말한다.

"아아, 차라리 안 듣는 게 나았겠네. 좀 더 멋진 승리였을 거라 생각했는데."

"어쩔 수 없지 뭐, 그게 진실인걸. 이제 그만 할까?"

"안 돼, 여기까지 왔는데 마지막까지 가야지. 다음은 4회전?"

"도쿄처럼 학교가 많지 않아서 다음은 준준결승이었어. 그러니까 8강

전이지."

"그럼 슈코 역사상 타이기록이네?"

앞쪽 자리에 앉아 있던 아주머니가 우리 쪽을 힐끗 쳐다보았다. 슈코에 반응한 것인지도 모른다. 작은 마을의 명문교이다. 좋은 평판이든 나쁜 평판이든 다른 고등학교보다 사람들의 주목을 더 끈다. 옛날 일도, 좀 과장해서 말하면 마을의 기억으로 전해져 내려온다.

"다음은 나중에 해줄게."

나는 작은 목소리로 미나코에게 말하고 의자에 깊숙이 앉았다. 미나코도 더 이상 보채지는 않았다. 그해 여름의 추억 이야기는 해피엔드가 아니다. 미나코도 그걸 이미 알아버렸을 테니……

버스는 차체를 가볍게 떨면서 언덕을 내려간다. 구불구불 굽은 옛날 거리이다. 도로 양쪽에 건물이 들어선 탓인지 옛날에 비해 도로 폭이 좁아졌다. 버스를 타고 시내로 가는 것이 몇 년 만일까. 15년…… 아니, 20년쯤 되나 보다. 추석이나 설 명절 때 고향에 왔을 때는 아버지 차나 택시로 대학 시절에 뚫린 바이패스 도로(교통난을 완화하기 위한 우회 도로—옮긴이)를 통해 시내 중심가로 갔다. 가즈미나 미나코를 데리고 차를 탈 때는 도쿄에서의 생활에 그대로 둘러싸여 있는 듯한 기분이었다. 바깥 풍경은 그리워도 차 안 공기는 도쿄의 우리 집 거실과 다르지 않다. 그런데 지금 버스 안에 흐르는 공기는 어김없는 고향의 공기였다. "일본 적십자 병원에 서는가?" 하고 운전사에게 묻는 할아버지의 목소리도, '명과, 스오나다' 하고 힘 있는 붓글씨로 쓰인 화과자점의 차내 광고도, 여성 목소리의 "다음은 쇼와당 안경점 앞입니다."라는 안내 멘트도, 모두가 옅은 색의 필터를 끼운 듯 같은 색조로 물들어 있다.

우리는, 어떨까. 미나코가 입은 빨간 프리스 파커가, 도쿄에 있을 때는 그런 생각도 못했지만, 너무 화려하게 느껴진다.

버스 승객은 대부분 서로 안면이 있는 듯했다. 얘기를 나누다가 우리 모습을 살피듯 시선을 보내는 노인도 있다. 원래 타지 사람에겐 쌀쌀맞은 것이 이 마을 기풍이다. 배타적이고, 성시였던 만큼 품위를 지키려는 마음이 강하고, 그리고 단 한 번의 실패도 용서해주지 않는 마을, 그런 고향에 나는 지금 타지인의 한 사람으로 돌아온 것이리라.

# 3

시청에 전입신고를 하고 나서 당장 생활에 필요한 것을 사기 위해 시청과 역을 잇는 상점가를 돌아다녔다. '스오긴텐가이 쇼핑타운'. 이름만 번드르르했지 아케이드 상점가에 옛날과 같은 활기는 없다. 10년쯤 전, 역 뒤쪽과 국도인 바이패스를 따라 잇달아 문을 연 대형 쇼핑센터에 손님을 빼앗겨버린 탓이다.

셔터가 내려가 있는 어물전, 마네킹에 촌스러운 옷을 입힌 양품점, 진열 상품에 먼지가 쌓인 도기점, 공터가 된 곳은 필시 완고해 보이는 할아버지가 시계를 수리하고 있던 시계점이리라.

단 한 곳, 옛날과 다름없이 여전히 사람들로 북적이는 파친코 가게 옆에 서서 아케이드 지붕 위로 펼쳐진 흐린 하늘을 멍청히 올려다보고 있을 때 건너편 서점에서 미나코가 나왔다. 재밌어 보이는 책이 있으면 산다고 하더니 빈손이었다. 서점에 들어간 것도 고작 2, 3분밖에 되지 않았다.

"재미있는 책이 없었어?"

"응, 그냥 그래······."

한숨을 내쉬며 억지로 웃어 보인다. 책을 좋아하는 아이이다. 학교 도서관에서 빌린 책이 같은 학년에서 가장 많았다. 독서 감상문을 쓰라고 하면 부모의 호의적인 눈으로 본 것이라 해도 꽤 수준이 높다. 가즈미에게만 몰래 말한 장래 꿈은 판타지 소설 작가라고 한다.

"여기가 제일 큰 서점이야?"

"아빠가 고등학교에 다닐 때는 그랬지. 참고서 같은 걸 살 때는 무조건 여기 '분신토'였고."

"그랬군······."

"쇼핑센터 쪽에 큰 서점이 있을지도 몰라."

"아니, 됐어. 딱히 뭐."

역으로 걸음을 내딛는 미나코의 뒷모습을 보고 이번에는 내가 한숨을 쉬었다. 도쿄를 떠나기 전부터 몇 번이나 생각하던 것을 또 생각한다. 지금 말해봤자 미나코만 힘들게 할 뿐이라 절대 입 밖에는 내지 않고.

미나코도 가즈미와 함께 보스턴에 가야 했다. 아니면 내가 도쿄에서의 생활을 계속해야 했다.

미나코가 다니는 사립 초등학교에는 부모의 해외 부임 등으로 일단 학교를 나와도 일본에 돌아왔을 때 편입시험을 치러 일정한 성적을 받으면 복학할 수 있는 시스템이 있다. 미나코도 보스턴에 갔다면 그 시스템을 이용할 수 있을 테고, 무엇보다 1년간 해외에서 살아보는 것이 앞으로의 인생을 생각할 때 무조건 플러스 요인이 될 것이고, 미나코

또한 1학기가 끝난 시점에는 9월부터의 신학기에 맞춰 미국에 건너갈 생각이었다.

그것이 8월, 내가 퇴직과 귀향을 진지하게 고민하기 시작한 무렵에 뒤집혀버렸다. "엄마가 보스턴에 가 있는 동안만이라도 시골 생활을 해 보고 싶어." 하고 미나코가 말했던 것이다.

퇴직도, 귀향도, 미나코가 가즈미와 함께 보스턴에 간다는 것이 전제 조건이었다.

둘이 돌아올 때까지 고향에 있겠다고 핑계거리를 삼을 생각이었다.

회사 상황은 결코 좋지 않았다. 오랫동안 일해온 출판사가 10년 동안 이어져온 경영부진 끝에 겉만 벼락부자인 사장이 운영하는 방송국 산하로 편입되었고, 내가 소속되어 있는 편집국도 대대적인 인사이동으로 알맹이가 다 빠져 나간 상황이었다. 그대로 회사에 남아 있어도 뜻에 맞지 않는 잡지를 만들거나, 아니면 한직으로 쫓겨 갔을 것이다.

서른여덟 살. 젊지도 않지만 그렇다고 아직 노인네 취급받을 나이도 아니다. 새출발하기에 적당하다. 그런 생각을 하고 있는 와중에 어머니가 돌아가시고, 가즈미가 보스턴으로 떠나고, '새출발'은 처음 예정보다 조금 규모가 커져버렸지만, 그래도 '부랴부랴' 도망칠 곳만은 남겨둘 생각이었다. 혹을 달고 고향에 돌아올 생각 따위 해보지도 않았다.

생각지도 못한 결단에 당혹해하며 "안 돼, 안 돼." 하고 되풀이하는 내게 미나코는 말했다.

"할머니가 돌아가셨으니 할아버지가 외로우실 거 아냐. 아빠랑 둘이 살면 오히려 더 외로워지지 않겠어? 역시 나 같은 여자아이가 한 명 있 어야 분위기가 확 밝아진다고."

심성이 곱다. 하지만 내년 여름, 미나코가 가즈미의 귀국에 맞춰 도쿄로 돌아가 버린 뒤에 할아버지가 짊어지게 될 외로움에 대해서는 아마도 아직 모를 것이다.

미나코뿐만 아니라 나까지 도쿄로 돌아가 버린 뒤에 느낄 아버지의 외로움을 지금은 생각하고 싶지 않다.

상점가도 끝나가고 있었지만, 살 만한 물건이 있는 가게는 찾을 수가 없었다. 역 뒤쪽의 쇼핑센터에 가보는 게 나을 것 같다. 그곳에 입점해 있는 서점이 '분신토' 같은 곳이라면 미나코가 과연 어떤 얼굴을 할지, 그걸 생각하면 조금 불안하긴 하지만.

"역시 먼저 차를 사는 게 낫겠어. 차가 있으면 오우치 시에도 갈 수 있고, 거기엔 현청도 있으니까 큰 서점도⋯⋯."

말하다가 깨달았다. 옆에 따라 오던 미나코가 없다. 당황해서 뒤를 돌아보자 뒤쪽에서 웬 중년 남자와 나란히 이쪽을 보고 있었다.

"아빠! 뭐 하는 거야. 아까부터 불렀는데 어따 정신을 팔고 있는 거야!"

조금 화난 얼굴로 손짓하는 미나코 옆에서 남자는 팔짱을 낀 채 웃고 있다. 데님 앞치마를 입고 흰머리가 섞인 머리에 덩치가 크고 콧수염을 기른 남자, 낯이 있는 것 같기도 없는 것 같기도 하다.

"요지, 내다, 내. 모르겠나?"

생각났다. 백발을 까까머리로 바꾸고 콧수염을 없앴더니 그리운 얼굴이 눈앞에 나타난다.

"⋯⋯가메야마?"

"그래, 가메다. 기억났나?"

잊을 리가 없다. 슈코 야구부, 부동의 4번 타자다.

가메야마는 내가 오기를 기다리지 못하겠다는 듯 성큼성큼 다가와서 "오랜만이다, 요지." 하고 양손으로 나를 끌어안았다.

"우짠 일이고? 니가 여기 다 있고."

사투리의 울림이 귀를 간질인다. 일흔 살이 다 된 아버지나 환갑이 지난 마사오 외삼촌의 사투리를 들을 때와는 종류가 다른 간지러움이다. 고향을 옛날이야기의 무대로 그리워하는 것이 아니라 고향에서 지낸 날들이 그대로 생생하게 되살아난다. 상경하고 나서 20년의 세월이 순식간에 사라져버린 것 같다.

하지만 난 사투리를 쓰지 않는다. 이제는 머릿속에 떠오른 말을 따로 번역하지 않으면 사투리가 되지 않는다.

"이사 왔어."

"도쿄에서? 전근 온 기가?"

"회사 그만뒀어."

"뭐?"

"한동안 좀 쉬려고 돌아온 거야."

한 걸음 내려가 가메야마의 손을 어깨에서 풀고 "딸하고 같이." 하고 덧붙였다.

가메야마는 어리둥절한 표정으로 오른손 검지와 중지를 세우고 "둘이서?" 하고 고개를 작게 갸웃했다.

"집사람은 내년 여름까지 보스턴에 가 있을 거야."

"뭐?"

더욱 혼란스러워하며 망연자실한 표정을 짓는다.

자세히 설명하기도 귀찮아서 "얘기하려면 복잡해." 하고 잘라 말하고 새삼 가메야마의 옷차림을 보았다.

"가메…… 너, 지금 무슨 일 하고 있어?"

기다렸다는 듯이 가메야마는 가슴을 펴고 앞치마의 가슴주머니에 새겨진 글자를 가리켰다.

'다이닝 키친 가메야마'.

가게는 비스듬히 뒤쪽에 있었다. 자그마하고 아담한, 어딘가 서부극에 나오는 바를 연상시키는 가게다.

"직장 때려치뿌고 재작년부터 양식집 주인장 아이가. 대출 쪼매 받긴 했지만, 뭐 그럭저럭 먹고살 만하다."

런치타임 메뉴판을 가게 앞에 내놓다가 나를 보았다고 한다. "요지." 하고 두 번이나 불렀는데 돌아보지 않았단다. 당연하다. 너무 오래 떠나 있었다. 날 그렇게 부르는 사람은 도쿄에 한 명도 없다.

"요지, 시방 바쁘나? 시간 있으면 커피라도 마시고 가라."

잠깐 주저했다.

왜 그랬는지는 모른다. 거절할 생각도 없으면서 "그래." 하고 바로 대답하지 못했다.

대신 미나코가 끼어들었다.

"네, 런치 메뉴 하나 추천해주세요."

겁이 없는 아이이다. 붙임성이 좋고, 어른들과도 태연히 이야기를 나누고, 또 호기심이 왕성하다.

"믹스그릴이 맛있다. '가메 씨' 햄버그스테이크는 스오에서 제일이지."

"그럼 나 그거 먹고 싶어요. 벌써 런치타임이 시작됐나요?"

"음, 아직 문 열기 전이지만, 까짓것 아저씨가 대장인데, 내 맘이지 뭐."

"우와."

"디저트로 아이스크림도 줄게. 서비스 짱이지?"

"우와, 우와 멋져요."

나란히 걸어가는 두 사람을 나는 쓴웃음을 지으며 따라간다. 다른 때 같으면 아슬아슬한 생각마저 들게 하는 미나코의 붙임성이 지금은 도움이 되었다. 게다가 무엇보다 '아저씨'다. 우리가 벌써 그런 나이가 됐다. 고등학교 3학년 여름은 멀고 먼 옛날 일이 되어버린 것이다.

가게에 들어갔다. 카운터에 여섯 자리, 4인용 테이블이 다섯 개. 내부 역시 미국 서부 개척시대를 본떴는지 나무판자 벽에는 말안장, 카우보이모자, 총집, 암갈색 사진 등이 어지럽게 붙어 있고, 그러고 보니 가메가 클린트 이스트우드를 좋아했지, 하고 생각났다.

"앉고 싶은 데 앉아라. 바로 맹글어오꾸마."

활기찬 모습으로 카운터 안으로 들어간 가메야마는 문득 잊어버린 것이 생각난 듯 걸음을 멈추고 벽 귀퉁이를 가리켰다.

"요지, 이거 봐라."

놋쇠 액자에 들어가 있는 옛날 사진이었다. 처음엔 흑백인 줄 알았는데, 컬러 사진이 바랜 것이었다.

"그립지 않나?"

나보다 먼저 미나코가 사진 앞에 서서 "우와." 하고 목소리를 높였다.

"여기, 아빠도 있어?"

"뒷줄 맨 오른쪽이다. 뻔뻔한 얼굴로 서 있을 기다. 그 옆이 아저씨다."

나는 말없이 사진과 마주했다.

"멋지다, 아빠, 이렇게 젊었어?" 하고 돌아보는 미나코를 무시하고 그저 가만히 사진을 응시했다.

여름, 지역 예선이 시작되기 직전에 야구부 3학년이 전부 모여 찍은 사진이다. 야구부 OB 회장인 '오자와 사진관'의 사장 자와 옹이 찍어 주었다. 연례행사다. 사진 아래 여백에 인쇄된 말도 매년 똑같다.

'열구熱球 잊지 말지어다.'

냉장고 안을 들여다본 채 가메야마가 물었다.

"니도 아직 갖고 있나? 이 사진 말이다."

"……버리진 않았어."

목소리가 갈라져 나왔다. 본가 어딘가에 있을 것이다. 아마도.

가메야마는 "그립지 않나?" 하고 아까와 같은 말을 아까보다 더욱 감정을 실어서 말했다.

난 사진에서 눈을 떼지 않았다. 3학년 부원은 전부 아홉 명. 여자 매니저가 한 명. 합해서 열 명이 앞뒤로 다섯 명씩 나란히 찍혀 있다. 앞줄 왼쪽 끝에 매니저 교코, 그 바로 뒤에는 오사무, 중견수를 보던 와타나베 오사무.

20년 만에 만났다.

지금은 만날 수 없는 친구가 20년 전의 얼굴로 나를 본다.

가메야마는 냉장고에서 꺼낸 진저엘을 미나코에게 내밀며 "저쪽 테이블에 앉아 마셔라." 하고 말했다. "아저씨가 주는 서비스다."

"우와, 신난다. 감사합니다."

거리낌 없이 대답한 미나코가 창가 테이블에 앉자 가메야마는 조리대 가스풍로에 불을 붙이고 스프 냄비를 국자로 가볍게 저으면서 말했다.

"슈코엔 가봤나? 교사도 신축해서 깜짝 놀랄 기다."

"그래……."

"봐라, 더 깜짝 놀랄 소식이 있다. 지금 야구부 감독이 진부다 아이가."

"진노?"

"맞다. 슈코의 일본사 선생이란다. 5, 6년 전부터 봐준다 카더라."

무심코 입 밖에 나오려던 말을 삼켰지만 가메야마가 그것을 알아채고 "OB회에서 감독이 되기 전에 이런저런 말이 많았는갑다." 하고 쓴 웃음을 지었다. "우리가 부끄럽다나 뭐라나."

웃어 보이려고 했지만 얼굴이 뜻대로 따라주질 않았다. 부끄럽다, 그 해 여름의 끝, 우리는 그 말을 몇 번이나 OB들로부터 들었는지 모른다.

가메야마는 나에게 등을 보인 채 찬장 문을 열면서 "하나 더 놀랄 만한 소식 말해줄까?" 하고 말했다.

"교코가 스오에 돌아왔다."

난 아무 대답도 하지 않았다.

"결혼해서 아도 있지만…… 재작년인가 이혼하고 돌아왔다. 싱글맘이라 카던가, 지금은 트럭 운전한다더라."

입술을 꾹 다물고 난 아무 말도 하지 않았다.

가메야마도 찬장에서 커피콩 캔을 꺼냈지만 내 쪽은 돌아보지 않았다.

"야구부 친구 중에 스오에 남은 사람은 그게 다. 진부랑 내랑 교코. 요지 니를 포함해도 네 명뿐이다. 쓸쓸하지 않나?"

난 어금니를 악물었다.

"진부 근마는 가끔 술을 마시러 오지만 교코는 가게에도 안 오고, 연하장을 친정에 보내도 답장이 없다. 요지 니한테도 내가 몇 년 전에 연하장을 보냈지만 주소 불명으로 되돌아왔다 아이가. 이사 간 곳 주소도 좀 가르쳐주지 않고. 섭섭하대이, 참말로 섭섭하대이."

가메야마는 나에게 등을 돌린 채 캔 뚜껑을 닫는다.

"봐라, 요지. 언제까지 여그 있을지 모르겠지만, 오사무가 묻힌 곳에 함 가봐야 안 되겠나."

겨우 돌아보고 "가봐라. 오사무도 반가워할 기다." 하고 타이르듯 되풀이하고 "모두 아저씨, 아줌마도 됐고." 하고 눈을 깜빡이면서 웃었다.

나는 마지막까지 입을 열지 않았다.

가메야마도 더 이상 친구들 얘기는 하지 않았다.

커피는 아주 썼다. 원두를 너무 많이 넣었나 보다, 아마도.

# 4

오후부터 미나코가 전입할 초등학교를 돌아보았다. 내 모교이기도 하지만, 10년쯤 전에 새로 지어진 교사에서 옛날 모습은 찾을 수 없었다. 교무실에도 낯익은 선생님은 없고, 응접실을 겸한 교장실에 걸린 역대 교장의 사진을 세어보니 내가 졸업한 뒤로 벌써 여섯 명이나 바뀌었다.

미나코의 담임인 요코이 선생님은 근무복 옆구리와 엉덩이가 울룩불룩할 정도로 살이 많이 찐 아줌마였다. 이런 타입이면 미나코가 별로 좋아하지 않을 텐데, 하고 돌아보니 아니나 다를까 몰래 엄지손가락을 아래로 향한 야유 포즈다.

안내를 받아 둘러본 교내 시설도 학비가 비싼 사립학교에 비해 형편없었다. 자랑스럽게 보여준 컴퓨터 방도 매킨토시가 아니고 윈도우즈용 컴퓨터란 걸 알고 한번 낙담한 미나코는 OS가 윈도우즈 95라는 걸 알더니 더욱 실망했다. 교실에 에어컨도 없다. 프로젝터 시스템도 없다. 화장실은 재래식. 수영장은 실외, 온수도 나오지 않는다. 시간표를 건네면서 요코이 선생님이 "내일은 체육 수업이 없지만 점심시간 때 전교생이 마라톤을 하니까 갈아입을 옷을 매일 챙겨주세요." 하고 나에게 말하자 미나코는 엄지손가락을 다시 밑으로 내렸다.

"역시 공립은 따분해."

교문을 나서면서 미나코는 한숨을 쉬며 말했다.

"피곤하니?"

"아니 그보다 왠지 아까부터 속이 매슥거려……."

명치 부근을 쓸어내리면서 "근데." 하고 말을 잇는다. "'가메 씨' 햄버그스테이크 말이야, 누가 뭐라고 좀 해야 되지 않아?"

"그렇게 맛없었어?"

"11년 인생에서 워스트 3에 들어갈 거야. 육즙이 전부 흘러나와서 맛이 밍밍하고 그걸 커버하려고 그랬겠지만, 소금기가 장난 아니었다고. 아빠는 커피만 마신 걸 다행인 줄 알아."

"그 정도야……?"

"그러니까 봐, 런치타임에도 손님이 거의 없잖아. 저렇게 만들어놓고 돈 받는 건 너무 뻔뻔하지 않아?"

녀석이 분명 대출을 받았다고 했지, 하고 생각하니 내 명치까지 찌르르 아팠다. 거의 일주일 만의 외출로 피곤한 것은 오히려 내 쪽인지도 모르겠다. 하지만 아직 오늘 볼일은 끝나지 않았다. 다시 시내로 나가 학교 지정 스포츠 용품점에서 학교 휘장이 찍혀 있는 체육복과 덧옷,

체육관용 신발을 사야 한다.

교문 옆 버스 정류장의 벤치에 앉아 기지개를 켜자 하품과 함께 한숨이 새어나왔다. 벤치 옆에 선 미나코에게도 하품이 전염된다.

차임벨이 울리고 학교 안이 소란스러워진다.

"차임벨이 스피커에서 나오네."

미나코가 중얼거렸다. 전에 다니던 학교에서는 시계탑에 장치된 종이 수업의 시작과 끝을 알려주었다. 나도 수업 참관일에 들은 기억이 있다. 가볍지만 깊이가 있는, 아담한 미션 스쿨에 어울리는 종소리였다.

"아빠."

"응?"

"지역 예선 이야기 계속해줘."

초등학교 5학년 여자아이에게도 말없이 있는 것이 싫을 때가 있나 보다.


준준결승에 진출한 시점부터 신문 지방면은 '선풍'이라는 단어를 사용하기 시작했고, NHK 지역 뉴스는 우리를 '태풍의 눈'이라 불렀다. 창단 이래 두 번째, 고등학교로 바뀌고 나서는 첫 8강 진출이라는 쾌거로 연습을 보러 오는 OB의 수가 나날이 늘어났고, 회사 여름휴가를 미리 받아 도쿄나 오사카에서 일부러 찾아온 사람도 몇 명이나 있었다. 그중에서도 가장 신난 것은 자와 옹이었다. 평소에도 시간만 나면 연습을 보러 오던 사람인데 3회전에서 이기고 나자 사진관 일은 거들떠보지도 않고 연습의 시작부터 끝까지 백네트 뒤 한가운데에 자리 잡고 젊은 OB를 볼보이로 내몰거나 응원가를 부르게 하면서 아주 바쁘게 움직였다.

하지만 정작 우리들은 여기까지라고 생각했다. 준준결승전 상대는 1번 시드를 배정받은 학교로, 봄 선발대회에도 출전했고, 여름 대회는 3년 연속 출전을 목표로 하고 있는 세토 학원이었다. 에이스이자 4번 타자인 노자키는 프로에서도 주목받고 있는 현 내 최고 투수로, 우리는 "시합이 끝나면 사인 받아야지." "난 악수만 해도 돼." "사진이라도 같이 찍어야겠다." 하고 진지한 얼굴로 말할 정도였다.

"뭐야 그게, 이길 생각이 없었던 거야?"

"전혀 없었던 건 아니지만……. 그 무렵엔 이미 지는 걸 생각하고 있었는지도 몰라. 이왕이면 강한 상대와 붙어서 지는 게 모양새도 좋다고."

"그래도 고시엔 대회에는 나가고 싶었잖아? 그럼 일발 역전이라든가 기적이라든가, 그런 생각은 해보지도 않았어?"

지기 싫어하는 여자아이이다. 성격은 나보다 가즈미를 더 닮았다.

잠깐 생각하고 나서 나는 말했다.

"가고야 싶었지만 너무 멀다는 게 현실이었지."

미나코는 의아한 표정을 짓는다.

좀 더 이해하기 쉽게 "아주 먼 곳이긴 하지만 확실히 있다, 고…… 말하면 알아듣겠어?" 하고 고쳐 말해보았지만 표정은 크게 달라지지 않았다.

그런 거야, 하고 이야기를 진행시켰다.

준준결승, 기적이 일어났다. 정확히 말하면 세토 학원이 기적을 일으켜주었다.

세토 학원의 선발 마운드에 선 것은 노자키가 아니었다. 등번호 14번의 2학년 투수, 불펜 투수 중에서도 두 번째 투수였다. 에이스뿐만 아니라 릴리프 투수까지 갖춰진 팀이었다.

물론 등번호 14번에, 명문 세토 학원에서 2학년이 선발 명단에 들 정도면 그만한 수준이 되는 선수다. 슈코를 상대로 10회를 던지면 9회는 완벽하게 막을 테지만, 그 나머지 1회의 예외가 본 경기에서 나와버렸다.

"그 녀석, 엄청 긴장했었나 봐. 스트라이크를 넣지 못하고, 가끔 넣어도 한가운데로 몰리고. 아무리 슈코라도 그런 공이면 칠 수 있지. 배팅볼보다 치기 쉬웠으니까."

등번호 14가 울상이 되어 마운드를 내려갔을 때 우린 이미 3점을 낸 뒤였다. 그런데도 세토 학원의 감독은 릴리프로 노자키를 내보내지 않고 등번호 10번의 불펜 투수를 마운드에 올렸다. 3점이면 언제든 뒤집힐 수 있을 것이다. 하지만 기세가 오른 우리는 생각지도 못한 사태에 떠밀리듯 올라온 등번호 10번으로부터도 1점을 내고 결과적으로는 그 1점이 결승점이 되었다.

"2회부터는 노자키가 던졌는데, 굉장했어. 직구는 볼 끝이 살아 있었고, 커브는 정말로 마구처럼 휘더라고."

마지막 회까지 우린 한 명의 주자도 내보내지 못했다. 그러나 세토 학원의 공격도 좀처럼 4점을 따라오지 못했다. 그날 나는 최고의 컨디션이었다. 볼이 느린 것은 어쩔 수 없었지만, 컨트롤이 자로 잰 듯 정확해서 온힘을 다해 휘두르는 타자의 타이밍을 빼앗는 바깥쪽 낮은 곳의 슬로커브가 기가 막히게 들어갔다.

4대 3. 마지막 회에 노자키는 통한의 눈물을 흘리면서 던졌다. 다음 날 신문의 지방면뿐만 아니라 전국판 스포츠면에도 '세토 학원 노자키의 여름, 불완전 연소로 끝나다.'라는 제목의 기사가 실릴 정도로 정말이지 대이변이었다.

세토 학원의 감독은 시합 이튿날 해임되었다. 노자키는 그 후 사회생활을 거쳐 드래프트 3순위로 퍼시픽리그 구단에 입단했지만, 결국 프로에서는 꽃을 피우지 못하고 몇 년 동안 2군을 전전하다 야구계를 떠났다고 한다.

"요컨대, 운이 좋았던 거야. 슈코에는 운이 따랐어. 무서울 정도로."

다음 날 우리는 창단 이래 첫 준결승에 나섰다.

운은 하룻밤이 지나도 우리에게서 떨어지지 않았다. 스포츠 신문 식으로 말하면 승리의 여신이 어느 쪽에 미소를 짓고 있다 해도 이상할 게 없는 일진일퇴의 타격전이었지만, 운은 분명히 우리 쪽에 있었다.

우리의 공격은 나가다 멈춘 배트에 맞은 타구가 텍사스안타가 되고, 멍청히 서서 보낸 몸쪽 높은 속구가 오심으로 볼로 선언되고, 견제구에 걸리면 협살 플레이 와중에 상대가 던진 공이 등에 맞고, 게다가 엉뚱한 방향으로 굴러가 버렸다. 한편 상대의 공격은 잘 맞은 타구가 정면으로 가서 병살이 되고, 홈런성 타구는 맞바람을 타고, 삼유 간을 빠질 타구가 주자를 맞혀 수비방해가 선언되었다.

동점으로 맞은 마지막 회도 운이 명암을 갈랐다.

9회초, 우린 원 아웃 만루의 위기를 맞았다. 내가 던진 바깥쪽 높은 직구가 경쾌한 소리를 내며 직선타구로 나에게 날아왔다. 잡은, 것은 아니다. 우연히 글러브에 들어왔다. 아니 좀 더 정확히 말하면 볼이 스스로 글러브 안으로 날아 들어왔다. 3루 주자가 돌아가지 못해 병살이 되었다.

9회말 우리 공격은 투 아웃에 주자가 나갔지만, 이어진 타격은 평범한 유격수 앞 땅볼. 상대 팀 유격수는 기본에 충실하게 허리를 낮추고 포구 자세를 잡았다. 그런데 마지막 바운드가 불규칙이었다. 바운드된 공이 유격수의 턱에 맞았고, 황급히 공을 잡아 1루에 뿌렸지만 터무니없이 벗어난 공은 더그아웃 쪽으로 굴러갔다. 끝내기 실책.

"운이야, 전부. 운으로만 이겼어. 거짓말 같은, 소름끼칠 정도로 운이 따랐지, 우리한텐."

난 낮은 목소리로 말했다. "운이 너무 좋았던 거야." 하고 말을 잇자 의식한 것은 아니지만 한숨이 새어나왔다. 이야기 중간까지는 "뭐야, 그게." 하고 웃던 미나코도 갑자기 불안한 표정으로 내 얼굴을 본다.

"······다음 이야기는 다음에 다시 할게."

눈을 감고 말했다.

미나코는 잠깐 사이를 두었다가 물었다.

"이 이야기 엄마는 알아?"

"대충은 알아."

"개그식 결말은 아니겠지?"

"아냐."

"그럼 오늘은 됐어. 나도 좀 피곤하고."

미나코도 조금씩 어른이 되어가고 있다는 생각이 드는 것은 이런 때다.

나는 다시 준결승전의 끝내기 실책 장면을 떠올려본다.

끝내기 홈을 밟은 오사무는 친구들에게 둘러싸였고, 교코도 스탠드 맨 앞줄에 있었을 텐데 도무지 생각나지 않는다.

그날이 교코를 본 마지막 날이고, 우리가 슈코의 S를 왼쪽 가슴에 크게 박은 시합용 유니폼을 입은 마지막 날이기도 했다.

우리들 시합은 준결승 두 번째 시합이었다. 시합이 끝난 것은 저녁이 되기 조금 전. 현립구장이 있는 오우치 시에서 스오 시까지 버스를 타고 돌아와 다음 날에 있을 결승전에 대비해 간단히 미팅을 한 후 해산했다. 그리고 그 후의 이야기는 모두 나중에 알게 된 것이다.

　오사무와 교코는 다시 오우치 시로 갔다. 스오 시의 세 배 가까운 규모인 오우치 시의 번화가를 둘이서 한동안 걷다가 해가 지기 시작할 무렵 역 뒤편 골목이 많은 곳으로 들어갔다.

　낡은 산부인과 의원에 교코는 혼자 들어갔다. 오사무는 근처 카페에서 인베이더 게임을 하며 맥주를 마셨다. 한 시간쯤 지나 카페를 나온 오사무는 산부인과 의원으로 가던 도중에 당시 말로 양아치들과 째려보았다는 이유로 실랑이를 벌이다 싸움을 하게 되었다.

　상대는 세 명이었다. 오사무는 심하게 취해 있었다. 흠씬 두들겨 맞고 있는데 교코가 의원에서 나왔다. 교코는 싸움이 벌어진 걸 알고 비명을 지르면서 오사무에게 달려갔다. 폭력사건은 그대로 야구부의 출전 사퇴로 이어졌다. 교코는 양아치들에게 매달려 "그만둬!" 하고 울부짖었다. 땅바닥에 쓰러진 오사무를 감싸느라 막 아이를 뗀 배를 걷어차였다.

　출혈이 심했다. 아스팔트 위로 퍼지는 피에 놀란 양아치들은 앞 다투어 도망가 버리고, 늑골에 금이 간 오사무는 땅바닥에 웅크린 채 꼼짝도 않고, 교코는 "도망쳐, 어서 도망쳐." 하고 헛소리처럼 중얼거리고, 마침내 경찰차 사이렌 소리가 들려왔다……

　우리의 운은 그 순간 끝났다.

　그리고 다음 날부터 길고 긴 20년이 시작된 것이다.

# 1

가즈미에게서 2주일이나 일찍 크리스마스 선물이 바다를 건너 항공편으로 도착했다. 미나코에게는 스웨이드 재킷, 나와 아버지에게는 팔꿈치를 덧댄 스웨터가 M 사이즈와 L 사이즈 두 벌. 스웨터 색은 같은 연회색이었다. 일흔 살 가까운 아버지와 마흔 살이 안 된 아들의 커플 룩. 아버지는 이런 화려한 옷을 좋아하는 성격은 아니지만.

미나코는 재킷을 입고 소매 길이를 확인하면서 아무래도 상관없다는 얼굴과 목소리를 만들어 말했다.

"엄마가 1월쯤엔 일본에 올 거라 생각했는데. 아빠도 그랬지? 엄마 기다리고 있었지?"

"기다린 건 아니지만…… 뭐 그냥."

"보스턴에 애인 생긴 거 아냐?"

가볍게 흘려듣는다, 그런 말은.

하지만 이어서 미나코가 말한 "일본에 돌아오고 싶지 않거나."는 귓속에 작은 가시를 남겼다.

"그렇지 않아." 조금 강하게 말했다. "얼마 전에도 메일로 건어물 먹고 싶다고 했어. 엄마, 일은 미국 연구지만 뿌리는 엄연히 일본인이니까."

"그야 그렇지만……."

목소리가 기어든다. 좀 전의 말은 미나코의 목에도 가시를 남겼는지도 모른다.

"엄마도 바빠. 유학도 곧 반환점이고 크리스마스 휴가 중에 어느 마을의 향토사를 조사해야 한다고 했어. 게다가 모처럼 미국에 있는 김에 그쪽 새해 모습도 보고 싶다고 했고."

"알아, 나도. 나한테도 메일 왔어."

"겨울방학 때 보스턴에 가도 돼, 정말이야. 비행기 표라면 어떻게든 되겠고, 엄마도 공항까지 데리러 와줄 거고."

선물을 보냈다는 걸 전하는 가즈미의 메일에는 그 건에 대해서도 쓰여 있었다.

―끈질기다고 생각할지도 모르지만 마음이 바뀌면 엄마는 언제든 좋다고, 당신도 미나코에게 말해줘.

11월 말부터 같은 메시지를 벌써 세 번째 보내왔다. 틀림없이 미나코와 직접 주고받는 메일에도 같은 내용을 반복해서 썼을 것이다.

"엄마도 기다리고 있을 텐데."

"음…… 그래도 미국은 너무 멀어. 왠지 답답할 것 같아."

이사 와서 얼마 안 됐을 때는 미나코도 보스턴의 새해 행사에 기대가 많았다. "아빠도 같이 가자, 응? 꼭 가는 거야." 하고 내켜 하지 않는 나를 몇 번이나 부추겼다. 그래서 11월이 되어 슬슬 비행기 표를 예매해야겠다고 생각하던 참에 "역시 가지 말아야겠어." 하고 말했을 때는 놀랍고 의아하고 조금 불안하기까지 했다.

"아빠도 안 갈 거지? 보스턴."

"가고 싶지만 아빠 갈 수 없어. 할아버지가 계셔서."

"할아버지가 보스턴에 가겠다고 하면 어떡할래?"

"말도 안 되는 소리." 웃으면서 고개를 저었다. "태어나서 한 번도 비행기를 탄 적이 없는걸."

"그렇겠지?" 하고 미나코도 웃었다.

설마 우리 대화가 들릴 리도 없을 텐데 거실에서 아버지의 기침소리가 들려왔다. 끈끈한 가래가 끓는, 고통스럽고 초조한 기침이다.

"내가 보스턴에 가버리면 아빠는 할아버지랑 단 둘이 새해를 맞겠네? 그래도 괜찮겠어? 내가 있는 게 어떻게든 도움이 될 텐데."

"……그런 건 네가 신경 쓰지 않아도 돼."

"그리고 며느린 혼자 미국에 갔고, 자식은 실업자 신세고, 할아버지한테 희망의 빛이란 확실히 말하면 나밖에 없잖아."

이런 식으로 이야기가 전개되면 난 더 이상 말로는 미나코를 이기지 못한다. 건방진 녀석이다, 어쨌든. 말주변이 좋고, 머리회전이 빠르고, 깜찍한 사고방식으로 어른들의 인간관계를 민감하게 꿰뚫어본다.

"근데 말이야, 엄마도 좀 그래. 할아버지 취향이라든가 기호 같은 걸 좀 고려해서 선물하면 좋잖아."

이런 식으로.

내 대답을 기다리지 않고 방을 나가는 것도 포함해서.


가즈미에게 선물이 잘 도착했다는 내용의 짧은 메일을 보내고 되도록 정성을 다해 스웨터를 다시 갰다.

오후 4시 30분. 슬슬 저녁식사 준비를 해야 한다. 6시 NHK 뉴스를 보면서 식사를 하고 9시 전에는 잠자리에 드는 아버지에 맞춰 나와 미나코의 밤도 도쿄에 있을 때보다 한 시간쯤 앞당겨졌다. 미나코는 그것을 '시차'라 부르며 웃는다.

스웨터 봉투를 옆구리에 끼고 복도로 내려갔다. 아버지는 고타쓰(숯불이나 전기 등의 열원 위에 틀을 놓고 그 위로 이불을 덮은 난방 기구—옮긴이)에서 나와 거실 구석에 있는 독서대에서 글을 쓰고 계셨다. 내가 내려온 기척을 느낀 아버지는 돋보기를 벗고 양 눈두덩을 손가락으로 비비면서 오른쪽 어깨를 가볍게 돌리며 "안 하던 짓을 하려니 피곤하구나." 하고 중얼거리듯 말씀하신다. 낮고 쉰 목소리다. 바닷바람과 담배연기와 조선소의 녹슨 쇳가루를 수십 년 동안 마셔온 목은 필시 눈에 보이지 않을 정도로 작은 상처가 무수히 생겨서 사포처럼 되어 있을 것이다.

"다 쓴 건 우체통에 넣을까요?"

내가 물었다.

"으응, 뭐…… 됐다. 열 장 정도 더 남았으니까 내일 아침에 정리해서 주마."

아버지는 미지근해진 엽차를 후루룩 마시고 휴우 숨을 내쉰 뒤 눈을 깜박였다.

돋보기의 도수가 맞지 않는다. "영감탱이가 허세만 늘어서 내가 암만 얘기해도 돋보길 바꿀 생각을 않는다." 하고 어머니가 어이없다는 듯 웃으신 것이 올해 정월에 귀성했을 때의 일이다.

그 무렵은 아직 집을 개축하기 전의 낡은 집이었다. 해가 잘 안 드는 거실은 낮에도 불을 켜지 않으면 신문조차 읽을 수 없었다. 어머니가 집을 개축할 생각이라고 우리에게 털어놓은 것은 섣달 그믐날 도착해 정월 초이튿날 떠나는 분주한 귀성의, 택시를 불러 막 공항으로 출발하려던 때였다. 언제 말을 꺼내야 할지 기회를 엿보다가 마지막까지 온 것이다. 그때의 어머니의 마음을 생각하면 지금도, 어머니가 돌아가시고 나니 더욱 쓸쓸하다.

아버지가 지금 쓰고 계신 것은 상중이라 연하 인사를 결례한다는 연하 결례장이었다. 원래 글을 자주 쓰는 분이 아니다. 어머니가 살아 계실 때는 선물에 대한 감사장조차 쓴 적이 없었을 것이다. 그런 아버지가 수신인명뿐만 아니라 인쇄 문장에 자필 인사를 일일이 써넣고 있었다. 수년 전에 연하장 왕래가 끊긴 사람에게도 썼는데, 그런 사람에겐 어머니가 돌아가실 때의 모습까지 작은 글자로 자세히 썼다.

12월이 되자마자 일찌감치 우체통에 넣어버린 나로서는 품과 시간을 들여 여태 다 쓰지 못한 것이라면 의미가 없지 않을까 하는 생각도 들었지만, 이것이 아버지가 나름대로 어머니의 죽음을 슬퍼하는 방법일지도 모른다는 생각에, 컴퓨터에 저장해놓은 주소록을 라벨지에 프린트해서 보내고 만 내가 문득 천하에 없는 불효자처럼 느껴지기도 한다.

"아버지 이거……."

스웨터를 건넸다.

"뭐냐?"

"애 엄마가 보낸 크리스마스 선물입니다."

아버지는 약간 놀라는 표정이었지만, 바로 그 표정을 숨기듯 눈썹을 모으고 "너한테 온 거냐?" 하고 말했다.

"아니요, 제 건 따로 있어요."

한 쌍이라는 말은 하지 않고, 보세요, 하고 스웨터를 펼쳤다.

하지만 아버지는 마음에 들지 않는지 힐끗 보기만 하고 눈을 돌린다.

"나에겐 너무 화려하구나, 됐다."

"이게 뭐가 화려해요?"

"너 입어라."

"그러니까 저한텐 제 게 있다니까요, 참."

"……스웨터는 목이 갑갑해서 싫다."

"그렇지 않아요. 여기 한번 보세요. 옷깃이 단추로 되어 있어서 풀면 돼요. 미국에서도 유명한 브랜드이고 아웃도어가 전문이니까 튼튼하고 따뜻하고, 잘 어울릴 것 같은데."

옷가게 점원처럼 말하면서 초조함과 쓸쓸함을 동시에 느꼈다.

아버지가 지금 입고 계신 옷이 어머니가 짠 카디건이라는 걸 깨닫고 거기에 안타까움도 뒤섞인다.

"좀 입어보세요."

스웨터를 펼친 채 다다미 위에 놓았다. 아버지는 손도 뻗지 않았지만 치우라고도 하지 않고, 다시 독서대로 돌아앉아 돋보기를 쓴다.

"어미한테는 고맙다고 전해주렴."

낡은 연하장 파일을 넘기면서 불쑥 말씀하셨다. 난 말없이 스웨터를 거치적거리지 않는 곳에 옮겨놓았다.


고향에 돌아왔다는 생각은 처음 며칠 만에 거의 사라져버렸다. 시내를 걷고 있노라면 그 나름으로 옛날 풍경이 남아 있고, 변해버린 풍경도 변해버렸기 때문에 거기서 고등학교 졸업 이래 20년의 세월을 찾을 수 있다.

하지만 집에 있으면 낯선 곳에 보내진 여행자가 된 듯한 기분이 들 때가 있다.

여기가 어디지?

싸늘한 아침 공기에 눈을 뜰 때마다 몽롱한 머리로 멀거니 생각한다. 5월에 개축한 이 집에는 기억의 잔재가 없다. 방 배치가 바뀌었다. 낡은 가구도 모두 처분했다. 소년 시절의 추억을 더듬으려고 해도 실마리는 어디에서도 찾을 수 없다.

아버지는 어떨까. 이 집에서 사는 게 어떠시냐고 한번 여쭤보려고 생각하면서도 아직 말을 꺼내지 못하고 있다.

어머니는 어땠을까. 어머니가 지주막하출혈로 갑자기 돌아가신 것은 집을 개축한 것과 같은 5월이었다. 밤샘 애도와 장례를 치르기 위해 달려온 친척과 지인들은 완전히 새것인 2세대 주택(한 건물에 부모 세대와 자식 세대의 두 가구가 각기 독립된 살림을 할 수 있게 만든 주택—옮긴이)을 보고 누구나 울먹이면서 말했다.

"니 오매가 인자 니들과 함께 살게 되었다고 얼매나 좋아하셨는지 아나. 긴장이 풀렸는갑다."

나는 아무 대답도 하지 못했다. 대답할 수가 없었다.

어머니는 모든 걸 말없이 진행했다. 이렇게 빨리 집을 개축할 줄은 생각도 못했고, 하물며 그것이 2세대 주택이 되리라고는. 개축할 것이었다면 그 비슷한 이야기라도 어쨌든 해야 하지 않았을까, 라는 정도의 깨달음밖에는 없었던 것이다, 나는.

아무 일도 없었다면 여름휴가 때 집에 와서 처음 우리 집을 봤을 것이다. 어리둥절하고 어이가 없어서 결국 버럭 화를 냈을지도 모른다. "아무 상의도 없이 집을 이렇게 고쳐놓으면 어떡해요! 나는 물론 가즈미도 돌아올 마음이 전혀 없는데." 하고 소리를 질러대는 내 말을 듣지 않고 돌아가신 것은 어머니의 입장에선 그나마 행복한 죽음이었을까.

어머니가 이 집에서 산 것은 고작 보름 정도에 지나지 않았지만 어느 방에나 어머니의 숨결이 깃들어 있는 듯한 기분이 든다.

"니가 스오에 돌아오는 게 어머니 꿈이셨다." 하고 친척이 말하는, 그 꿈의 그릇이 이 집이다.

그릇만 남기고 어머니는 떠나셨다.

관 속에 누운 어머니의 얼굴은 온화하게 미소를 짓고 있었다.

장례를 마치고 도쿄에 돌아와서 가즈미는 "이런 말 하면 화내겠지만." 하고 전제를 깔고 "어머님 얼굴을 보고 소름이 끼쳤어." 하고 털어놓았다.

나도 같은 느낌이었다. 어머니의 얼굴은 정말 소름 끼칠 정도로 온화했다.


# 2

"여전히 한가하군……."

텅 빈 가게 안을 둘러보고 내가 말하자 가메야마는 카운터 너머로 "오후 두 시면 어디나 마찬가지다." 하고 대답하고 읽고 있던 스포츠신

문을 접었다.

"밥 줄까?"

"커피."

"일식 스테이크 소스, 오늘은 내가 생각해도 잘 맹글었다."

"그날그날 맛이 달라지면 곤란하지."

"멍청하긴, 그게 인간다운 거 아이가. 콤퓨타가 맹그는 거하곤 다르다."

가메야마는 웃으면서 말하고 커피메이커에 물과 원두를 세트했다.

'컴퓨터'를 이렇게 추억의 발음으로 말하는 친구는, 아니, 처음부터 '콤퓨타'라고 말하는 친구 자체가 도쿄에는 없었다. 조잡한 손 글씨 메뉴를 볼 때마다 컴퓨터로 다시 만들면 손님도 조금은 늘지 않을까 하고 생각하지만, 그것도 괜한 참견 같아서 오랜 친구에 대한 우정은 시내에 나오면 커피를 한 잔 마시는 정도로 해두려고 마음먹고 있다.

카운터의 끝자리에 앉자 가메야마도 가스풍로 앞에 있는 둥근 의자에 앉아 "오늘은 쇼핑하러 나온 기가?" 하고 물었다.

"'분신토'에 좀 볼일이 있어서. 재미있는 책 없나 찾아보려고."

"니야말로 한가하다, 다른 사람들은 죄다 연말이라고 바빠 쌌는데."

"그런가……."

"내도 넘 말 할 처진 아니다만."

"크리스마스 닭고기 오븐 구이는 어땠어?"

가메야마는 오른손 엄지와 검지로 동그라미를 만들어 보였다. OK 사인이 아니다. 남은 세 손가락이 검지에 숨어 있는 것으로 보아 제로. 11월 말부터 가게 앞에 포스터를 붙여놓은 보람도 없이 크리스마스 이브를 일주일 남겨놓은 지금까지 예약은 한 건도 들어오지 않은 모양이다.

"작년, 재작년엔 시커멓게 태우고 덜 구워지고 해서 실패했지만, 올해만은 생각대로 된 것 같은데."

"2년 연달아 실패했다면, 안 되는 거다, 그건."

"그러니까 올핸 솔직히 세 번째 연습한 기다…… 스오 사람들 인정머리도 참말로 쌀쌀맞다."

요리가 서툴고 생각도 모자라다. 도쿄에서 이런 식으로 장사했다면 반년 만에 야반도주해야 했을 거라고 타박이라도 주고 싶었지만 도쿄와 비교하는 것은 왠지 규칙 위반 같은 느낌이 들어서 아무 말도 하지 않았다.

"하긴 뭐." 한숨을 섞어가며 가메야마는 말했다. "경기가 나쁜 건 우리뿐만 아니니까."

나도 한숨을 쉬며 그렇지, 하고 고개를 끄덕였다.

대형 쇼핑센터에 손님을 빼앗긴 역전 상점가는 정월 초하루가 되어도 한산하고, 아케이드에 울려 퍼지는 크리스마스 캐럴의 신나는 멜로디가 스산함을 더 두드러지게 한다.

"작년까지는 연말 추첨 행사도 했는데, 올핸 청년회에서도 하지 말자카더라. 1등이 깃털 이불이라 카믄 누가 좋아하겠나? 바보도 아니고."

'시사이드 랜드', 역 뒤쪽 쇼핑센터의 추첨 행사는 특등이 홍콩여행이고, 1등이 노트북이었다. 국도인 바이패스 연변의 '힐탑 몰'은 특등이 콤팩트사이즈의 왜건차가 경품이다.

하지만 인구 십여 만 명의 스오 시 규모에서는 두 쇼핑센터도 결코 장사가 잘되는 것은 아니었다. 입주 업체도 자주 바뀐다. 전철로 30분 정도 떨어진 현청소재지인 오우치 시에서는 역전 재개발 사업에 따라

현 내 최대급의 쇼핑센터가 2년 후에 개점하기로 되어 있다. 예를 들어 5년 후의 연말 추첨 행사에 '시사이드 랜드'와 '힐탑 몰'이 어떤 경품을 걸지, 추첨 행사를 할지 어떨지, 가게가 영업이나 하고 있을지 어떨지, 그것은 아무도 모른다.

가메야마는 커피 잔을 찬장에서 꺼내며 말했다. "내 얘긴 고마하고, 요지 닌 재취직 우예 돼가노?"

나는 유리 재떨이를 앞으로 끌어당기며 "어찌 되겠지." 하고 대답한다.

"넘 얘길 하듯 하네. 취직 안 할 기가?"

담배를 물고 불을 붙이고 가볍게 고개를 갸웃했다.

몰라. 대답을 어물쩍 넘기려는 것이 아니라 정말로 모르겠다.

고향에서 보내는 하루하루는 담담하다. 오전에는 집 청소나 빨래를 하고, 오후에는 오우치 시의 중고차 센터에서 산 5년 된 VW 골프를 몰고 장을 보거나 날씨가 좋으면 바다로 낚시를 간다. 항구 방파제에서는 작은 볼락이나 놀래기가 잘 잡힌다. 조금 먼 모래톱에 나가면 지금은 가자미 철이다. 옛날에는 어머니가 도맡았던 생선 손질도 거의 다 배웠다. 직업 안정소에는 실업보험 때문에 딱 한 번 가봤다. 그때 창구 직원의 "요즘 중장년층이 재취업하는 건 하늘의 별 따기죠……"라는 말은 의외다 싶을 정도로 쉽게 귓속에 들어왔다 사라졌다. 그런 점이 마사오 외삼촌이 말씀하신 '잠깐 머물다 가는 귀향'의 근거일 것이다.

저녁엔 미나코와 함께 저녁식사를 만든다. 만들어 파는 반찬이나 냉동식품에 의존하는 경우도 많지만 요전엔 튀김에 처음 도전해서 미나코에게 80점을 받았다.

저녁식사를 마치고 샤워를 하고 난 후의 밤은 길다. 진절머리가 날 정도로 길다. 9시를 전후해서 미나코가 자기 방으로 들어가 버리면 집 안이 적막에 싸인다. 2층에 있어도 아래층에 계신 아버지의 코고는 소리가 들릴 정도다.

텔레비전은 2층 거실에도 있지만 드라마든 버라이어티든 볼 마음이 생기지 않는다. 도쿄에서 잡지 편집을 하던 시절에는 무선 인터넷의 속보까지 활용해가며 꼼꼼히 체크하던 뉴스도 생활이 바뀌어버리자 캐스터의 목소리가 갑자기 듣기 싫어져서 지금은 어쩌다가도 보지 않는다.

혼자 있을 때는 책을 읽는다. 도쿄에서는 관심 없던 시대소설이나 자연과학 책이 고향의 조용한 밤과는 잘 어울린다. 인터넷은 전혀 들여다보지 않는다. 노트북을 열고 메일 체크를 해도 수신함은 대개 비어 있다. 매일 수십 건의 메일을 받던 시절을 그리워하면서 나란 놈이 생각 외로 친구가 적구나, 하고 자조 섞인 웃음을 지으면 밤의 적막은 더욱 깊어진다.

담배를 한 대 다 피웠을 때 커피가 나왔다. 한 모금 마신다. 오늘은 맛이 옅다. 커피를 너무 대충 탄다, 가메야마는. 계량스푼이라도 사용하면 좋을 텐데 원두의 양은 늘 눈으로 재서 정확한 양을 맞춘 적이 한 번도 없다.

"봐라 요지, 참말로 우짤 생각이가? 마흔이 다 된 사내가 매일 빈둥빈둥하고, 미나코 보기에 부끄럽지도 않나?"

"미나코는 괜찮아."

"무신 소리고? 미나코가 주눅 들어 지내도 괜찮다는 말이가?"

며칠 전에 마사오 외삼촌도 전화로 비슷한 얘기를 하셨다. 난 세상의, 이 마을의 상식에서는 벗어나 있는 것 같다.

"앞으로 우짤 생각이가?"

"우선은 실업보험도 있고, 저금도 조금은……."

"그럼 그다음엔? 니 역시 도쿄로 돌아갈 생각이가?"

모르겠다.

"스오에 참말로 뼈를 묻을 생각이라면 일거리를 찾아야 하지 않겠나?"

모르겠다, 이것도.

커피를 또 마셨다. 맛이 약한데 신맛은 강하다. 원두의 보존 상태가 좋지 않은 것 같다.

잠시 침묵이 이어지다 내가 새 담배에 불을 붙이자 가메야마는 "한마디 더 해도 되겠나?" 표정으로 봐서 별로 좋은 얘기는 아닌 것 같다.

"진부가 어젯밤에 밥을 먹으러 왔었다."

"……타이밍이 안 맞네, 요전에도 하루 차이로 엇갈리더니."

억지로 웃었지만 가메야마는 동조해주지 않았다.

"타이밍이고 나발이고 뭐 있나? 진부 만나려면 간단하다. 저녁에 슈코에 가면 늘 있다."

"글쎄……."

"진부는 요지 니 마음도 안다고 했지만, 니가 여기 온 지도 벌써 두 달이나 지났다 아이가. 한 번쯤 연습하는 거 보러 가도 누가 뭐라 칼 사람 없다."

"조만간 가보지 뭐."

"요전에도 그리 말했다."

요리는 아무렇게나 하면서 이런 면에선 꼼꼼하다. 야구부 동료 중에서 가장 정이 깊고, 눈물도 많고, 화도 잘 내는 녀석이었다.

*연구*

"오사무 산소에도 아직이가?"

"혼자 가기가 좀 그래서……."

"그게 무신 얼라 같은 소리고, 문디 자슥."

가메야마는 험악한 표정으로 나를 노려보았지만 뭐 됐다, 하고 이내 시선을 누그러뜨렸다. 생각을 고쳐먹고 다시 기운을 내려는 듯 기지개를 켜면서 "우린 시방 어른들 얘기하고 있는 기다." 하고 웃는다. "옛날엔 야구부실에서 바보 같은 소리만 해댔지만."

정말 그랬지, 하고 나도 웃는다. 옛날, 고교 시절. 우리가 사는 세계는 좀 더 단순하고, 좀 더 이해하기 쉽고, 좀 더 즐거웠다.

우리가 그라운드에서 떠난 그날은 지금 생각해보면 아이와 어른을 나누는 경계였는지도 모른다.


언젠가 슈코 야구부의 역사가 기록될 날이 온다면 우리들, 그러니까 1981년 졸업반의 기록을 담당하는 사람은 필시 꽤 애를 먹을 것이다. 지역 예선 준우승이라는 역대 최고의 성적을 남긴 것은 칭찬 일색으로 기록하겠지만 다음 줄에는 '팀원의 불상사로 인해 결승전 출전을 포기하고, 고교야구연맹으로부터 6개월간 대외시합금지처분이라는 오점을 남겼다.'고 써야 할 것이다.

오사무가 일으킨 사건은 우리들에게 바로 알려지지 않았다. 경찰서에서 학교로 연락이 온 것은 밤 7시 전이었지만, 야구부원이 보호자 동반으로 학교에 호출된 것은 밤 9시가 지나서였다.

주장인 다나카와 부주장인 가메야마가 교장실로 불려가고, 학부모는 회의실에, 우리는 야구부실에서 대기하라는 명령을 받았다. 〈더 베

스트 텐)을 매주 빼놓지 않고 보던 진노가 뭐라고 투덜거렸으니까, 그때가 목요일이었을 것이다. 아무것도 몰랐다. OB가 결승전 진출을 축하하며 고기 집에라도 데리고 가지 않을까 하고 말한 것이 3루수 유타카였던가, 1루수 시라이시였던가. 오사무가 야구부실에 없는 걸 처음 알아챈 것은 나다. 그때는 시간을 잘 안 지키는 녀석이라고 모두 대수롭지 않게 넘겼다.

다나카와 가메야마는 좀처럼 야구부실로 돌아오지 않았다. 우리 입에 오른 화제는 당연히 내일 있을 결승전에 관한 것이었다. 1회전 통과가 목표였던 우리가 앞으로 1승만 더 하면 고시엔 대회에 진출할 수 있다. 아주 먼 곳에 있던 꿈이 손만 뻗으면 닿을 곳까지 왔다. 결승 상대는 세토 학원의 대항마로 불리는 오우치 상고였다. 솔직히 실력만 놓고 보면 이길 확률이 희박하다. 하지만 우리에게는 운이란 것이 있었다. 소름끼칠 정도로 따라붙는 운이, 우리의 최대이자 유일한 무기였다.

"할 수 있어, 여기까지 왔으니 이겨보자고."

누군가가 말했다. 모두 고개를 끄덕였다.

"어쨌든 후회 없는 시합을 맘껏 해봐야지."

이어지는 진노의 말에 토를 다는 팀원도 없었다. 이기면 고시엔에 갈 수 있다. 꿈과 동경이 그날 밤 비로소 목표가 되었다.

누가 먼저랄 것 없이 모두가 야구부실 밖으로 나와 배트를 휘두르기 시작했다. 무더웠지만 별이 아름다운 밤하늘이었다. 달빛을 받은 마운드의 투수판이 하얗게 드러나 있었다. 고시엔, 고·시·엔. 배트를 휘두르면서 목구멍 속에서 중얼거리자 등이 오싹오싹했다. 거짓말 같다고 생각했다. 한 번만 더 이기면 고시엔? 우리가 고시엔에 간다? 순간 결승에서 졌을 때를 상상했다. 져도 본전이라고 스스로에게 말해주었다. 이길 리가 없어, 너무 안이하게 생각하는 거 아니야? 하고 스스로를 질책했다. 그 편이 오히려 마음 편하다. 바로 눈앞에 있는 꿈에 닿는 것이 두렵다. 먼 동경의 대상을 이 손으로 잡는 것이 두렵다. 어차피 질 거다, 어떻게든 접전으로 끌고 가서 에이스로서 정면승부를 펼치고, 훗날 "아까웠어, 정말." 하고 모두가 그날을 그리워할 수 있다면 그것만으로도 충분하다…….

나약한 생각이다. 이런 근성으로는 이길 수 있는 시합도 이기지 못한다고 스스로를 다시 꾸짖었다. 고시엔이다, 고시엔. 동경해 마지않던 고시엔에 1승만 더 하면 갈 수 있는 것이다. 이긴다. 무조건 이긴다. 마지막 타자를 잡고 팀원들과 마운드에서 부둥켜안는 그 순간을 위해 지금까지 혹독한 연습을 참고 견뎌오지 않았던가…….

티셔츠의 등이 땀으로 흠뻑 젖을 때쯤 다나카와 가메야마가 마침내 돌아왔다. 다나카와 가메야마와 감독과 부장과 교장. 다나카와 가메야마는 고개를 숙이고, 감독과 부장에게 양 옆에서 부축을 받듯 걷고 있었다. 교장은 우리가 배팅 연습을 멈추고 인사하자 얼굴을 일그러뜨리며 외면했다.

감독은 우리에게 야구부실로 들어오라고 명령했다. 다나카는 얼굴을 들지 않았다. 가메야마도 고개를 숙인 채 두꺼운 오른손으로 목덜미를 난폭하게 문질렀다.

사건에 대해선 부장이 얘기했다. 어떤 설명이었는지는 전혀 기억나지 않는다. 상해 사건이라는 말을 들은 순간부터 부장의 목소리는 단순한 소리가 되어버렸다.

야구부실 벽에는 '열구'라고 쓴 색종이가 액자에 표구되어 걸려 있다. 자와 옹이 매년, 새 팀이 시작될 때마다 써주는 색종이다. "내가 살아 있는 동안 고시엔에 나가줘."가 입버릇이었던 자와 옹은 낮에 있었던 시합에서 우리가 끝내기 득점으로 결승 진출을 확정하자 스탠드 맨 앞줄에서 펄쩍펄쩍 뛰며 좋아하다가 하마터면 그라운드로 떨어질 뻔하기도 했다.

이 소식을 들으면 자와 옹이 깜짝 놀라겠네, 하고 생각했다. 충격으로 죽을지도 모른다는 생각도 들었다.

나중에 들어보니 다른 애들도 모두 자기보다도 먼저 자와 옹을 떠올렸던 것 같다. 일종의 현실도피였는지도 모른다.

부장의 얘기는 어느새 끝났다. 대신 교장이 우리들을 한 명 한 명 둘러보면서 목소리를 떨며 말했다.

"너희들이 가장 억울하겠지만, 또 학교로서도 정말 유감이지만……내일 시합은 아무래도…… 포기해야 할 것 같다."

기억이라는 것은 짓궂은 데가 있다. 교장의 그 말만 또렷하게, 바로 어제 일처럼 기억하고 있다.


커피를 다 마시고 '가메 씨'를 나왔다. 가메야마는 가게 밖까지 배웅해주었다. 가게에 있는 30여 분 동안 손님은 한 명도 들어오지 않았다. 전화가 두 통. 모두 가메야마의 휴대전화로 왔다. 나에게 등을 돌리고 목소리를 죽여도 너무나도 정직한 가메야마의 몸은 한마디 할 때마다 머리가 굽실굽실 내려간다. 돈을 갚으라는 이야기다. 못 들은 척하는 나와 들려주지 않은 척하는 가메야마는 전화가 끝나자 누가 먼저랄 것

없이 어색한 웃음을 지었다.

그래도 가메야마는 열린 문을 손으로 잡은 채 내 앞날만 걱정한다.

"봐라, 요지. 아버지 건강하시지?"

"으응, 뭐, 그냥 그렇다."

"니랑 미나코가 돌아와서 좋아하시지?"

"글쎄다. 아버지가 말씀이 잘 없으셔서."

"말씀하시지 않아도 좋으실 기다. 외아들과 손녀가 돌아왔는데 좋아하지 않을 부모가 어디 있겠노?"

"모르지……."

"일시적인 기쁨이 안 되게 쓸데없는 짓 하면 안 된다."

조금 강한 어조로 말한다. "제삼자의 의견이지만." 하고 덧붙이는 말도 농담으로 흘리는 것이 아니었다.

"일단 아버지한테는 우선 내년 여름까지라고 말씀드렸어."

"멍청한 놈, 이런 이야기에 '일단'이고 '우선'이고가 어딨노?"

그건 그렇다, 확실히.

"난 스오에 눌러앉을 생각이 없으니까 빨리 도쿄에 돌아가는 게 나을 것 같습니다. 그리 말했다면 아버지가 오히려 널 불쌍히 여겼을 기다."

역시 맞는 말이다.

"그래도…… 어머니가 애써 2세대 주택으로 개축하셨고, 아버지도 혼자 살 수 있는 분도 아니고……."

"그럼 빨리 재취직해서 스오에 뼈를 묻던가?"

결국 이야기는 제자리로 돌아왔다.

"생각해봐야지, 진지하게." 하고 결론을 내리고 걸음을 내디디려는 순간 다시 불러 세운다.

뒤돌아보니 가메야마의 얼굴에선 험악함과 쓸쓸함이 동시에 느껴진다.

"나 생각해봤다. 마지막엔 결국 요지 니가 스오를 좋아할지 어떨지."

"그래……."

"아직도 스오가 싫나?"

가만히 고개를 갸웃거리며 말을 찾다가 "좋아하지는 않아." 하고 대답했다. 내가 생각하기에도 어정쩡한 대답에 가메야마도 "돌려서 말하지 말고." 하고 시답잖다는 듯 웃는다.

"싫어." 하고 바꿔 말했다. 슬며시 고개를 드는 고민이나 망설임은 억지로 눌러버렸다.

바로 반론해오리라 생각했지만 가메야마는 몇 번 고개를 가볍게 끄덕일 뿐 더 이상 아무 말도 하지 않았다.

대신 "걸어가면서 '이야, 맛있다. 가메 씨 런치는 역시 최고여.' 하고 선전이나 해주라." 하고 방금 전보다 더 시답잖다는 듯 웃는다.

나도 마음이 없는 쓴웃음을 보내고 걷기 시작한다. 가메야마에게는 미안하지만 거짓말은 하고 싶지 않다. 사투리를 쓰는 것도 싫다. 최소한 말만이라도 도쿄에 한쪽 발을 남겨두고 싶다.

상점가의 공동주차장에 세워둔 차를 타고 시동은 걸지 않고 한동안 멍하니 허공을 바라보았다. 가메야마의 말 한마디 한마디가 이제야 가슴을 죄어온다. 그곳에 진노가 같이 있었다면 역시 같은 말을 했겠지, 하고 생각한다.

가메야마와 진노는 고등학교를 졸업한 후에도 스오에 남았다. 진노는 오우치 시의 국립대학 교육학부에 바로 합격했고, 가메야마는 재수를 해서 같은 대학 경제학부에 들어갔다. 직장도 진노는 현립 고교 교사, 가메야마는 오우치 시의 부동산 회사를 거쳐 지금은 레스토랑의 자칭 오너 셰프. 고향에 뿌리를 내린 삶이다. 고등학교 졸업을 기다렸다는 듯이 도쿄로 올라간 나와는 다르다. 두 사람 모두 고향에 등을 돌리지 않았다. 마을 사람들의 영웅에서 하룻밤 사이에 굴러 떨어진 우리들의 입장을 묵묵히 받아들였다.

나는 그럴 수가 없었다.

손을 뻗으면 닿을 거리까지 와 있던 고시엔은 멀리 저편으로 사라져 버렸다. 시합을 해서 진 것이라면 후회는 있어도 단념할 수 있다. 하지만 우리에겐 질 권리조차 주어지지 않았다. 후회를 곱씹는 것이 차라리 행복한 것이라고 뼈저리게 느꼈다.

야구부실에서 교장 선생님의 말씀을 들은 뒤 우리는 한동안 잠자코 있었다. 구멍이 뻥 뚫린 듯한 침묵이었다. 이윽고 그 구멍으로 흐느껴 우는 눈물이 흘러들어가기 시작했다. 처음 울음을 터뜨린 것은 진노였다. 그것을 계기로 한 명, 또 한 명 눈물을 흘리기 시작했다. "문디 자슥들, 운다고 해결되나, 울지 마라." 하고 부원들을 꾸짖는 가메야마도 울고 있었다.

나는 달랐다. 울지 않았다. 아니 울 수 없었다. 가슴속에서 뿔뿔이 흩어진 감정이 좀처럼 정리되지 않았다.

교장 선생님은 오사무 사건을 '음주와 흡연 끝에 벌인 상해사건'으로만 설명했다. 원래 싸움을 좋아하지 않는 아이였다. 농담하길 좋아하고, 요즘 말로 하면 분위기메이커였다. 봄 지역 대회에선 후보였지만 누구보다도 열심히 개인 훈련을 해서 여름 예선이 벌어지기 전에 중견수 선발 자리를 2학년 부원으로부터 빼앗아왔다. 그런 오사무가 왜 이 중요한 시기에.

납득이 가지 않는다. 아무리 생각해도 모르겠다. 오우치 상고의 음모가 아닐까 하는 생각조차 들 정도였다.

눈이 새빨개진 감독이 "오늘 밤은 이만 집에 돌아가거라." 하고 말해도 우리는 아무도 일어설 수 없었다. 감독이 다시 한마디 더 하려는 순간 OB가 몇 명 야구부실로 뛰어 들어왔다. 모두 안색이 바뀌어 있었다. 경찰서에 근무하는 이와노 선배도 있었고, 지역 신문사에 근무하는 우루시바라 선배도 있었다. 두 사람은 사건 경위를 모두 알고 있었다. 우리도 교장 선생님에게 들어 알고 있다고 생각했는지, 이와노 선배는 주장인 다나카의 얼굴을 보자마자 소리부터 질렀다.

"다나카, 그카고도 니가 주장이가!"

우루시바라 선배도 화풀이로 로커를 걷어차면서 소리를 질렀다.

"니놈들은 교코가 그리 될 때까지 몰랐던 기가!"

교코의 이름이 나오자 고개를 숙이고 있던 부원들이 모두 얼굴을 들었다. 교장 선생님과 감독이 황급히 끼어들려고 했지만, 그전에 이와노 선배가 사건 경위를 마구 쏟아내고 말았다.

교장 선생님에게 등을 떠밀려 OB들이 물러간 뒤에도 우리는 여전히 야구부실에 남아 있었다. 출전 포기의 충격과는 다른 종류의 충격에 휩싸여 있었다. 교코는 명랑한 여자아이였다. 활달한 매니저였다. '좋아한다'의 정의를 좀 넓힌다면 우리는 모두 교코를 좋아했다.

한동안 침묵이 이어진 뒤 가메야마가 옆에 있던 시라이시에게 "야,

캐치볼할까?” 하고 말했다. “우리, 이걸로 자동 은퇴일 긴데 마지막으로 캐치볼이나 하자.” 시라이시가 머뭇머뭇 고개를 끄덕이자 가메야마는 다른 부원들에게도 “모두 캐치볼하러 가자. 슈코 그라운드에서 야구하는 것도 오늘 밤이 마지막 아니겠나.” 하고 말했다. 좋아, 하자, 라고는 아무도 말하지 않았지만, 반대하는 사람도 없었다.

“요지, 갈까?” 하고 진노가 캐처미트를 왼손에 끼면서 말한다. 진노와 배터리를 이루는 것도 오늘로 끝이다. 마지막 시합의 마운드에 서지 못하고 우리는 콤비를 해산한다.

야구부실에 있던 여덟 명 모두가 어느새 캄캄한 그라운드에 나왔다. 두 사람씩, 네 쌍. 하늘 꼭대기에 걸린 달빛에 의지해 포물선을 그리며 공이 오간다. 연습용 공에는 모두 사인펜으로 ‘열구’라 쓰여 있다. 슈코 야구부의 전통이다. 진노가 던진 공을 받아 달빛에 비춰 보니 동그스름한 글자의 ‘열구’가 보였다. 교코가 쓴 글자였다.

“야!” 가메야마가 밤하늘에 대고 소리를 질렀다. “오사무를 원망하지 말자.”

알고 있다, 모두가.

“교코와 오사무에 대해서 난 아무것도 몰라! 바보가 아냐!” 하고 다나카가 뒤를 잇고, 유타카가 “오사무가 교코와 빠구리를 했다니 난 도저히 믿을 수 없어!” 하고 억지로 천박한 말투로 말하고, “아아, 나 차였어!” 하고 뒤를 이은 진노가 나에게 눈짓했다. 네 차례야, 너도 뭐라고 말해, 목소리를 내지 않고도 말하고자 하는 것은 전달되었다.

나는 잠자코 있었다. 도무지 말이 나오질 않았다. ‘열구’ 공을 쥐고 팔을 크게 휘둘러 공을 던졌다. 몸이 균형을 잃고 그 자리에 무릎을 꿇었다. 그대로 다시 일어설 수 없었다. 야구부실에서는 나오지 않던 눈물이 지금은 멈출 줄을 모르고 볼을 타고 떨어진다. 울음소리가 아닌, 신음소리가 목구멍 속에서 새어나온다.

다른 세 쌍의 공도 어느새 멈춰 있었다. 공이 글러브의 가죽을 때리는 소리를 대신해, 다시 흐느끼는 울음소리가 여기저기서 들려온다. 나와 마찬가지로 무릎을 꿇은 애도 있고, 그라운드에 큰 대 자로 누운 애도 있었다.

"빌어먹을!"

우리들의 고교 야구는 가메야마가 더듬거리며 소리 지른 그 말과 함께 끝났다.


빌어먹을, 빌어먹을, 빌어먹을, 빌어먹을······.

평소에는 다니지 않는 스오의 시내 길을 차로 달리면서 나는 주문처럼 계속 중얼댔다. 에도江戶 시대(1603~1867)의 성은 해자와 돌담밖에 남아 있지 않았지만, 구획 정리가 끝나지 않은 시내는 성시의 그림자가 그대로 남아 있고, 대로에서 한 블록 들어가면 구불구불하고 폭이 좁은 도로가 복잡하게 얽혀 있다.

거리 조성은 그곳에 사는 사람들의 기질에도 영향을 주는 것 같다. 처음 가는 차나 사람들에게는 미로로 보일 수밖에 없는 스오의 오래된 거리는 그대로 사람들의 폐쇄적인 기질로 연결된다. 늘 집 안에만 틀어박힌 채 타지인에게는 노골적으로 경계의 시선을 보내고, 결속이 단단한 만큼 배신자나 이단아는 가차없이 내쫓는다. 어렸을 때는 의식하지 못했던 스오의 병폐를 나는 그해 여름부터 가을까지 진절머리가 날 정도로 맛보았다.

생각지도 않은 슈코의 연전연승에 한껏 들뜬 마을 사람들은 더더욱 생각지도 못한 출전 포기라는 결말에 며칠 동안 망연자실 적막에 휩싸여 있었다. 결승전은 무슨 일이 있어도 응원하러 가겠다고 고무되어 있던 시장은 출전 포기 소식을 듣고 교육위원회인지 경찰 소년과인지에 청소년 계도 순찰을 늘리도록 명령했다고 한다. 자와 옹은 사흘 낮 사흘 밤을 자리에 누워 꼼짝도 안 했고, 감독은 실질적인 인사권을 쥐고 있는 OB회의 압력으로 책임을 지고 물러났다.

그 시기가 지나자 '불상사'에 대한 소문이 조금씩 사람들의 입에 오르내리기 시작했다. 신문이나 텔레비전 뉴스에서는 '3학년 야구부원'으로만 보도되었지만, 오사무의 이름은 순식간에 널리 알려졌다. 보도에서는 일체 언급하지 않았던 교코에 대해서도 고시엔 대회가 시작될 무렵에는 이웃집 아주머니조차 "매니저 여자애가 임신했다며?" 하고 목소리를 죽여가며 말하게 되었다.

교코는 여름방학이 끝날 때까지 오우치 시의 병원에 입원해 있다가 바로 친척이 있는 규슈 학교로 전학 갔다. 입원 중에는 아무도 만나지 않았다. 담임선생님의 병문안도 거절하고, 오사무를 제외한 3학년 야구부원 전원이 쓴 색종이도 받지 않았다.

오사무는 2학기가 시작되자 학교에 왔지만, 더 이상 전처럼 활달한 아이가 아니었다. 다른 사람처럼 야위었고, 말수가 극도로 줄어들었고, 늘 고개를 숙이고 있었다.

여러 가지 소문이 퍼졌다. 여름부터 말없이 끊는 무언 전화가 끊임없이 이어졌다, 신용금고의 영업자였던 아버지는 슈코 OB의 거래처를 잇달아 잃는 바람에 좌천되었다, 어머니는 노이로제 증상을 보이다 친정에 가버렸다, 중학생 동생은 학교에서 따돌림을 당했다, 오사무도 응원단 OB에게 불려가 두들겨 맞았다……

교코를 둘러싼 소문도 지독했다. 오사무에게 강간을 당한 것 같다고 누군가가 의기양양한 얼굴로 말했다. 남자 몇 명과 관계를 가진 것 같다고 말하는 놈도 있었다. 야구부원 전원과 섹스를 했다는 소문을 진짜로 믿은 어머니는 "참말이다냐?" 하고 떨리는 목소리로 나를 다그쳤다. 야구부원 몇 명이 윤간한 것 같다는 소문을 학교에서 들은 가메야마는 소문의 진원지를 필사적으로 찾아다니다 용의자로 보이는 1학년 남자아이를 잡아 두들겨 팼다.

우리들에 대해서도 이런저런 말이 들려왔다. "어차피 결승전에 나가도 졌을 기다. 차라리 다행 아이가." 하고 진지한 얼굴로 위로의 말을 건넨 사람도 있었고, OB 회원들이 모인 술자리는 항상 우리들 욕으로 끝났다. 술에 취해서 "연대책임이여." 하고 말을 꺼내고는 한밤중에 우리들 집에 전화해서 "선배들한테 부끄럽지도 않나, 무릎 꿇고 싹싹 빌란 말이다!" 하고 성질을 내는 OB도 있었다.

혐오스러운 곳이다. 나는 내가 태어나고 자란 고향을 마음 깊은 곳에서부터 증오했다.

야구부원들은 오사무와 전과 같이 지내려고 했지만 오사무가 그러기를 거부했다. 지금 생각해보면 우리 태도에서도 어색함이 느껴졌을 것이다.

솔직히 말하겠다. 우리는 진심으로 오사무를 용서한 것은 아니었다. '용서해야 돼.' 하고 이성으로 감정을 눌렀을 뿐이다. 오랜 꿈이었던 고시엔이 바로 눈앞에 와 있었으니까. 손을 뻗어 잡을 수 없어도 상관없다. 하지만 우리에겐 손을 뻗을 권리조차 주어지지 않았던 것이니까.

오랜 시간이 흐르고 나서 가메야마는 시내 술집에서 우연히 마주친 OB에게 "그래, 오사무를 버린 기가, 인정머리 없는 것들." 하고 야단맞았다. 울컥해서 그 OB의 멱살을 잡은 가메야마는 OB회에서 제명 처분을 받고 연습조차 보러 갈 수 없게 되었다. 하지만 지금이라면 가메야마도 "그럴지도 모르죠." 하고 인정했을지도 모른다.

2학기 중반을 지났을 때부터 오사무는 학교에 오지 않았다. 오우치 시의 직업훈련소에 다니는 중학교 때 친구들과 어울려 다닌다는 소문이 있었다. 저녁에는 스오 역전을 배회하고, 밤이 되면 오토바이를 타고 돌아다니는 애들이었다. 오사무는 외톨이로 지내지 못하는 녀석이다. 그런 오사무를 외톨이로 만든 것은 우리들이었다.

해가 바뀌자마자 무면허로 운전하는 친구의 오토바이를 탄 오사무는 커브를 돌다 오토바이에서 굴러 떨어져 도로에 머리부터 박았다. 즉사였다. 관에는 글러브가 함께 들어갔다. 우리는 3학년 야구부원 전원의 이름을 쓴 공을 넣었다. 마지막에 다나카가 공 여백에 '열구'라고 썼다. 교코는 장례식장에 오지 않았다. 화장장의 굴뚝에서 피어오르는 뿌연 연기를 올려다보면서 나는 도쿄의 사립대학에 입학원서를 내기로 결정했다. 멀리 가고 싶었다. 절대로 이 마을에선 살지 않겠다고 맹세했다. 20년이 지나 생각해보면 참으로 어린, 하지만 나름대로는 진지한 맹세였다.

# 3

저녁 이른 시간에 집에 돌아와 보니 아버지는 정원 일을 하고 계셨다. "다녀왔습니다." 하고 말을 걸어도 대답이 없다. 늘 그렇다. 귀가 많이 어두워졌고, 남과 이야기하는 것이 귀찮은지 들려도 무시할 때가 있다. 원래 말이 없고 무뚝뚝한 분이지만, 어머니가 돌아가시고 나서 더욱 까다로워졌다.

"저녁밥 금방 지을게요."

형식적으로 한마디 더 하고 현관문을 열자 "요지 왔구나." 하고 목소리가 돌아왔다. 아까는 정말로 못 들은 모양이다.

"잠깐 얘기 좀 하자."

아버지는 그렇게 말씀하시고 2층을 힐끗 올려다보더니 창문에서 사각지대를 찾듯 현관 옆으로 가서 나를 손짓해 불렀다.

"무슨 일이에요?"

"……미나코가 몸이 안 좋으냐?"

"네?"

아버지는 미간에 깊은 주름을 잡고 목소리를 죽여가며 이야기하기 시작했다.

미나코가 학교에서 돌아온 것은 30분쯤 전이었다. 아버지는 거실에서 아직 끝나지 않은 상중 결례장을 쓰고 계셨다.

평상시의 미나코라면 반드시 거실에 얼굴을 내밀고 "할아버지 다녀왔습니다." 하고 인사한다. 2층에 올라가 책가방을 자기 방에 놔두고 다시 거실로 돌아와 고타쓰에서 간식을 먹으면서 수다를 떤다. 얘기는 거의 미나코만 한다. 학교에서 있었던 일이나 텔레비전 이야기 등, 친구들과 수다 떨 때와 같은 화제를 같은 말투로 말하기 때문에 나조차 내용의 절반도 알아듣지 못할 때가 있지만 아버지는 늘 좋아라 하시며 맞장구를 친다. 무뚝뚝한 표정뿐인 아버지가 얼굴에 웃음을 띠는, 하루 중 유일하다고 해도 과언이 아닌 귀중한 시간이다.

그런데 오늘 미나코는 현관에서 곧장 2층으로 올라갔다. "다녀왔습니다." 하고 인사도 하지 않았다. 한동안 기다려도 거실로 내려오지 않았다. 의아하게 생각한 아버지가 계단 아래에서 동태를 살피자 흐느껴 우는 듯한 소리가 들려왔다고 한다.

"울었다구요?"

"그려, 우는 소리였다."

"……무슨 일이지?"

"충치 땜에 아픈 거 아니냐?"

"충치 같은 거 없어요."

"배탈 난 건지도 모르겠다. 정로환이라면 약상자에 있다. 가져갈래?"

태평스런 상상에 나도 모르게 어이없다는 표정을 짓자 아버지는 미간의 주름을 더욱 깊게 잡고 "어멈이 없으면 한시라도 눈을 떼선 안 되는 거 아니냐?" 하고 나를 노려보셨다.

"잠깐 어떤지 보고 올게요."

아버지를 밖에 남겨두고 현관으로 들어갔다. "약상자는 불단 사이에 있을 기다. 서랍 안이여." 하고 아버지는 다짐을 두듯 말씀하셨다.

한 가지 생각으로 결정하면 좀처럼 양보하지 않는다. 아버지는 옛날부터 그런 분이셨다.

초등학생 아이가 우는 것은 몸 어딘가가 아플 때뿐이라고 생각하는 분이기도 하다.


발소리를 일부러 크게 내면서 계단을 올라갔다. 막다른 곳에 있는 미나코의 방까지 짧은 복도를 걸어갈 때는 "아, 춥다 추워." 하고 소리를 내서 중얼거렸다. 조잡하기 짝이 없는 대사라는 것은 안다. 하지만 그 조잡한 대사가 의외로 미나코와 같은 어린아이에게는 효과가 있지 않을까 하는 생각도 든다.

"미나코, 학교 갔다 왔니?"

문 앞에서 맥 빠진 소리로 부르고 노크를 하면서 말했다.

"잠깐 들어가도 될까?"

대답은 없다.

"아빠야, 좀 들어가도 되니?"

이번에도 대답은 없었지만 상자에서 티슈를 꺼내는 소리가 희미하게 새어나온다. 나는 마음속으로 천천히 다섯까지 세고 "실례합니다." 하고 문손잡이를 돌렸다.

미나코는 침대에 엎드려 책을 읽고 있었다. 대답을 기다리지 않고 들어온 것을 화내지 않는 대신 얼굴도 돌리지 않는다. 읽고 있는 것은 《반지의 제왕》이었다. 요 며칠 푹 빠져서 읽고 있다. 미나코가 "심심해서 그러는데 뭐 길고 재미있는 책 없어?" 하고 엄마한테 메일로 물었더니 이 시리즈가 제일 재미있다고 추천해준 것 같다.

"지금 몇 권까지 읽었어?"

"4권."

"재밌니?"

"물론."

"그래, 아빠 판타지란 걸 별로 좋아하진 않지만, 역시 재밌나 보네."

"재밌다고 했잖아."

쌀쌀맞게 말하고 문고본 페이지를 손등으로 벌레 쫓듯 넘긴다.

등에 대고 말하는 것이 이렇게 어려운 줄은 생각도 못했다.

"저 애도 당신 앞에선 속내를 드러내지 않으니까." 하고 언젠가 뿌로 통한 얼굴로 가즈미가 말했다. 내가 회사에서 돌아오기 직전까지 둘이서 사소한 일로 말다툼을 벌인 뒤였다.

"아아 나도 모르겠어, 정말 어려운 구석이 있어, 미나코는."

그때는 모녀간에 벌어진 말다툼의 여운이라 생각하고 흘려들었지만, 가즈미는 이런 걸 말한 것인지도 모르겠다. 아니면 사춘기나 반항기에 접어든 여자아이는 이 정도로 다루기 어려운 게 당연한 것일까.

해답을 바로 가르쳐줄 가즈미는 지금 멀리 바다 건너편에 있다.

다음 주에 학기말 학부모 면담이 있다. 뒤룩뒤룩 살이 찌고 아무리 봐도 아줌마로 보이는 요코이 담임선생님의 얼굴을 떠올리면 힘이 빠진다. 엄마가 곁에 없는 것은 여자아이에겐 특히 좋지 않아요, 따위의 말을 들으면 난 뭐라고 대답해야 좋을까.

마땅히 할 말을 찾지 못한 나는 책상 의자에 앉아 시간을 벌었다.

"응, 아빠." 엎드린 채 말해서 목소리가 찌부러진다.

"저기 말이야, 이런 걸 숨기고 있다가 괜히 귀찮아질 것 같아서 하는 말인데."

"……뭔데?"

"나, 학교에서 왕따야."

숫자를 읽듯 억양 없이 말했다. 말문이 막힌 나는 상관 않고 미나코는 《반지의 제왕》 페이지를 넘기면서 "도쿄 사립학교에서 온 귀여운 아이는 표적이 되기 쉬워. 숙명이지 뭐." 하고 웃는다.

"……상대가 어떤 녀석이야? 몇 명이야? 남자야? 여자야?"

"누구든 무슨 상관이야?"

"무슨 말이야? 학부모 면담 때 선생님한테도 말하고, 만약 그 애 부모가 오면 따져야지."

"열 낼 거 없어. 그런 거 종종 있는 일이잖아."

까불지 마, 하고 말하고 싶은 것을 참았다.

그 말을 들을 사람은 미나코가 아니라고, 고쳐 생각했다.

"미나코, 전학 가자."

"뭐?"

"도쿄로 돌아가자. 이런 촌구석에서 참고 살 이유 따위 없어."

"잠깐……" 미나코가 겨우 몸을 일으켰다. "왜 그래, 아빠?"

"싫어, 옛날부터 쭉 싫었어, 이 마을이."

"아빠가 태어난 고향이잖아?"

달래는 듯한 말투에 더 발끈한다.

"선생님이 아직 교무실에 계실 거야. 잠깐 다녀올게."

"진심이야? 열 받을 거 없다니까. 정말이야, 난 괜찮아. 왕따 축에도 안 들어가고……."

"됐으니까, 집이나 보고 있어."

방에서 뛰어나와 계단을 달려 내려갔다. "아빠, 기다려!" 하고 미나코의 목소리가 등에 꽂혔지만 돌아보지 않았다.

현관에서 신발을 신다가 신발장 위에 엽서 다발이 놓여 있는 것을 보았다. 아버지가 쓴 상중 결례 엽서였다.

"아내 노부코의 생각지도 못한 변고에 한동안 실의에 빠져 지냈습니다만, 가을에 아들네가 고향에 돌아와주었습니다. 덕분에 하루하루가 정신이 없습니다. 조만간 오실 일이 계시면 잊지 말고 들르셔서 노부코에게 향이라도 피워주시면 감사하겠습니다. 때가 때인 만큼 자중자애 하시기를."

정신없는 하루하루, 허영인지 허세인지 모르겠다.

하지만 혼자 살 때보다는 지금이 정신없다는 것은 틀림없다.

엽서에서 얼굴을 들고 밖으로 나왔다.


초등학교를 향해 얼마간 차를 몰았을 때 휴대전화가 울렸다.

미나코의 전화였다.

"운전하면서 휴대전화를 받다니 큰일 나." 이런 상황에서도 되바라진 소리를 하는 아이이다, 미나코는.

갓길에 차를 댔다.

"이제 괜찮아, 미나코. 넌 아무것도 걱정하지 않아도 돼."

"아빠, 좀 냉정해져봐."

"냉정이고 지랄이고 없어. 왕따를 당하면서까지 그런 학교에 다닐 필요 없다니까. 전에 다니던 학교로 돌아가면 돼."

"……나, 도망가고 싶지 않아."

"도망가고 안 가고, 그런 문제가 아니야. 싫어, 최악이라고 여겨."

"아빠, 정말 무슨 일 있었던 거야? 오늘 이상해."

침착하자. 미나코에게 들을 것까지도 없이 나 스스로 조금 전부터 몇 번이나 들려주고 있었다. 오늘은 특별하다. 옛날 일을 떠올리고 말았다. 침착하자. 가메야마의 말대로 모든 게 벌써 20년이나 지난 일이다.

"그리고 말이야, 할아버진 어쩌고? 갑자기 도쿄로 돌아가 버리면 깜짝 놀라실 거고, 낙담이 크실 텐데."

"할아버진 걱정하지 않아도 돼. 네가 더 우선이니까."

"그러니까 난 괜찮다니까. 아빠 혼자 괜히 열 받아 가지고. 그런 건 흥분해봤자 소용없어."

"흥분한 거 아니야."

대답하는 목소리가 흥분으로 떨리고 있는 것이 스스로도 느껴진다.

침착하자. 몇 번이고 들려주고 있는데도. 침착해져야 한다. 머리로는 확실히 알고 있으면서도.

"학교 일은 정말로 괜찮다니까."

미나코는 다시 달래듯 말하고 "게다가." 하고 덧붙였다. "지금 도쿄로 돌아가 버리면 우리가 여긴 뭐 하러 온 거야? 할아버지 기분도 생각해줘야 되지 않아?"

그리고 한마디 더 내가 몰랐던 말을 한다.

"할아버지 정원에 나오실 때 새 스웨터를 입고 계셨어. 엄마가 선물로 드린 거 말이야. 아주 잘 어울린다고 말씀드렸더니 정말로 쑥스러워하시더라고."

정신없는 하루하루, 라고 아버지는 엽서에 쓰셨다.

"근데 말이야, 그 스웨터 아웃도어용이지? 아무리 새 거라고 해서 정원 일을 할 때 벗어놓으면 의미가 없지 않나? 할아버지도 그런 점은 고집인지, 융통성 부족인지…….”

아들네가 고향으로 돌아와주었다. 그래, 아버지는 '와주었다'고 쓰셨다.

“어쨌든 아빠, 너무 조급하게 굴지 마. 그러면 나도 괴롭고, 할아버지도 불쌍하고.”

“……'불쌍하다'는 말은 좀 아닌 것 같은데.”

“응? 미안, 목소리가 멀어서 잘 안 들려.”

“됐다.” 어깨의 힘을 빼고 웃었다. “우선 이번 학부모회 때 상황이 어떤지 선생님한테 물어볼게.”

“그러지 않아도 된다니까.”

“드라이브하면서 적당히 머리 식히고 돌아갈게. 저녁은 도시락이면 되지? 오늘은.”

전화를 끊고 운전석 헤드레스트에 가볍게 머리를 부딪쳤다. 힘을 뺀 어깨에 조금씩 압박이 가해진다.

정원 일을 하시던 아버지의 등을 떠올려보았다. 조선소 현장에서 일할 때는 바위처럼 두툼하고 울퉁불퉁하던 등이 지금은 바짝 움츠러들어 훨씬 작아졌다.

미나코가 무슨 말을 하고 싶어 하는지는 잘 안다. 결국 마사오 외삼촌에게 야단맞은 대로 '임시 효도'에 지나지 않는 건 아닐까, 라는 생각도 든다.

이 마을을 좋아하면 된다. 소문이 온 마을에 돌아 외지인이나 배신자에게 보내는 차가운 시선을 고스란히 받는다 해도 이 작은 시골마을을 그래도 여기가 내 고향이지, 하고 받아들이면 된다. 간단한데. 고향을 사랑하는 건 당연한데.

시트에서 등을 뗐다. 사이드브레이크를 풀고 액셀러레이터를 천천히 밟는다.

한동안 도로를 달리다 세 번째 교차점을 오른쪽으로 꺾었다.

그다음은 외길이었다.

자전거를 탄 고교생들과 스쳐 지나갔다. 목닫이 학생복을 입은 남학생이 세 명, 옷깃에 빨간 줄이 두 줄 들어간 세일러복 차림의 여학생이 한 명. 그들 바로 뒤에도 비슷한 모습의 학생들이 몇 그룹 있다. 마침 하교 시간인가 보다.

심장 고동이 빨라지는 것이 느껴졌다. 긴장한 거야? 하고 스스로를 비웃어보았다.

도로 양쪽의 풍경은 몰라볼 정도로 달라져 있었다. 빌딩도 늘어났고, 도로 폭도 넓어졌다. 우거진 나무들에 둘러싸인 부지엔 아파트가 들어섰고, 목조 문구점은 3층 건물로 바뀌어 1층에 편의점이 들어와 있었다.

그래도 그립다. 아무리 풍경이 바뀌었다고 해도 이 도로를 똑바로 질러가면 결국 슈코에 도착한다.

여학생과 스쳐 지나갔다. 한 명이었다. 급한 볼일이라도 있는지 긴 머리카락을 흩뜨리면서 페달을 밟고 있다. 볼이 빨간 그 얼굴은 어딘가 옛날의 교코를 닮았다.


그라운드에서는 캐치볼이 시작되고 있었다. 속도를 늦추며 창을 열자 "자, 가자! 가자!" 하고 옛날과 다름없는 기합 소리가 들려온다.

모자에서 스타킹까지 새하얀 연습용 유니폼도, 왼쪽 가슴에 사인펜으로 큼지막하게 쓴 이름도, 그때와 같다. 축구부나 육상부 애들과 그라운드를 차지하려고 말다툼을 벌이는 것도 아마 바뀌지 않았을 것이다.

그라운드 구석에는 차를 두세 대 세울 수 있는 공간이 있다. 그 무렵엔 거의 매일이다시피 '오자와 사진관'의 라이트밴이…….

있었다.

한 대 서 있는 왜건 몸통에는 분명히 '오자와 사진관'이라 쓰여 있었다.

자와 옹이 아직도 오나 보네?

그 할아버지가 벌써 일흔이, 아니 여든이 지났을 텐데.

아들이나 손자가 대를 이은 건가.

뭐야, 하고 웃은 것은 허세였다. 차를 왜건 옆에 세우자 긴장이 갑자기 심해졌다. 키를 빼는 손가락이 바르르 떨리고, 차를 내려 그라운드로 향하는 발걸음은 흐느적흐느적 몸의 중심이 어디론가 가버린 듯 의지할 곳 없다.

진노가 있었다. 유니폼 위에 검정색 바람막이를 입고, 야구부실 앞에서 폐드럼통에 나뭇조각을 때는 난롯불을 쬐면서 부원들이 캐치볼하는 모습을 보고 있었다.

말을 걸까 말까 망설이고 있는 사이 야구부실에서 나온 여자 매니저가 나를 보고 진노에게 말했다.

뒤를 돌아본 진노의 의아한 표정은 순식간에 미소로 바뀌었다.

"우와, 요지? 요지구나! 이리 와라!"

크게 흔든 오른손이 야구 모자챙에 부딪쳐 모자가 벗겨졌다.

진노의 머리는 완전히 벗겨져 있었다.

부원들은 캐치볼을 멈추고 "안녕하세요!" 하고 모자를 벗고 깊숙이 허리를 숙인다. 설마 내가 20년 전의 에이스였다는 것은 모를 테지만 감독이 아는 사람인 어른에겐 상대가 누구든 먼저 인사를 한다는 것이 야구부의 규칙이었다.

변하지 않은 점도 있고, 거짓말처럼 변해버린 점도 있다.

부원들의 장발은 언제부터 허락됐을까. 진노의 머리숱은 언제부터 이렇게 줄어들었단 말인가.

나는 비틀거리듯 걸었다. 그리움에 젖는 한편 쓸쓸함도 음미한다. 기쁘기도 하고 슬프기도 한, 미소가 멋대로 흘러나오는가 하면 가슴이 메는, 이런 느낌, 도쿄에선 한 번도 느껴보질 못했다.

야구부실로 한 걸음씩 다가간다. 진노가 매니저에게 무언가 말했다. 네? 정말이에요? 하고 놀라듯 매니저는 손바닥을 입에 댄다. 미인은 아니지만 얼굴이 동그랗고, 느낌이 좋은 여자아이였다. 그녀는 교코 이야기를 알고 있을까? 우리가 고교생이었을 때 그녀는 아직 태어나지도 않았으리라는 걸 알고 걸음이 다시 불안해진다.

"요지." 진노가 웃으면서 말했다. "너, 나보다 먼저 인사할 사람이 있다."

뒤를 봐, 하고 턱짓을 한다.

백네트 뒤, 이동식 배팅 케이지에서 세 방향을 보호받으며 휠체어에 앉아 있는 노인이 있었다. 귀마개가 달린 모자를 쓰고, 다운재킷의 옷깃을 세우고, 목에는 머플러를 감고, 배부터 밑으로는 모포를 덮고, 그라운드를 보고 있었다.

곁에 있던 부원이 케이지를 뒤로 이동시켜 휠체어의 방향을 바꾸면서 노인의 귓전에 대고 말했다.

휠체어가 나를 정면으로 보았다.

자와 옹이었다.

나는 나도 모르게 전력질주로 자와 옹 앞까지 가서 몸을 두 개로 접어 90도로 인사했다.

자와 옹은 멍한 표정이었다. 내 뒤를 따라 자와 옹 가까이 온 진노가 "자와 할아버지, 요지입니다. 기억하십니까, 옛날 에이스였던 요지입니다." 하고 천천히 말해도 주름이 자글자글한 얼굴에 감정은 거의 드러나지 않는다. 원래 몸집이 작은 분이었지만 몸이 옛날의 절반으로 줄어버린 것 같다. 주름에 묻혀버린 두 눈은 잿빛으로 탁하고, 눈곱이 붙어 있다.

나는 그 자리에 쭈그리고 앉아 자와 옹과 눈높이를 맞추고 "오랜만에 뵙습니다." 하고 말했다. "시미즈예요, 요지입니다. 정말로 오랜만……."

가슴이 뜨거워져서 더 이상 말이 나오지 않았다.

눈물을 참으며 자와 옹을 보았다.

하얀 다박나룻이 드문드문 난 자와 옹의 볼이 꾸물꾸물 작게 움직였다.

"……돌아왔구나."

안 돼. 눈물이 흘렀다.

"그래, 돌아왔어."

땅바닥에 무릎을 꿇고 모포 위에서 자와 옹의 손을 잡았다.

돌아왔어.

눈을 감고 몇 번이나 고개를 끄덕였다. 턱을 흔들 때마다 눈물이 볼을 타고 흘러 떨어졌다.

"요지." 진노가 말한다. "저쪽에도 그리운 사람이 있다."

"저쪽, 이라니?"

콧물을 훌쩍이고 손등으로 눈가를 닦으면서 되묻자 "저기 말이야, 저기." 하고 외야 너머, 백네트 뒤쪽보다도 폭이 넓은 도로 쪽을 턱으로 가리켰다.

녹색과 하얀색으로 칠해진 대형 트럭이 서 있다.

"교코 얘긴 가메한테 들었겠지만, 트럭 운전사다. 가끔 저렇게 연습을 보러 온다."

"……얘기해봤어?"

"해보진 않았지만, 알지, 저거 교코다."

트럭은 그라운드를 옆으로 보는 모습으로 서 있고, 사이드윈도는 검정색으로 선팅이 되어 있었다. 안은 보이지 않는다. 하지만 진노는 의심의 여지도 없이 "가끔 와." 하고 반복한다.

교코도 지금 이쪽을 보고 있을까?

나를 알아보았을까?

"그런데 오늘은 종일 정신없네. 자와 웅도 아침부터 컨디션이 좋다며 오랜만에 나왔고, 교코도 왔고, 결정적으로 요지까지. 이런 우연도 있을까?"

불러주었다고 생각한다.

오사무가.

그걸 말하려니 너무 쑥스러워서 나는 잠자코 다시 손등으로 눈가를 문지른다.

"어이, 요지."

진노는 발밑으로 굴러온 공을 주워들어 내게 토스했다.

흙이 묻고 실밥이 풀린 연습용 공, '열구'라 쓰여 있다.

손가락과 손바닥은 이미 야구공의 감촉을 잊은 지 오래다.

"……공이 이렇게 컸나? 게다가 좀 무겁군."

중얼거리는 목소리에 진노는 그저 웃을 뿐이었다.

나도 쓴웃음을 짓고 공을 움켜쥔다. 직구 그립. 결승전 초구는 무조건 직구로 정해져 있었다. 폭투가 되어도 상관없다. 전력으로 던질 생각이었다. 그날 던졌을 혼신의 직구를 떠올리며 나는 천천히 오른손을 뒤에서 앞으로 휘둘렀다. 운동부족인 어깨가 삐걱거렸다.

트럭은 천천히 움직이기 시작했다. 내가 돌아온 것을 확인했다는 뜻일까. 20년 만에 공을 잡은 것을 봤다는 뜻일까. 오사무, 넌 어떠니?

III

# 1

미나코는 '자존심'이라는 말을 사용했다.

"알았지, 아빠? 나도 자존심이 있으니까 절대로 쓸데없는 말은 하지 마. 약속하는 거야?" 학부모회가 열리는 날 아침, 지겨울 정도로 다짐을 받았다. "만약 약속 깼다간 아빠하곤 평생 말 안 할 거야."

유달리 지기 싫어하는 성격인데, 그 말을 했다간 미나코는 더 화를 낸다. 미나코는 옛날부터 '지기 싫어한다'는 말 자체를 매우 싫어했다.

"그게 그렇잖아, 지고 싶지 않다는 건 오만한 말이야. 졌다는 거지. 그래도 도망치는 건 비겁해. 난 도망칠 정도라면 차라리 지는 게 낫다고 생각해."

도쿄에 있을 때는 좀 건방진 말투 정도로만 생각했다. 하지만 같은 말을 이곳에서 들으니 가슴이 따끔하니 아프다. 지는 것조차 할 수 없었던 20년 전의 일을 떠올리자 가슴이 더욱 조여왔다.

"괜찮아, 나. 지고 싶지 않다고 고집부리며 막다른 곳에 몰린다거나, 그런 바보 같은 애는 아니니까. 정말로 위험해지면 그때는 꼭 상의할게."

손가락으로 V 사인을 그리며 웃는다.

"그래도……."

"그리고 왕따라 해도 도시와는 달라. 좀 더 심플하다고 할까, 순수하다고 할까, 그렇게 못되게 굴지는 않는다는 느낌? 그냥 따돌림 당한다는 정도이니까. 정말, 독하지 못해. 오히려 조용히 책 읽기에 좋아."

어느 정도 허세 부리는 말이라는 건 알면서도 템포가 빠른 미나코의 말에 결국 고개를 끄덕이고 만다. 독하지 못한 건 나다.

"그리고 엄마한텐 절대로 비밀이야. 얘기하고 싶어지면 내가 메일을 보낼 테니까 아빠가 괜히 선수 치지 마. 만약 아빠가 떠벌리고 다닌 걸 알면 그땐 정말 아빠하곤 평생 말 안 할 거야."

"으응……."

"그보다 아빠도 할 일을 찾아서 다행이야."

슬쩍 화제를 돌려버리면 다시는 되돌릴 수 없다.

"그게 할 일이나 되나?"

"그래도 매일 낚시나 하러 다니는 것보단 낫잖아?"

그건, 뭐, 그렇다.

슈코 그라운드에 얼굴을 내밀고 나서 일주일, 처음엔 백네트 뒤에서 연습을 보는 게 다였지만, 그제부터 학기말로 바쁜 진노를 대신해 노크를 쳐주게 되었다.

처음엔 세 번 치면 한 번 꼴로 빗맞아서 땅볼이나 플라이가 엉뚱한 방향으로 날아갔고, 열 번 중 한 번은 헛방망이질을 했다. 교무실 창문에서 보고 있던 진노에게 "어떻게 하면 노크를 치면서 헛방망이질을 할까?" 하고 놀림을 당했고, 그라운드에 흩어져 있는 야구부원들도 모자를 눌러쓰거나 고개를 숙이면서 웃음을 참았다.

공백이 너무 길었다. 대학 시절 학부 운동회 때 소프트볼은 몇 번 해 본 적 있지만, 정식 야구는 20년 만이다. 사회인이 되고 나서는 스포츠 용품점에 가도 야구 코너에 발을 들여놓는 일조차 없어졌다. 2인 1조의 캐치볼 짝을 못 찾은 1학년을 상대로 캐치볼을 하면 어깨나 팔꿈치보다 손목이 먼저 아팠다. 열여덟 살 무렵에는 하루에 200개를 던져도 끄떡없었다고 스스로에게 변명 겸 자부심도 느꼈지만, 지금은 아무도, 나도 포함해서, 믿어주지 않을 것이다.

그래도 양손의 물집이나 근육통을 얻은 대가로 어제는 옛날의 감을 꽤 되찾았다. 배트에 쓸려 살갗에 물집이 잡힌 오른손 검지 옆에 밴드를 붙이자 그래, 옛날에도 이랬지 하고 겸연쩍은 미소가 번진다.

자와 옹과는 첫날 만난 게 다였다. "감기에 걸리면 바로 아웃이야. 어지간히 따뜻하고 몸 상태가 좋지 않으면 식구들이 밖에 데리고 나오질 않아." 하고 진노가 말한다. "언제 와도 상관없도록 준비만은 해뒀지." 하고 백네트 뒤에 세트된 타구 보호용 배팅 케이지에 턱짓을 하고, "그 영감 성미가 급해서." 하고 쓸쓸하게 웃는다.

자와 옹이 휠체어 신세를 지게 된 것은 2년 전부터였다. 현관 앞에서 굴러 무릎 뼈가 부러졌는데 그 후로 하체가 급격하게 약해졌다고 한다.

몸이 생각대로 움직이지 않게 되고 나서 치매기가 생겼다. 지금은 아직 제정신과 꿈의 세계가 오락가락하는, 이른바 반치매 상태이지만 최근 반년 사이에 증상은 확실히 나빠졌다. 그림물감으로 도화지에 빈틈없이 칠하는 것과 같다. 칠이 덜 된 하얀 부분도 붓이 몇 번 왕복하는 사이에 사라져버린다.

지금은 거의 남지 않은 여백 곳곳에 20년 전의 우리가 있다.

"슈코가 고시엔 대회에 가장 근접하게 간 해잖아. 자와 옹도 못 잊는 갑다. 불펜에서 연습하는 고바야시를 너랑 종종 헷갈린다. 요지, 어깨는 어떻다, 커브 각도가 예리하지 못하다, 하고…… 포수인 다카노도 나랑 자꾸 헷갈린다. 뭐, 내가 감독하고 있는 건 자와 옹도 잘 알지. 가끔 어이 진노, 목소리가 나오지 않으면 진노에게 말해라, 하고 말한다. 아무래도 머리가 왔다 갔다 하는갑다."

20년이라는 세월은 자와 옹의 머릿속에서 어떤 식으로 엉클어지고, 흐트러지고, 뒤섞이고, 생략되고, 일그러져 있을까. 내가 살아온 20년이란 세월은 내 속에서 지금 어떤 모양을 하고 있을까……

"가메랑 다나카도 자와 옹의 이야기에 종종 등장한다. 참말이지, 우리 걱정을 많이 한다, 그 영감."

그러나 자와 옹이 절대로 입에 올리지 않는 이름도 있다.

"오사무와 교코 얘기는 털끝만큼도 안 나온다."

"……잊었겠지."

"잊고 싶은 거지, 자와 옹도."

교코의 트럭도 그날 이후로 보이지 않는다. "한 번쯤은 차에서 내려도 좋을 텐데." 진노가 중얼거리고 그렇지 않나? 하고 나를 보았다. 나는 말없이 고개를 끄덕였다. 진노와 가메야마가 부러웠다. 두 사람은 교코를 "어서 와." 하고 맞아줄 수 있다. 하지만 난 아직 그렇게 말할 수가 없다. 만약 교코가 "나 왔어." 하고 웃는다면 난 어쩐지 눈을 감아버릴 것 같은 기분이 든다.

학교에 도착했을 때는 아직 점심시간이 끝나지 않았다. 조금 당황스러웠지만 복도에 이미 학부모 몇 명이 보여서 뭐 괜찮겠지, 하고 교사 안으로 들어갔다. 3층 건물의 2층이 5학년 교실이었다. 남학생들은 대부분 운동장에서 놀고 있었기 때문에 복도에 나와 있는 것은 여학생뿐이었다. 수다를 떨고 크리스마스실을 교환하고 실뜨기를 하는 아이들 중에 미나코는 보이지 않는다.

수업을 기다리고 있는 학부모도 거의 어머니. 드문드문 아버지의 모습이 보여도 일하다가 왔는지 모두 양복에 넥타이 차림이고, 폴로셔츠에 재킷의 가벼운 옷차림으로 온 사람은 나 혼자였다. 그런 면이 외지인의 모습일 것이다. 자신의 경솔함을 후회하며 교실 뒷문으로 몰래 안을 들여다보았다.

미나코는 베란다 쪽 창가 줄의 맨 앞에 있었다. 오도카니 앉아 책을 읽고 있다. 주위에 친구는 없다. 누군가가 말을 걸어올 기미도 없다. 그리고 미나코에게서 혼자 지내는 것을 즐기는 듯한 모습은 전혀 찾을 수 없다.

아침에 한 말은 역시 허세였다고 새삼 느꼈다.

돌아가자.

이제, 도쿄로 돌아가자.

지금 당장 미나코에게 "이제 됐다, 이런 곳에 억지로 있지 않아도 돼." 하고 말하고 손을 잡아끌고 집으로 데리고 가서 아버지에게 편지를 써놓고 공항으로 가도 된다.

교실 뒤쪽에 있던 여자아이가 "그럼 잠깐 기다려. 그런 말 하면 증거를 보여줘야지." 하고 친구들 무리에서 종종걸음으로 빠져나와 미나코

바로 뒤에 있는 자신의 자리로 돌아갔다.

책상 옆 고리에 걸려 있는 토트백에서 작은 상자를 꺼내 친구들이 있는 곳으로 돌아오다가 아아 깜박했네, 하는 표정으로 독서 삼매경에 빠져 있는 미나코를 돌아보고 등을 향해 오른손을 흔들었다.

쭈쭈쭈, 이리 오렴, 이 바보야.

숨죽인 웃음소리가 교실 뒤쪽에서 흘러나온다.

미나코는 알아채지 못한다. 아니, 모르는 척할 수밖에 없을 것이다.

말로는 아무리 허세를 부려도 등으로 남을 속일 수 있을 정도로 어른스럽지는 못하다. 양 어깨가 조금 움츠러든다. 책장을 넘기는 템포가 부자연스럽게 빨라진다.

눈물이 날 것 같았다. 교실로 뛰어 들어가 닥치는 대로 "너희들 그만두지 못해!" 하고 패주고 싶었다. 하지만 미나코의 '자존심'에 상처를 주고 싶지는 않았다.

어쩌면 좋지, 이럴 때는.

가즈미가 있었으면…… 지난 일주일, 몇 번이나 했던 생각을 또 한다.

고향 탓은 하지 않는다. 내 잘못이다. 도쿄에 있을 때는 "여자아이에 대해서는 잘 모르니까." 하고 미나코의 양육을 전적으로 가즈미에게 맡겨두었다. 그 값을 지금 치루고 있는 것이리라.

수업시간이 가까워지자 복도에는 어머니들이 부쩍 늘어났다.

미나코가 자리에서 일어선다.

엉겁결에 나는 한 걸음 뒤로 물러나 몸을 숨긴다.

아까 그 여자아이가 눈짓을 하고 쿡쿡 웃는다.

미나코는 교실 앞문으로 간다. 여자아이가 두 명, 하얀 종이를 들고 미나코의 뒤를 쫓아가 문 바로 앞에서 추월한다. 하얀 종이는 미나코의 등에 붙었다. 뭐라 쓰여 있는지는 읽을 수 없다. 읽는 게 두렵다.

복도에 나온 미나코는 나에게서 멀어지는 모습으로, 그러니까 하얀 종이가 붙은 등을 보인 채 화장실로 향했다. 종이가 붙은 것을 알았는지 등을 자꾸 움직이며 손을 뒤로 돌리지만 종이에는 닿지 않는다.

돌아보지 마. 기도했다. 돌아보고 내가 복도에 있는 것을 안 미나코의 얼굴을 보고 싶지 않았다. 몰래 뒤로 다가가 종이를 떼어주고 싶다. 하지만 그런 행동을 하면 미나코의 '자존심'은 어찌 된단 말인가.

미나코는 옆 반 어머니들 사이를 지나 화장실로 간다. 종이가 붙어 있는 것을 안 어머니들은 웅성거렸지만, 아무도 미나코에게 말해주려고 하지 않는다.

그런 곳이다, 여긴. 늘 동료 내에서 무리를 짓고, 튀는 것을 싫어하고, 남의 눈을 의식하고, 작은 소리로 수군거린다. 그런 곳에서 나는 태어나고, 자라고, 이미 고향에서 보낸 세월보다 도쿄에서 보낸 세월이 길다 해도, 마음의 뿌리는 어쩔 수 없는 스오 사람인 걸까.

운동장에서 뛰어 들어온 옆 반 남학생 몇 명이 미나코의 등에 붙은 종이를 보았다. 손가락질하며 웃는 녀석도 있다. 날라차기 시늉을 하는 놈도.

이제 한계다. 한 걸음 내디디자 망설임이 사라졌다.

미나코를 향해 돌진했다. 그때였다.

어머니 한 명이 미나코에게 다가가 등에 붙은 종이를 떼어냈다. 짧은 머리카락을 황금색으로 물들이고, 아래위 데님 차림의, 주위 사람들과는 사뭇 다른 옷차림이다.

나는 걸음을 멈추었다.

"참을 필요 없어."

그녀는 어리둥절해하는 미나코에게 말했다.

당황한 미나코는 화장실로 뛰어갔다. 마침 복도를 걸어오던 남학생과 부딪힐 뻔했다.

미나코가 화장실로 모습을 감추자 어머니는 복도에서 미나코와 엇갈려 오고 있는 남자아이에게 "고짱, 방금 그 애가 네가 말한 애니?" 하고 말한다.

고짱이라 불린 남자아이는 한 박자 늦게 고개를 끄덕였다.

이번엔 그녀의 시선이 미나코 뒤에 있던 남자아이들에게로 옮겨간다. 엄하게 째려보는 눈빛이었다.

"사내새끼들이 부끄럽지도 않아?"

대답은 없었다.

그녀도 대답을 기대한 것은 아니리라. 고짱을 돌아보고 말했다.

"한 방씩 먹어줘라."

그 말에 고짱은 즉각 반응했다. 기세등등하게 남자아이들의 머리를 끝에서부터 한 명씩 주먹으로 쥐어박는다. 덩치는 작지만 날렵한 동작이었다.

어머니들이 술렁거렸다. 머리를 맞은 아들을 끌어안고 "뭐 하는 거예요!" 하고 소리를 지르는 사람도 있었지만, 고짱의 어머니는 태연하게 아들에게 "이제 됐다." 하고 말한다. 고짱도 아무 일 없었다는 듯 교실로 들어갔다.

그 뒷모습을 바라보던 고짱의 어머니는 천천히 이쪽을, 나를 돌아보았다.

그녀는 내가 여기에 있는 것을 이미 알고 있었던 것 같다.

나 역시 방금 전 미나코의 등에 붙은 종이를 떼어줬을 때 그녀가 누군지 알았다.

20년 만이다.

수업 시작을 알리는 종이 울린다. 그 소리에 얼버무리듯 고짱의 어머니, 교코는 "오랜만이야." 하고 입을 움직이고 웃었다.

수업참관도 학부모회도 건성이었다. 미나코가 왕따 당하고 있다는 걸 담임선생님과 상담해볼까도 생각했지만, 이런 날에 상담하면 모든 게 나쁜 방향으로 흘러갈 것 같은 기분이 들어 개별 상담은 신청하지 않았다. 오늘 밤, 한 발 먼저 집에 돌아가 있을 미나코를 어떻게 대해야 할까. 아빠가 다 봤다, 너무 심한 거 아니냐? 이런 학교에 다닐 필요 없다, 어서 도쿄로 돌아가자……. 정말로 이런 말을 해도 되는지 어떤지 잘 모르겠다.

전체 학부모회가 끝나자 바로 교실을 나왔다. 옆 반은 벌써 개별 상담을 시작한 것 같았다. 복도에 의자를 내놓고 상담 순서를 기다리고 있는 어머니들이 힐끔힐끔 나를 본다. 외부인으로서가 아니라 교코와 아는 사람이라는 것에 대한 경계심과 호기심이 생겼는지도 모르겠다. 순서를 기다리는 어머니 중에 교코의 모습은 없었다. 당연하지, 싶다. 아들 일로 선생님과 상담할 정도라면 20년 전의 일도 그런 식으로는 하지 않았을 것이다. 교코도 오사무도 우리들에겐 아무 말도 않고 사귀었고, 아무 말도 않고 괴로워했고, 고민했고, 방황했고, 아무 말도 않고 사건을 일으켰고, 아무 말도 않고 떠나가 버렸다.

몇 번이나 한숨을 내쉬고, 교사를 나왔다. 정문을 막 지났을 때 "요지." 하고 부르는 소리가 들렸다. 걸음을 멈추고 뒤를 돌아보고 "오오." 하고 억지로 웃는다. 놀라지는 않았다. 이렇게 되리라고 마음 한구석에서 각오하고, 기대하고, 있었다.

"모처럼 만났는데, 드라이브나 할까?"

교코 뒤에는 녹색과 하얀색으로 칠한 트럭이 서 있었다.

# 2

20년 만이다. 각자 다른 곳에서 다른 인생을 "준비, 땅." 하고 걷기 시작해서 20년. 나이를 먹었다. 서로. 그 무렵 교코의 모습은 그대로 남아 있다. 그래서 더욱 살이 오른 볼과 턱에서 20년의 세월을 고스란히 느낄 수 있다. 즐거운 추억과 아픈 추억 중 어느 쪽이 많은지는 지금 생각하지 않기로 했다.

큰 눈동자는 옛날 그대로다. 보일 듯 말 듯 옅게 화장한 얼굴, 생각해보니 화장한 교코를 보는 것은 이번이 처음이다.

트럭 조수석에 앉는 것도 태어나서 처음. 의외로 질 좋은 시트 덕에 바로 아래에 있을 엔진의 진동은 거의 느낄 수 없었지만, 몸무게가 엉덩이 바로 아래에서 멎어버린 듯한 느낌 때문에 도무지 편하질 않다.

트럭은 대형차였다. 짐칸은 냉동고이다.

"작년까지는 오우치 시에서 작은 택배 트럭을 운전했어. 그치만 이런 일은 큰 차를 모는 게 쏠쏠해서 죽자고 매달려 대형면허를 땄지."

매일 스오 시에 있는 냉동식품 공장과 규슈의 유통센터를 오간다고 한다. 고속도로를 이용하면 편도 한 시간, 일반 국도로 가도 세 시간이면 되기 때문에 트럭 운전사치고는 편한 편이다. 오늘처럼 학교에 볼일이 있는 날에는 자비로 고속도로를 이용해서 시간을 만들 수도 있다.

"야간 운전으로 오사카까지 달리는 게 돈이 되지만, 애가 중학교에 들어갈 때까지는 밤에 집을 비울 수가 없더라. 뭐, 앞으로 1년만 더 고생하면 되겠지."

노상 주차된 차를 거의 속도를 줄이지도 않고 반대쪽 차선에 억지로 끼워 넣는다. 좌우로 흔들리는 몸을 창 위 손잡이를 잡고 지탱했다. 심하게 거친 운전이었지만, 나름대로 노련한 핸들 조작이었다.

"어쩌다 이런 일을 하게 된 거야?"

"나도 놀랐어. 멋진 인생이 됐구나 하고."

빈정대는 말투는 아니었지만 가슴속이 따끔하게 찔렸다.

"그래도 트럭을 운전하고 다니니까 혼자 보내는 시간이 많아졌어. 그게 나름대로 괜찮더라, 이런 촌구석에선."

가슴속이 더욱 깊이 쑤신다.

"수업 참관 전에 괜한 짓 해서 미안해."

"무슨 소리야. 내가 고맙지."

"요전부터 아들놈이 가끔 그러더라고. 옆 반에 전학 온 여학생이 왕따 당한다고. 이름을 물어보았더니 시미즈라고 하더라. 처음엔 설마 네가 돌아왔으리라고는 생각지도 않았지만, 얼마 전에…… 슈코에 온 걸 봤어."

날 봤구나, 역시.

반갑기도 하고 조금은 쑥스럽기도 해서 제길, 하고 쓴웃음을 짓는다.

"고짱이라고 했지?"

"응, 고타이."

"어떤 한자 써?"

잠깐 망설이다가 교코가 말한다.

"등껍질 할 때 갑甲 자에 클 태太."

나는 조금 더 사이를 두었다가 "고시엔의 '고'이겠네." 하고 말했다. 한숨이 새어나오지 않도록 주의하면서.

교코는 말없이 웃기만 한다.

"슈코에서 있었던 일 고타이도 알아?"

"할머니가 가끔 말해서. 정말로 중요한 건, 말하면 안 되는 건 말 안 하고."

"그래……."

"근데 요지, 스오엔 언제 돌아왔어?"

"10월."

"가족이 다?"

"집사람은 미국에, 일 때문에 보스턴에 갔어. 나와 딸만."

"일? 무역 같은 거?"

"학자야. 미국 이민사를 공부하러."

"일본인이지? 와이프."

"일본인 중에도 미국 전문가는 있어."

"거기 계속 있는 거야?"

"내년 여름엔 돌아와."

"넌 뭐 해? 회사는 그만두고 온 거야?"

교코는 리듬감 있게 묻는다. 20년간의 공백을 거의 느낄 수 없는 가벼운 말투에 구원받듯 난 스오에 돌아오기까지의 경위를 간략하게 말했다. 아직 정해진 게 없는 앞으로의 처지에 대해서도 솔직하게 말했다.

"그렇구나." 하고 교코는 고개를 끄덕였다. 이도 저도 아닌 요즘의 일상에 대해 가메야마처럼 질책하지도 않는다. 한번 절망의 구렁텅이에 빠져본 사람은 웬만한 일로는 반응조차 보이지 않는지도 모르겠다.

그래서 나도 한 걸음 더 나아가 속내를 털어놓았다.

"하지만…… 미나코가 그렇게 당하고 있는 걸 보니 아무래도 도쿄에 돌아가는 게 나을 것 같아."

교코는 잠자코 있었다. 옆얼굴을 훔쳐보았지만 표정에도 변화가 없다.

"어차피 내년 여름에 애 엄마가 귀국해도 스오에 오진 않을 거야. 어렵게 대학에서 성공할 터전을 마련했고, 나도 역시 도쿄에서 계속 매스컴 일을 해왔으니까……."

그럼 뭐 하러 스오에 돌아온 거야? 스스로 자신에게 따지고 싶어졌지만 교코는 여전히 아무 말이 없다.

나도 이야기를 이어갈 기회를 잃고 잠시 침묵이 이어졌다.

트럭이 시가지로 들어가자 차들이 점점 밀리기 시작했다. 도쿄와는 비교할 수도 없지만 이 거리 나름의 러시아워가 슬슬 시작되고 있었다.

대형 트럭의 좌석은 밖에서 보는 것 이상으로 높은 위치에 있어서 트럭이나 버스와 스쳐 지나가지 않는 한 누군가와 눈을 마주칠 일은 없다. 인도를 걷는 사람들의 시선도 나 자신이 보행자일 때의 경험으로 봤을 때 꽤 무리하지 않으면 운전사나 조수석에 앉은 사람의 얼굴까지는 알아볼 수 없을 것이다. 섣불리 카페 같은 데 들어가서 주위 시선을 신경 쓰느니 이쪽이 훨씬 편하다. 뒷말하기를 좋아하는 시골 마을의, 그 뒷말의 표적이 되었던 사람과 만날 때는.

"요지, 어머니 돌아가셨지……?"

교코가 불쑥 말하고 "아직 젊으시던데?" 하고 묻는다.

"예순다섯…… 만난 적 있어?"

"뵌 적은 없지만 잘 알아."

순간 교코의 목소리에서 가시를 느꼈다.

"……안다, 고?"

"옛날 일이야."

불길한 예감이 들었다. "말해줄래?" 거듭 묻는 목소리가 조금 떨렸다.

교코는 "옛날 일이라니까." 하고 다시 한 번 전제를 깔고 말했다.

"오사무와 내가 벌인 사건에 가장 많이 화를 내신 분이 네 어머니야. 모처럼 결승전에 올라갔는데 그 두 사람이 다 망쳐놨다고. 우리가 입원해 있을 때도 왈가왈부 말이 많았던 것 같고, 오사무 부모님에겐 야구부원들 모두에게 위자료를 내야 한다든가…… OB회 사람들하고 같이 여러 가지로……."

말문이 막힌 나를 위로하듯 "이미 다 지난 일이니까." 하고 교코는 다시 한 번 말한다. "네 어머니 기분도 잘 알아."

어머니가 오사무와 교코의 사건에 충격을 받은 것은 알고 있다. 마을의 영웅이 된 아들을 자랑스러워하셨고, 그 때문에 출전 포기 후 더 심하게 울적해하신 것도.

하지만 그렇게까지 하셨으리라곤 생각도 못했다. 위자료? 장난하지 말라고 말하고 싶다. 지금 어머니가 살아 계셨다면 용서하지 않았을 것이다. 그러나 어머니는 이미 돌아가셨다.

"미안해."

사과한 것은 교코 쪽이었다. "옛날 일을 이제 와서 뭐 하러." 하고 말을 잇고 "그보다 요지, 내년 여름에 정말로 도쿄에 돌아갈 거야?" 하고 이야기를 되돌렸다.

"역시 미나코가 걱정이야."

"아버님이 외로워하시지 않을까?"

"어쩔 수 없지 뭐."

"미나코는 이제 괜찮을 것도 같은데. 고타이에게도 말해놓았고, 그 애가 화 한 번 내면 싹 정리되거든."

"대장인가 봐."

"그렇진 않지만 걔가 왕따를 싫어해. 내가 오늘 말하지 않았어도 그 동안 애들한테 화가 단단히 났었어."

고타이가 왕따를 싫어하는 것은 딱히 정의감 때문만은 아니었다.

고타이 자신도 1년 전 이맘때쯤 학교에서 왕따에 시달렸다고 한다.

교코와 고타이가 오우치 시에서 스오 시로 이사 온 것은 작년 가을, 4학년 2학기 때였다. 등교 첫날 고타이는 시영 주택에 산다고 놀리는 동급생과 싸웠다. 싸움에는 이겼지만 대신 반 학생 모두를 적으로 돌렸다.

"바보 같은 얘기지. 시영 주택에 산다고 무시하고 모자 가정이라고 무시하고, 당신들 어느 시대에 사는 거야? 하는 느낌으로 실컷 쏴붙였어."

"부모들이야?"

"그래, 부모가 그렇게 가르친 거야. 시영 주택을 지을 때도 지역 사람들이 반대했다고 들었어."

"……그랬을 거다."

반대 서명란에는 돌아가신 어머니도 있었다. 그런 분이었다. 스오에서 태어나고 스오에서 자라고 스오에서 가정을 꾸리고 스오에서 죽었다. 타지 사람의 기분 따위 생각하려고 하지 않는다기보다 생각하는 것조차 생각하지 않는다……. 그래도 어머니는 나에게 단 한 분뿐인 어머니다.

왕따가 가장 심했을 때는 고타이가 "더 이상 학교 가고 싶지 않아." 하고 말할 정도로 힘들었다. 폭력 왕따라면 오기와 완력으로 맞설 수 있지만, 아무도 말을 걸지 않고 뒤에서 험담만 하는데 주먹을 휘두른다면 오히려 상대의 계략에 말려드는 것이다.

교코는 학교에 항의했다. 왕따 그룹의 부모에게도 호소했다.

"전혀 효과가 없더라. 그래도 자식이 왕따 당하는 걸 보고 부모가 돼서 잠자코 있을 수만은 없잖아? 아빠가 없으면 엄마라도 버틸 수밖에. 역시 질 수야 없지."

사람이 뛰는 것보다 느린 속도로 트럭을 몰면서 교코는 내 얼굴을 들여다보며 "너처럼 모른 체할 순 없어, 난." 하고 말하고 바로 고개를 돌린다.

고타이에 대한 왕따는 5학년이 되자마자 끝났다. 반의 일원으로 받아들여졌을 뿐만 아니라 단번에 영웅이 되었다.

"뭐 때문이라고 생각해?"

"글쎄……."

"우리 애가 공부는 못해도 야구는 아주 잘해."

5, 6학년 합동 소프트볼 대회에서 대활약했다고 한다. 첫 시합은 9번 타자에 우익수의 대접이었지만 4연타석 홈런을 날리자 주위 시선이 갑자기 바뀌었다. 두 번째 시합인 준결승전에서는 3번 타자에 발탁되어 이번엔 3타수 3안타, 5타점. 마지막 한 방은 끝내기 2루타. 결승전 타순은 당연히 4번으로 승격되었고, 수비 포지션도 스스로 고를 수 있는 권한을 받아 선발 투수로 마운드에 올랐다. 그 시점에서 이미 고타이에게 시비를 거는 동급생은 아무도 없었지만, 시합이 끝났을 때는 놀라움의 눈빛이 존경의 시선으로 바뀌어 있었다고 한다.

"타격도 홈런 두 방에 3루타 하나를 쳤지만 투구가 더 대단했지. 에러로 주자를 두 명인가 세 명 내보내고 노히트노런. 7회를 던져서 삼진이 열두 갠가 열세 개였어."

5학년 반이 우승한 것은 10년 이상 이어져온 대회 역사상 처음 있는 일이었다. 고타이는 명실상부한 영웅이었다. 그것을 계기로 고타이는 반에서 일약 리더급이 되었고, 2학기부터는 남자 학급위원도 맡았다.

"대단하지 않니? 역시 남자아이는 야구야."

교코는 득의양양하게 말하고 "꿈은 고시엔이야." 하고 이었다.

고시엔이라는 한마디에 내 어깨는 축 처진다.

"뭐 그래서 고타이가 화 한 번 내면 꽤 달라질 거라 생각한 거야. 미나코가 특별히 다른 애들한테 미움을 사고 있는 것도 아니고. 도쿄에서 온 전학생이라, 스오 애들 입장에서 보면 부러움 반 시기심 반이지. 뿌리가 의외로 얇다고 보는데, 난."

"좀 더 상황을 지켜보는 게 나을까?"

"응, 모처럼 스오에 돌아왔는데 그렇게 빨리 포기할 건 없잖아?"

"……포기는 벌써 했지, 고등학교 졸업하기 전에."

나는 얼굴을 창밖으로 돌리고 말했다.

시청 앞 교차점에서 신호에 걸려 멈춘 순간이었다. '파도소리와 역사의 고장 스오'. 시청 외벽에 그런 현수막이 있었다.

"너도 그렇지?"

돌아보지 않고.

오사무도 인생을 포기해버렸잖아. 그 말까지는 하지 않았지만.

한동안 잠자코 있던 교코는 신호등이 파란색으로 바뀌기를 기다렸다는 듯이 말했다.

"난 더 이상 도망 안 가."

가벼운 말투였다. 그게 결의를 밝힌 말이라고는 순간 생각하지 못했다. 어떤 패기도 미혹도 없이, 교코는 스오에서 살기로 결정했다고 했다.

"고타이와 둘이서 그렇게 호사스럽게 살 수는 없겠지만 여기서 한번 열심히 살아볼까 해. 고타이도 고등학교는 슈코로 가고 싶다고 말하고, 슈코에서 야구부에 들어가 이번에야말로 고시엔에 가야지."

이번에야말로라는 말이 좀 듣기 그런가, 하고 교코는 빠른 말로 덧붙이고 웃는다.

나는 잠자코 얼굴을 앞으로 돌렸다.

시청 앞 교차점을 지나자 마침내 차가 속도를 내기 시작했다. 낮은 신음소리를 내며 트럭이 가속한다.

교코는 잡동사니 수납함을 겸한 콘솔박스 뚜껑을 열고 여기 좀 봐, 하고 나에게 안을 들여다보라고 손짓했다.

낡은 경식 공이 들어 있었다.

'열구'라고 사인펜으로 쓰여 있다.

20년 전 내 글씨였다.


차는 순조롭게 흘러갔다. 국도로 나가는 3차로 안내표지가 전방에 보였다. 왼쪽으로 꺾으면 '시사이드 랜드', 대학병원, 오른쪽으로 꺾으면 조선소와 고코쿠護國 신사, 그리고 그 너머에 오사무가 잠들어 있는 공원묘지가 있다.

교코는 "생각보다 빨리 왔네." 하고 맥 빠진 듯 중얼거리고 "일할 때는 그렇게 막히더니." 하고 웃었다.

난 웃는 시늉만 하고 조수석 쪽 창으로 멍하니 밖을 보았다.

"요지, 어디로 갈래? 오른쪽? 왼쪽?"

"……시간 괜찮아? 요 앞 버스 정류장에서 내려줘도 돼."

차라리 내려주길 바랐다.

사인볼을 보고 나서 갑자기 답답해졌다.

특별한 의미가 있는 공은 아니다. 단순한 연습용 공이다. 그래서 더 교코가 당연한 듯 곁에 두고 있던 세월이 선명하게 고통을 동반하고 되살아난다. 몇 번이나 실밥을 깁고, '열구'라는 글자가 지워지면 그 위에 사인펜으로 다시 쓰면서 가죽이 너덜너덜해질 때까지 사용했다. 그런 공 가운데 하나. 나는 확실히 그 공을 던지고, 받고, 치고, 쫓아갔다. 나뿐만이 아니다. 동료들, 모두. 그리고 우리가 땀으로 범벅이 되어 뛰어다니던 그라운드 한구석엔 늘 교코가 있었다.

"저기……." 망설이면서 말했다. "나 지금 슈코에서 야구부 연습을 도와주고 있어."

"정말?"

"진부가 감독인 건 알지?"

"응. 걔도 머리가 많이 벗겨졌더라. 멀리서 보고 처음엔 다른 사람인 줄 알았어."

"그 녀석도 학교 일이 바빠서 좀처럼 연습을 봐주지 못해. 그래서 나도 뭐 시간이 좀 있고……."

"진부가 감독이고 요지가 코치네. 그거 괜찮은 거 같다."

"가메는 레스토랑 오너 셰프."

"알고 있어, 역전에 가게 있잖아. 작년에 연하장도 받았어."

"답장 못 받았다고 녀석 서운해하더라."

교코는 후훗 하고 웃는다.

차는 안내 표지 밑을 지나갔다. 2차선 도로는 곧 좌회전 차선과 우회전 차선으로 갈린다.

"오른쪽? 왼쪽?" 하고 교코가 다시 묻기에 난 방금 전보다 좀 더 강하게 "버스 정류장에서 내려주면 된다니까." 하고 말했다.

교코는 휴우 하고 숨을 내쉬고 우회전 차선에 차를 넣었다.

"오사무 묘지에 같이 안 가볼래?"

난 아무 대답도 할 수 없었다. 교코가 그러길 바란다면 그렇게 하자고 결정했다.

"……글쎄."

교코는 좌측 깜빡이를 넣고 좌회전 차선으로 억지로 차를 옮겼다. 차가 감속한다. 비상등을 켠다. 섰다. 버스 정류장 앞은 아니었지만, 교코는 사이드 브레이크를 넣고 나도 안전벨트를 풀었다.

"다음에 고타이도 코치해줄 거지? 그 애 이제 소프트볼은 시시할 거야."

"가메와 진부랑, OB 전원이 코치해줄게. 장래 슈코의 에이스이자 4번 타자니까."

유쾌하게 웃었다. 교코도 강하지도 약하지도 않은 자연스러운 미소를 보내주었다.

문을 열었다. 바깥쪽 발판에 한쪽 발을 걸치고 운전석을 돌아보고 "가메랑 진노도 널 보고 싶어 하더라." 하고 말했다. "다 같이 오사무 묘지에 참배하러 가자."

교코는 웃을 뿐 말로는 아무 대답도 하지 않았다.


# 3

새해가 밝았다. 어머니 상중이라 찾아오는 사람도 없다. 조용한 정월이었다. 연말에 《반지의 제왕》을 다 읽은 미나코는 심심해서 3일 아침이 되자 "새해 첫 장사에 데리고 가줘." 하고 졸랐다.

파는 물건도 별것 없을 것 같은 생각은 들었지만 드라이브 겸 '시사이드 랜드'로 나가기로 했다.

"할아버진 어떡하지?"

"괜찮아, 할아버진 복잡한 거 싫어해서 쇼핑 같은 건 신경도 안 쓰는 분이니까."

농담조로 말했는데 미나코는 진지한 표정으로, 조금은 걱정스럽다는 듯 "정말 그래." 하고 고개를 끄덕였다. "할아버진 정말 혼자 있는 걸 좋아하시나 봐."

"무뚝뚝하고."

"응……."

"옛날부터 그랬어. 여러 사람과 어울리기보다 혼자 낚시하러 가는 걸 좋아하셨지."

"친구는?"

"없지는 않은 것 같은데 어찌 된 건지 집에 데리고 오거나 한 적은 옛날부터 없었어."

질문을 받고 새삼 깨달았다. 어머니 친구는 얼굴이나 이름이 몇 명 생각나는데 아버지 친구는 아무도 모른다. '지인'이나 '신세를 진 사람'이나 '조선소에서 돌봐준 나이 어린 사람들'은 있어도 그들을 '친구'라 부르기는 어딘가 이상했다.

"할아버진 외로운 사람이네……."

미나코가 한마디 툭 던진다. 그 말을 미나코 자신에게 돌리는 게 두려워 나는 황급히 "그렇지 않아." 하고 말한다. "자기 페이스대로 하시는 거니까."

"응, 그럼 괜찮지만."

미나코는 코트를 입었다. 12월 초엔 도쿄에서도 즐겨 입던 빨간 코트만 입더니 최근엔 회색의 수수한 코트를 고를 때가 많다. 눈에 띄거나 화려한 걸 싫어한다. 미나코가 아니라 이 마을이.

왕따 이야기는 그때 그대로였다. 학부모회가 열리던 날의 일도 내가 보지 못한 것으로 생각하는지 미나코는 아무 말도 하지 않는다. 나도 묻지 않는다. 겨울방학이 시작되고 나서 미나코가 친구들과 논 적은 한 번도 없다. 방에서 책을 읽거나 컴퓨터를 하거나 도서관에 가거나 할아버지의 정원 일을 도와주며 시간을 보낸다. 연하장도 말로 물어본 건 아니지만 스오의 동급생에게서는 한 장도 오지 않은 것 같다.

미나코의 '자존심'을 지켜주고 싶다, 고 생각한다. 도망갈 곳을 잘도 만들어놓았군, 하고 냉정하게 말하는 또 다른 나도 있지만.

"할아버진 정말로 자기 페이스대로 사시는 분이잖아. 의외로 혼자 사는 게 편할지도 모르지."

하지 않아도 될 말을 하고 흘깃 미나코의 등을 본다.

대답은 없었다.

나도 그 이상은 아무 말도 하지 않았다.

가즈미가 새해 첫날 보낸 연하장 대용 메일에는 이런 내용이 쓰여 있었다.

─가족과 떨어져서 새해를 맞는 것이 생각해보니 태어나서 처음이네. 미나코는 잘 지내지? 미나코 앞으로도 연하 메일을 보냈지만 최근엔 답장을 받지 못해 엄마가 외로워한다고 말해줘.

외로우면 얼른 일본에 돌아오지, 하고 엉뚱한 트집을 잡는 한편 가즈미가 바로 귀국하면 가장 곤란한 건 난데, 라는 건 인정했다.

─학교는 어때? 미나코는 (날 닮아서) 자기주장이 강한 아이라 환경이 바뀌면 스트레스가 심할까 봐 걱정이야. 신경 좀 써줘. 잘 부탁해!

어머니의 직감이라는 게 이런 건가 보다.

입장이 바뀌었다면 난 먼 보스턴에서 '미나코는 밝은 아이이니까 어딜 가든 잘 지낼 거야.' 하고 태평스럽게 생각했을 것이다.

　그것도 인정하지 않을 수 없다.


　현관을 나서기 전에 1층 거실로 가서 "잠깐 나갔다 올게요." 하고 말하자 아버지는 읽고 있던 낚시 잡지에서 눈을 들지도 않고 "응."인지 "어."인지 "으응."인지 분명치 않은 목소리로 대답했다. "금방 올게요." 하고 덧붙여도 이번엔 대답조차 없었다. 딱히 화가 났거나 언짢은 데가 있는 것 같지도 않은데 말수가 부쩍 줄었다. 말을 걸어도 반응이 둔하다. 희로애락을 구분하기 어려워졌다. 나이를 먹는다는 게 그런 건지도 모르겠다. 요즘 들어 가끔 그런 생각을 한다. 그리고 이 집의 웃음소리는 거의 어머니의 것이었다는 걸 어머니가 돌아가시고 나서야 깨달았다.

　먼저 밖으로 나간 미나코가 "연하장 왔어." 하고 현관으로 돌아왔다. 엽서가 십여 장. 설날 것까지 합쳐도 쉰 장 정도였다. 아버지와 내가 상중 결례 소식을 연 내에 알렸다고는 해도 너무 섭섭한 양이다. 게다가 얼마 되지도 않는 연하장 중에 열 통 정도는 어머니 앞으로 온 것이었다.

　현관 마룻귀틀에 걸터앉아 내키지 않는 표정으로 엽서를 분류하던 미나코가 "꺄악." 하고 새된 소리를 질렀다. "얘가 왜 보냈지?"

　후지이 고타이.

　어설프게 입을 다물었다가 내게 추궁당하는 게 싫었는지 미나코는 멋대로 설명하기 시작했다.

　"이 아이, 2반 남자애야. 야구를 잘하고 좀 거칠긴 하지만, 공부는 잘 못해."

상기된 목소리에 미묘하게 기뻐하는 기색이 느껴진다. 나도 아버지다. 그 정도는 안다.

"많이 친한가 봐?"

"그렇지도 않아……."

"그럼 그거네. 널 짝사랑하고 있는 거 아냐?"

"아저씨다운 생각이시네요."

입술을 삐죽이며 엽서를 뒤집는다. "어? 뭐야?" 하고 또다시 소리를 지른다. "아빠 여기 좀 봐."

2001년, 뱀띠 해. 어딘가 조잡한 뱀 판화 밑에 메시지가 쓰여 있다. 삐뚤빼뚤 몹시 서툴지만 힘이 넘치는, 아무리 봐도 남자아이다운 글씨다.

"다음에 네 아빠한테 야구를 배우고 싶어."

교코의 얼굴이 떠올랐다. 고등학교 때가 아니라 서른여덟인 지금의 교코가.

"고타이가 어떻게 아빨 알지? 난 아빠의 옛날 일에 대해 아무한테도 얘기 안 했는데."

"글쎄……."

"아빠가 그렇게 유명한 사람……은 아닐 텐데. 벌써 20년이나 지났고."

고개를 갸웃하며 엽서를 앞면으로 되돌린 미나코는 "어쩌면 말이야." 하고 말을 이었다. "고타이의 아빠나 엄마가 아빠에 대해 알고 있는 거 아닐까?"

"……그럴지도 모르지."

"아빤 몰라? '후지이'라는 성. 짚이는 사람 없어?"

"이 근방에 '후지이'라는 성이 한둘이어야지……."

교코의 성은 '후지이'가 아니었다. 헤어진 남편의 성일 것이다. 고타이만 아버지 성을 따르고 있는 건지, 어쩌면 교코도 스오에서 살기에는 결혼 전 성보다도 '후지이'를 쓰는 게 편할지도 모른다.

"개학하면 함 물어봐야겠다."

순간 덜컥했다.

"왜? 누구 생각나는 사람 있어?" 이럴 때는 예민하다.

당황해서 "아니, 딱히……." 하고 대답했더니, 이게 도리어 미나코의 직감을 자극해버렸다.

"알고 있는데 뭘, 지금 리액션 보면 다 알아."

"그런 거 아니야."

"어라, 또 사기 치네."

"……아니래도."

"남자친구였다면 솔직히 말했겠지? 그럼 여자친구란 건가?"

"……무슨 소릴 하는 거야?"

"첫사랑이거나."

지나치게 예민한 직감은 때때로 폭주한다.

그리고 직감이 지나치게 예민한 미나코는 호기심 또한 지나치게 왕성하다.

고타이에게 받은 연하장을 다시 뒤집어보더니 "오예, 전화번호가 있었네." 하고 중얼거리고 신발을 벗어 던진다.

"지금 고타이에게 전화해봐야겠다."

"미나코, 그만둬, 그런 짓."

"괜찮아요, 괜찮아."

전력질주로 2층에 올라간 미나코를 계단 중간까지는 죽자 사자 쫓아 갔지만, 뭔 상관이겠어, 하고 생각을 고쳐먹었다. 어차피 개학하면 알게 될 것이다. 내가 섣불리 거짓말을 해서 미나코의 호기심에 본격적으로 불을 붙이기보다는 아이들끼리의 대화에 맡겨두는 게 낫다.

좀 뻔뻔한가. 교코의 얼굴을 떠올리며 웃어보았다. 이번에도 서른여덟의 교코가 떠오른다. 20년간 정지되어 있던 시곗바늘이 한꺼번에 움직인 것 같다. 컴퓨터로 말한다면 데이터가 갱신된 것이리라.

계단을 내려가는데 2층에서 미나코의 목소리가 들렸다.

"아, 그랬구나, 흐음, 전혀 몰랐어."

고타이가 집에 있었나 보다.

"뭐? 그게 정말이야? 그런 얘기 못 들었어!"

미나코가 친구와 수다 떠는 목소리를 들은 게 얼마 만인가.


평소엔 집에서 20분은 걸리는 국도 교차점에 정월이라 차가 적은 탓인지 10분 남짓해서 도착했다. '시사이드 랜드'로 가려면 교차점을 좌회전. 깜빡이를 넣고 좌회전 차선에 들어갔는데, 미나코가 도로안내판을 보고 "고코쿠 신사는 반댄데……" 하고 중얼거렸다.

"뭐?"

"응, 아니, 그냥."

웃음을 머금고 대답한다. 차에 타고 나서 계속 이런다. 고타이와 전화로 무슨 얘기를 했는지 물어도 "야구부 매니저였다고, 고타이 엄마가."라는 대답만 할 뿐이다.

평소의 미나코라면 전화를 끊자마자 "봤지? 정말 대단하지 않아. 내

추리가 맞았다구! 그렇담 고타이의 엄마는⋯⋯." 하고 흥분한 얼굴로 지껄여댔을 것이다. 놀라는 게 당연하다. 놀라지 않는 게 이상하다. 그런데도 묘하게 냉정한 말투로 "시마다 교코 씨라고 했지? '시마다'는 결혼 전 성이겠네. 기억나지? 아빠도." 하고 묻고 내가 "아아, 그 녀석인가, 기억난다 기억나." 하고 스스로도 알 수 있을 정도로 어색한 대사로 대답해도 "그런 거였습니다. 이상, 보고 끝." 하고 깨끗이 받아들이고 그뿐, 교코는 더 이상 이야기를 꺼내지 않았다.

왕따 때문에 고타이에게 무슨 말을 들었나 하는 생각도 들었지만, 소리 죽인 웃음에선 거짓이나 속임수를 느낄 수 없다. 기분이 매우 좋다. 그것도 단순히 기분이 들뜬 게 아니라, 예를 들면 포커 게임에서 몰래 풀하우스를 잡은 것 같은, 그런 웃음이었다.

해변을 따라 난 국도를 한동안 달렸다. 날씨는 그다지 좋지 않다. 바다 빛깔도 어둡고, 세토나이카이瀬戸内海에는 웬일로 먼 바다에서 파도가 치고 있다. 곧 점심때가 되는데 기온은 거의 올라가지 않는다. 오후부터 가랑눈이 조금씩 내릴 것도 같다.

길가에 '시사이드 랜드' 안내판이 보이기 시작했을 때 잠자코 창밖을 보던 미나코가 "저기 아빠." 하고 돌아보았다. "시사이드 랜드에서 고코쿠 신사까지는 얼마나 걸려?"

"차로 가면 15분 정도 되겠지⋯⋯. 근데 왜? 고코쿠 신사에 가고 싶어?"

"아, 그냥 뭐 별로, 하지만."

"정월 첫 참배 땜에 그러는 거면 내일 스와諏訪 대신사에 데려다줄게. 고코쿠 신사엔 정말 아무것도 없어."

"돌계단도 엄청 많지?"

"그래, 200계단은 될걸."

가볍게 대답하고 덜컥했다.

오래된 기억이 갑자기 떠올랐다.

정월의 고코쿠 신사는 마을 사람들이야 어쨌든 우리 슈코 야구부에게는 소중한 장소였다.

"미나코…… 아빠가 고코쿠 신사의 돌계단 얘길 너한테 했었나?"

"아니."

"……그럼 아까 전화로 들은 거니?"

"응, 아빠, 지금 고타이네 엄마 얼굴 떠올렸지? 떠올렸구나? 지금, 맞지?"

맞다.

"매년 1월 3일이지? 올해도 갔어?"

"지금은 연말연시엔 문 닫아."

"아빠가 어렸을 땐?"

"섣달 그믐날하고 설날만. 1년에 이틀만 쉬었지."

"노동기준법에 위반되는 거 아냐? 아님 아동복지법이던가."

"건방진 소리 하지 마."

그런 점 때문에 스오 아이들에게 왕따 당하는 거야, 하고 마음속으로 덧붙였다.

"그럼 1월 3일에 고코쿠 신사에 간 건 새해 첫 마라톤 때문에?"

"응…… 전통이니까."

슈코에서 편도 8킬로미터, 플러스 200계단의 돌계단. 힘들었다. 정말로. 땀으로 범벅이 된 채 돌계단을 뛰어 올라가면 골인 지점인 경내엔 슈코의 OB이기도 한 구지宮司(신사의 제사를 맡는 최고위 신관―옮긴이) 님이 기다리고 있다. 전원이 모이면 신전에서 필승 기원을 하고 축문을 올린다. 그것이 끝나면 객실에 주먹밥과 된장국이 차려진다. 요리 담당은 구지 님의 부인과 여자 매니저 교코였다.

그 전통 행사가 없어진 건 언제부터일까. 5년 전에 진노가 슈코에 부임했을 때는 연말연시가 이미 일주일 연휴로 바뀐 뒤였다. 평소 연습도 매주 일요일은 쉰다. 연습시합이 있을 때나 대회 직전은 예외지만 2, 3년 전에는 부원들로부터 "일요일에 연습한 주는 다른 날에 대신 쉬도록 해요."라는 말이 나왔다고 한다. "직장인 같은 소리들을 씨불이더라." 하고 진노는 실망한 표정으로 쓸쓸하게 나에게 말했다.

'시사이드 랜드'가 가까워옴에 따라 밀리기 시작한 차량 행렬은 주차장 바로 앞에 있는 신호등이 보이기 시작한 부근에서 딱 멈췄다. '시사이드 랜드'는 스오에서 오면 국도의 오른쪽에 있기 때문에 스오 방면에서 들어오는 차는 교차점을 우회전해야 한다. 우회전 전용 차선도 없고, 우회전 신호도 없다. 시골이 그렇지 뭐, 하고 생각한다. 낭비가 많고, 비합리적이고, 연구를 안 하고, 연구해서 시간이나 수고의 낭비를 줄이려는 발상도 안 하는…… '고집'주의였던 옛날 야구부의 연습과 닮았다.

신호등은 파란색으로 바뀌었지만 차량의 흐름은 멎은 채였다. 선두에 있는 차가 우회전에 애를 먹고 있는 것 같다.

이런 제길, 하고 어깨를 늘어뜨리자 미나코는 다시 고코쿠 신사 이야기를 꺼냈다.

"200계단의 돌계단을 뛰어 올라가는 건 너무 무리 아니야?"

"무리지 무리. 그거 한 다음 날부터 걷지도 못했으니까."

"차로 온 사람도 돌계단을 올라가야 되나?"

설마, 하고 웃었다. 국도에서 옆길로 빠져 산을 올라가면 경내 바로 옆까지 차로 갈 수 있다. 협소하지만 주차장도 있다.

그 말을 듣고 미나코는 안도의 표정을 지었다.

"그럼 됐네."

"갈까?"

"아빠 가고 싶지 않아?"

"별로, 아무래도 상관없어…… 정말 아무것도 없다니까. 제비로 점치는 것도 말 그림 같은 것도 없고, 가게도 열지 않았어. 내일 스와에 가는 게 나을 텐데."

"그럼 가고 싶지 않다는 거네?"

"글쎄. 쇼핑하고 나서 들르면 너무 늦고."

"저기서 복주머니만 사고 가면 어때?"

"책도 산다며."

서점에 들를 때는 서점에서만 최소 한 시간은 걸린다. 책 한 권을 고르는 데 열 권 정도의 후보를 뽑고 그때부터 죽치고 시간을 보낸다. 책을 읽는 것도 책을 고르는 것도 무척 좋아한다.

그런데 미나코는 시원하게 "오늘은 됐어, 책은." 하고 말한다. "어차피 저 서점엔 볼 만한 책도 없고." 하고 웃는다. "서점에 가지 않으면 열두 시 지나서는 '시사이드 랜드'에서 나올 수 있고, 그럼 한 시쯤엔 고코쿠 신사에 도착하겠는걸."

"잠깐만 아빠도 살 거 있단 말야. 오랜만에 CD도 살 생각이고, 또 속옷도 사야 되고. 그렇게 서둘러서 갈 만한 곳이 아닌데. 정말 아무것도 없다니까."

"아무것도 없어도 괜찮아."

"뭐?"

"누군가가 있으면 되잖아?"

"……무슨 소리야?"

"저기 말이야, 고타이랑 고타이 엄마가 고코쿠 신사에 첫 참배를 하러 간대. 지금부터 준비한다고 했으니까 한 시쯤에는 신사에 가 있을 거야."

미나코는 몸을 앞으로 내밀고 내 얼굴을 들여다본다.

"그럼 아빠도 가야 되지 않겠어?"

나도 모르게 눈을 피하고 말았다.

"……별 관계 아니야. 매니저긴 해도 졸업한 뒤로 만난 적도 없고."

쓸데없는 말을 했다는 걸 깨달은 것은 미나코에게 "만난 적이 없다면, 그리워서라도 만나고 싶지 않아?"라는 말을 듣고 나서였다.

"그게 뭐…… 그립긴 하지만 일부러……."

"아빠, 나 알고 있어."

말도, 숨도, 막혔다.

"고타이네 엄마랑 아빠가 옛날에 사귀었다는 거."

머릿속이 캄캄해졌다.

"아빠, 앞 차 움직여."

황급히 액셀러레이터를 밟았는데 차간 거리가 생각보다 넓지 않아서 하마터면 앞 차를 박을 뻔했다.

# 4

고코쿠 신사 주차장에 차를 넣자 미나코는 예능 프로그램 리포터처럼 마이크를 드는 시늉을 하며 "요지 씨 지금 기분은 어떠세요?" 하고 묻는다.

"뭐 하는 거니 정말. 이제 그만 해."

"부끄러워하지 않아도 돼. 아까도 말했잖아. 난 아무렇지 않을 거고, 엄마도 화내지 않을 거라고."

"그런 문제가 아니야……."

"엄마랑은 대학생 때 만난 거지? 고등학교 때 일은 치외법권 같은 거 아닌가? 아님 보험에서 말하는 면책 사유 같은 거?"

그런 되바라진 소리를 하니까 애들이 싫어하지.

한숨을 쉬고 사이드 브레이크를 걸고 키를 빼고 안전벨트를 푼다. 주차장에 서 있는 차는 경차 한 대뿐. 방금 전 주차장에 들어왔을 때 트럭이 없는 것을 확인하고 조금은 안도하고, 조금은 맥이 빠지기도 하고, 정월이니 자기 차로 왔겠지, 하고 생각했을 때의 미묘한 기분이 아직 가슴에 남아 있다.

차에서 내렸다. 고지대라 바람이 세다. 산에서 바다로 부는 북풍이다. 바다를 바라보니 지난 10년 사이에 특산품으로 자리 잡은 굴 양식 뗏목이 엄청나게 떠 있다. 그 대신 항구와 조선소가 정말 작아 보인다. 도크나 조선소에 들어가 있는 배는 없고 항구를 드나드는 배도 거의 없다.

"아빠 긴장했어?" 미나코가 놀린다.

무시하고 담배에 불을 붙였다.

교코의 말은 거짓말이다. 신께 맹세코 짝사랑의 대상조차 없었다.

고타이에게 엄마가 거짓말한 거야, 하고 말하면 간단한 것을, 그 말을 못하겠다. 교코는 고타이에게 오사무에 대해 아무 얘기도 하지 않았을 것이다. 앞으로도 얘기할 생각은 없을지도 모른다. 1승만 더 하면 고시엔 대회에 나갈 수 있었다. 외아들에게 해준 말은 그게 전부였을 것이다.

그 기분을 알기에 난 교코의 거짓말을 받아들일 수밖에 없는 것일까?

경내로 걸음을 옮기기 시작했다. 미나코는 종종걸음으로 내 앞으로 나와 "오늘 일 엄마한텐 비밀로 해줄게." 하고 웃는다.

"근데 미나코, 고타이는 엄마한테 말했니? 나랑 너도 고코쿠 신사에 갈지 모른다고."

"말 못했을걸. 내가 고타이에게 고코쿠 신사에 간다는 말을 안 했는데 뭐. 고타이와 엄마가 고코쿠 신사에 갈 것 같아서 내가 먼저 물어봤을 뿐이야."

기습 공격이군, 하고 담배 연기를 뿜어냈다. "깜짝 재회가 더 흥미롭잖아?" 말하면서 미나코는 또 웃는다. 그런 것에 재미있어 하는 모습이 시골 아이들의 신경을 거스르는 거다.

"너, 어른들 너무 갖고 놀지 마."

"갖고 논 거 아니야, 정말이라니까. 진심이야 진심. 그리고 이런 전개가 아니면 아빠도 스오에 돌아온 의미가 없잖아."

미나코는 그 말을 하고 겨우 앞으로 돌아섰다.

"그리고 말이지……." 이어지는 목소리는 조금 차분해졌다. "아빨 보고 있으면 고향에 돌아왔다는 느낌을 못 받아."

"그렇지 않아. 진노나 가메야마도 만나고 있고, 야구부 연습도 도와주고 있는데."

"그게 너무 표면적이라는 느낌이 들어. 따로 아는 사람이 없으니까 만나는 거고, 코치해주는 거 아냐? 그런 느낌을 받았어. 뭐랄까, 그러니까…… 뭐라고 하면 될까……."

고른 말은 "달콤새콤한 맛이 없어."였다.

"보통 태어난 고향이면 좀 더 달콤새콤해야 하지 않아? 옛날 친구를 만나거나, 오랜만에 슈코 그라운드에 서면, 글쎄 뭐랄까, 가슴속이 울컥해지는, 뭐 그런 달콤새콤한 게 있잖아? 하지만 아빠를 보고 있으면 너무 밍밍하달까, 재미가 없어."

나는 말없이 아직 긴 담배를 발밑에 버린다. 미나코는 "거기 버리면 어떡해! 저질." 하고 쓴웃음을 짓고 이야기를 정리했다. "그래서 첫사랑 상대라든가 옛날 애인 같은 사람을 재회하면 아빠도 조금은 들뜨지 않을까 싶어서."

대꾸할 말도, 얼버무릴 말도 찾을 수 없다.

미나코도 걸음을 빨리해서 나와 거리를 두었다.

경내가 보이자마자 미나코는 걸음을 멈췄다.

"어, 있다, 그 두 사람."

손가락으로 가리키는 곳에 교코와 고타이가 있었다.

캐치볼을 하고 있었다.


나중에야 알았다.

나와 미나코가 고코쿠 신사에 도착했을 때 한밤중인 보스턴에서 메일이 와 있었다.

'미나코에 관한 일로 상담'이라는 제목의 긴 메일이었다.

―정초부터 이런 이야기를 하는 게 어떨지 모르겠지만, 3학기가 시작되기 전에 얘기를 꺼내는 게 나을 것 같아 컴퓨터를 켰어. / 미나코의 학교생활은 어때? / 미나코는 메일로 '학교생활도 재미있어요.' '매일 건강하게 잘 지내요.'라고 말하지만 너무 순조로워서 오히려 신경이 쓰이네. 그 아이의 성격상 학교에서 있었던 일은 사소한 일까지(건초염에 걸리지 않을까 걱정될 정도로) 적을 테고, 사실 전학 가고 얼마 안 됐을 때는 많은 얘길 하더니 요즘 들어서는 너무 평범한 내용이고 메일 보내는 횟수도 줄었어. 그게 좀 걱정돼서……

한 줄 공백.

―미나코가 《반지의 제왕》은 다 읽었어? 내가 추천해줬어. 미나코에게서 이런 요청을 받았거든. 이하, 무단 인용.

한 줄 공백.

인용부가 붙고, 글자가 파란색이 되었다.

"현실을 훌쩍 뛰어넘은, 그런 느낌의 책 뭐 없을까? 매일 읽어도 끝나지 않는 긴 책이 좋은데."

한 줄 공백.

다시 가즈미의 문장으로 돌아온다.

―신경이 좀 쓰이겠지? / 그래서 《반지의 제왕》을 추천했을 때 '엄마가 초등학교 6학년 때 읽은 책이야. 친구였던 아이와 절교하고 학교 가는 게 죽기보다 더 싫었을 때 이 책을 읽었어.' 하고 덧붙였어. / 그 즈음부터 미나코의 답장이 줄었어.

한 줄 공백.

—물론 미나코이니까 친구들과도 잘 지내리라 생각하지만 멀리 떨어져 있으니 걱정되는 건 사실이네. 미안하지만 요즘 미나코가 어떻게 지내고 있는지 넌지시 한번 봐주고, 또 무슨 일이 있으면 연락 줘(그렇다고 미나코한테 괜히 물어보진 말고).

한 줄 공백.

—그런데 당신은 어떻게 지내? 지난번 메일에 따르면 아직도 '유유자적'인 것 같은데, 혹시 만에 하나 내가 신경 쓰여서 재취직을 하지 않는 거라면 쓸데없는 배려야. '나도 같이 스오에서 살겠다.'고는 지금 당장 말하기 어렵지만 당신이 선택한 결과는 존중할게(이런 건방진 말투가 친척 분들께는 마음에 들지 않겠지만). 그래도 스오에 갈 마음이 전혀 없는 건 아니라는 것 또한 알아줘. 며느리로 스오에서 사는 것은 내 남은 인생(아아, 벌써 반이나 살았어!)의 선택지 중 하나로 앞으로도 사라질 일은 없으니까.

한 줄 공백.

—그래도 이런 말 하면 화낼지 모르지만 스오에 눌러앉든 도쿄에 돌아가든 슬슬 결정할 때가 되지 않았어? / 미나코를 위해서도 그렇고. / 불안하기도 하고, 안정적이지 못하기도 하고. 몸은 스오에 와 있는데 마음은 도쿄에도 남아 있고, 스오에도 있고, 보스턴에도 없는 건 아니고……. 미나코를 너무 오랫동안 그런 상태로 내버려두고 싶지 않은 게 엄마로서의 솔직한 심정이야.

한 줄 공백.

—당신과 스오의 미묘하고 복잡한 관계를 생각하면(그리고 아버님

도), 너무 재촉하는 것 같아 미안하지만 정말로 이제 진지하게 생각해

봐야 할 것 같아.

한 줄 공백.

─너무 길어졌네. 보스턴은 한 걸음만 밖에 나가도 등이 떨릴 정도로

추워. 몸 건강히 잘 지내.


교코는 어지간히 놀란 모습이었다. 고타이도 후쿠오카 다이에 호크

스의 야구 모자를 눌러쓰고 고개를 숙인 채 인사도 하지 않았다. 나도

무슨 말을 어떻게 해야 할지 몰랐다.

혼자 우쭐해서 떠들 것 같던 미나코도 학부모회 때 도움을 받은 어

머니가 고타이의 어머니인 줄 몰랐는지 얼굴이 빨개져서 내 눈치를 살

피며 "그땐 정말 감사했습니다." 하고 가는 목소리로 말했다.

마음의 동요를 먼저 가라앉힌 쪽은 교코였다.

고타이의 어깨를 가볍게 치고 "이 아저씨가 슈코의 전설의 에이스

야." 하고 말한다. "엄마가 종종 얘기했지?"

고타이는 작게 고개를 끄덕일 뿐 아무 대답도 하지 않는다.

"뭘 그렇게 수줍어하니? 한번 만나보고 싶다면서."

교코는 나를 돌아보고 왼손에 낀 글러브를 벗으면서 말했다.

"요지, 캐치볼 상대 좀 해줄래? 자, 여기."

글러브를 건네받았다. 아직 새 글러브였다. 주저하면서 글러브를 받

자 가죽 냄새가 코를 간질인다.

크리스마스 선물이라고 한다. 작년 12월에 "뭐가 갖고 싶니?" 하고

물었더니 고타이가 "엄마 글러브."라고 대답했다. 글러브가 두 개 있으

면 교코와 캐치볼을 할 수 있다. 외로움을 타는 남자아이인지도 모르겠다. 실제로 모자 두 사람의 생활은 필시 나와 미나코보다도 훨씬 외로울 것이다.

글러브를 끼웠다. 오른손 주먹으로 글러브를 가볍게 두드리며 가죽의 감촉을 맛보았다.

"글러브를 사도 이제 안 되겠어. 내가 상대하기엔 좀 버겁고. 있는 힘껏 던지면 손가락을 삘 것 같고, 뒤로 빠뜨리기도 하고…… 고타이도 5학년이니."

교코가 고타이의 모자챙을 들어 올리며 웃는다. 쓸쓸함과 기쁨이 교차하는 웃음이었다. 모자챙이 눈을 가리지 않게 된 고타이는 수줍은 표정으로 말했다. "잘 부탁드립니다." 고타이는 수줍음과 기쁨이 뒤섞인 얼굴이다.

"좋아, 아저씨가 상대해주마."

난 들뜬 목소리로 말했다.

고타이도 이번엔 내 얼굴을 똑바로 보고 조금 후회하는 표정으로 "오늘 소프트볼만 가져왔는데." 하고 말한다. "연식구랑 경식구도 갖고 있는데……."

"하드볼은 아직 일러, 그렇게 던졌다간 어깨만 망가져."

뒤로 물러나 거리를 넓히면서 던져, 하고 재촉했다. 공이 생각보다 힘 있게 날아온다.

"좋아." 하고 맞장구를 쳐주고 포물선을 그리며 공을 던졌다. 공을 받는 손놀림 또한 능숙하다. 교코가 자랑한 대로 야구는 확실히 잘하는 것 같다.

"아저씨, 좀 더 세게 던져도 돼요." 긴장이 풀리자 금세 건방지게 구는 것도 나쁘지 않다.

공이 몇 번 왕복한 것을 보더니 교코가 미나코에게 말을 건다.

"아빠랑 산책 나왔니? 저쪽에 동백꽃이 피어서 참 예쁘더라."

미나코는 당혹감을 지우지 못한 채 교코를 따라 본당 쪽으로 걷기 시작한다.

처음엔 나도 두 사람이 쓸데없는 소리를 하지 않으면 좋을 텐데, 하고 걱정했다.

하지만 생각해보니 미나코도 교코가 상대라면 왕따에 대한 괴로움이나 슬픔을 솔직하게 털어놓을지도 모른다. 그날 도와준 정의의 아군이다, 교코는.

교코는 미나코와 나란히 걸으면서 나를 돌아보았다.

"어이, 요지 미나코 잠깐 빌려갈게. 대신 고타이 훈련 좀 시켜줘."

가볍게 손을 흔들고 웃는다.

나도 뭔가 한마디 가볍게 돌려줄까, 하고 말을 찾다가 고타이가 던진 공을 글러브의 엄지 쪽으로 받고 말았다. 엄지손가락 뿌리 부위가 찌르르 아프다. 나 자신의 공백 기간을 감안해도 중학생이 던진 공에 버금갈 정도의 힘이었다. 착실히 연습하면 훌륭한 선수가 될 것이다, 정말로.

"나이스 볼, 그렇게 던져!"

나도 더 이상 공을 포물선으로 던지지 않았다. 지금까지 60퍼센트의 힘으로 던지던 것을 전력을 다해 뿌렸다. 고타이는 기죽지 않고 가슴 앞에서 받아낸다.

팡! 하고 기분 좋은 소리가 났다.

IV

# 1

'가메 씨'에는 한 발 먼저 진노가 와 있었다. 늘 가메야마가 허세를 부리며 '예약석' 푯말을 놔두는 안쪽 테이블에서 "어이, 먼저 마시고 있었어." 하고 나를 맞이하고 난감한 표정으로 눈짓한다.

가메야마는 테이블에 엎드려 있었다. 내가 온 걸 알고 꿈지럭꿈지럭 얼굴을 들고 "늦었구마, 닌 운동장 백 바퀴다." 하고 술에 취해 분명치 않은 목소리로 말한다. 눈이 한곳을 응시하고 있다. 빨갛게 충혈되어 있는 것처럼 보이기도 한다.

한 시간쯤 전, 밤 8시가 지나 전화가 왔을 때도 취한 목소리였다. 벌써 2월도 반이나 지났는데 "오늘 신년회다. 택시 잡아타고 언능 온나." 하고 혀 꼬인 소리로 말했다. "진부도 올 거게 니도 바로 온나. 만약 안 오믄 재미없다."

취한 가메야마의 전화를 받은 것은 새해가 되고 나서 네 번째다. 지금까지는 무시했고, 오늘 밤에도 샤워까지 다 해서 나가는 게 귀찮았지만 교코의 이름이 나온 건 처음이었다. 조금 놀라서 "교코도 와?" 하고 묻자 가메야마는 "그럼, 오지 와. 꼭 올 기다." 하고 말하고 내 대답을 기다리지도 않고 전화를 끊어버렸다.

"참말로 니들 너무 냉정한 거 아이가……. 진부도 요지도, 술이나 한 잔하자고 몇 번이나 전화했노? 문디 자슥들."

진노는 어깨를 움츠리고 "학년 말이라 바쁘다." 하고 대답했다.

"바빠도 술 마실 시간이 없을까?"

"술 취하면 집에서 일도 못하잖아. 정말로 정신없이 바쁘다. 야구부 연습도 거의 요지에게 맡겨놓고 말이지."

나를 돌아보고 "맞지?" 하고 동의를 구한다. 진노가 바쁜 것은 확실하다. 3학년 학급 담임이고, 생활지도부에 입시 담당. 시즌이 끝난 야구부 연습에 얼굴을 내밀 시간 따위 없을 것이다.

"문디 자슥아, 일과 친구 중 어느 게 중요하노? 그려, 일, 일을 중시해야지, 우리 모두……."

말하고 있는 사이에 가메야마의 목소리가 흐려진다. 몸도 묵직하게 또다시 테이블에 엎드려버린다.

난 진노 옆에 앉아 교코는? 하고 목소리를 내지 않고 물었다.

진노는 의아한 표정을 짓는다. 가메야마가 불렀다고 했는데, 하고 내가 말을 잇자 의아함에 쓸쓸함이 뒤섞인 표정으로 바뀐다.

위스키 미즈와리水割り(술에 물을 타서 연하게 하는 것─옮긴이)를 직접 만들어서 온더락인 진노와 몸짓만으로 건배를 하고 한 모금 마셨다. 가메야마는 엎드린 채 답답한 듯한 신음소리를 낸다. 술이 약해졌다. 술버릇도 나빠졌다. 고교 시절에 몰래 술을 마신 적이 몇 번인가 있었고, 졸업 후에도 동창회나 친구의 결혼식 피로연 때 마신 적은 있었다. 가메야마는

취하면 거친 성격이 더 거칠어져서 록가수 야자와 나가요시나 록그룹 서던올스타스의 구와타 게이스케 흉내를 내며 노래방에서 줄창 노래를 부르고 나면 푹 고꾸라져 자는, 그나마 얌전한 타입이었다.

물푸레나무 바구니에 담긴 팝콘을 입에 던져 넣는다. 아직 온기가 조금 남아 있었지만 너무 짜다. 위스키로 입을 가시고 옆의 작은 접시에 있던 쇠고기 육포를 찢어 먹었더니 이건 또 고기에 양념이 거의 배지 않았다. 퍼석퍼석하고 향도 없다. 돈을 받고 손님에게 내주는 요리, 팝콘도 요리에 포함된다면 말이지만, 어쨌든 그런 수준에서는 한참 멀다.

오늘 밤도 손님이 없는가 하고 한숨을 쉬며 가게 안을 슬쩍 둘러보는데, 가메야마가 꿈지럭꿈지럭 몸을 일으켰다. 조명 탓인지 윤곽이 밋밋한 가메야마의 얼굴에 깊게 그림자가 생긴다. 피곤하다기보다 나이가 들어 보인다. 콧수염에 하얀 털이 섞여 있는 것도 이제야 깨달았다.

"어이, 요지." 가만히 나를 응시하며 가메야마가 말했다. "말해봐라."

"뭘?"

"니, 언제까지 이렇게 살 기가? 응, 한창 일할 놈이 시골 촌구석에서 대낮부터 빈둥빈둥거리고…… 앞으로 우짤 기고?"

진노가 말리려고 입을 막 열려는 것을 제지하고 나는 말했다. "아직 결정된 건 없어." 이런 상황에서, 이런 친구에게 거짓말을 하고 싶지는 않다.

가메야마는 작은 유리잔에 남아 있던 위스키를 단숨에 들이켜고 헤헤 웃는다.

"팔자 한번 좋네. 부럽다, 부러워."

"가메!" 진노가 조금 소리를 높여 말한다.

"나, 요지가 스오에 돌아오고 나서 되는 게 없다. 매일매일, 매일 밤 매일 밤, 화가 나서 미칠 것 같고…… 진부 닌 어떻노? 마찬가지 아이가! 요지를 보면 화 안 나나?"

"가메, 그만 해라." 진노는 달래듯 말했다.

"멍청하긴. 니들 이제 막 왔는데, 잠깐 기다려라, 안주라도 만들게."

"그러고 괜찮겠나? 불 같은 거 쓰면 위험하다. 불이라도 나면 어쩔라고?"

"뭐, 그것도 나쁘지 않다. 화악, 불길이 번지는 것도 재밌을 기고. 폭삭 타뿌러라, 춥다, 추워. 따뜻하게 안 했다간 얼어 뒈질 것 같다……."

떠들면서 양손을 테이블 끝에 집고 일어서려고 했지만 몸이 움직이지 않는다. 오히려 팔이 몸무게를 지탱하지 못하고 버팀목이 부러진 듯 푹 고꾸라졌다.

난 또 팝콘을 입에 던져 넣는다. 소금기가 혀를 오그라들게 하고 어깨도 조금 움츠러들었다.


코를 고는 가메야마의 등에 내 코트를 덮어주고 진노와 둘이 조금 떨어진 테이블로 옮겼다.

내가 돌아오고부터는 아니다. 1년쯤 전부터 가메야마는 술이 갑자기 약해져서 취하면 난폭해진 듯하다. 진노는 작은 목소리로 "정말로 힘든 것 같다, 장사가."라고 말한다. "이제 가게도 정리해야 될 거다."

대출금이, 진노가 알고 있는 것만도 1,000만 엔이다. 그중 200만 엔의 상환 기한이 어제였다고 한다. 갚지 못했다. 그뿐인가 새로 100만 엔을 빌려야 했다.

"……엄청 너그럽네, 은행도."

조금 놀라서 말하자 진노는 "아니야." 하고 대꾸하고, 목소리를 더욱 낮춰 말을 이었다.

진노가 돈을 빌리는 상대는 은행이나 금융업자가 아니다.

처가댁.

"부잔가 봐."

"응. 기프트 용품 판매회사를 경영하고 있어. 본사가 오우치이고, 현내에 지점만 해도 꽤 된다고 하더라. 뭐 저쪽에선 빌려준 거라 생각하지 않을지도 모른다. 사위 놈 취미 생활 거들어준다고나 할까, 가게가 안 되도 마지막엔 자기들 회사에 들어오면 된다는 건데…… 그것도 스트레스가 심할 거다."

그렇겠지, 하고 나도 생각한다. 고등학교 때부터 가메야마는 남자의 자존심이나 체면 따위에 완고할 정도로 집착하는 녀석이었다. 일국일성一國一城의 주인을 동경했다. 동경만 하다 삶이 끝날 수 있을 만큼 현실은 만만치 않다는 것을 어느덧 잊어버린 것이리라.

"그래도 가메가 물러터지지만은 않았다. 물러터지긴 능구렁이지. 처가댁이 부자가 아니었으면 직장을 때려치울 수나 있었겠나. 형편이 좋을 때는 처가댁을 의지하고, 그걸로 자존심이 이렇다 저렇다 씨불이는 건, 이따위로 말하는 것도 좀 그렇지만 너무 염치없는 짓 같다."

"글쎄……."

한숨이 한 번 왕복했다. 진노는 의자에 발을 올리고 몸과 함께 모로 누웠다. 가끔 다리를 들어 뻗지 않으면 허리가 아프다고 한다. "정말이지, 늙은이가 다 됐네." 하고 중얼거리고 "부모도 되지 못했는데 할배가 됐으니." 하고 허탈한 웃음을 짓는다.

"아인 없는 거야?"

"말 안 했나? 우린 안 된다. 마누라가 불임이다."

처음 들었다. 연하장은 서른 줄에 들어서기 전에 끊겼고, 연하장으로 주고받을 소식도 아니었다.

"병원에도 다녀봤지만, 설령 임신이 되도 출산이 어렵다더라. 난 마누라와 둘이 살아도 상관없지만, 노인네들이 대가 끊길까 봐 노심초사한다."

진노는 장남이었다. 형제는 아마 여동생밖에 없을 것이다.

제수씨의 불임에 대해서는 아직 할머니나 부모님에겐 말씀드리지 않았다. 언젠가는 솔직히 말씀드려야지, 하고 생각하면서 질질 시간을 끌다 오늘에 이르렀다.

"가메처럼 마누라 부모님한테 신세를 지는 것도 스트레스이겠지만, 자기 부모와 아내 사이에서 이러지도 저러지도 못하는 것도 여간 괴롭지 않다."

맞장구는 치지 않았다. 진노도 그 이상은 푸념하지 않았다. 서른여덟 살. 고등학교를 졸업하고 20년. 서로 다른 삶이 있고, 어깨에 짊어지고 있는 것도 다르다. 그 무게를 비교하거나 동정하는 것은 의미가 없다고, 우린 이제 그 정도는 아는 나이가 되었다.

가메야마의 코고는 소리가 멎었다. 완전히 곯아떨어진 모양이다. 나와 진노는 말없이 술을 마신다. 잠시 후 진노가 "뭐 그래도……." 하고 중얼거렸지만, 뒷말은 이어지지 않았다. 나도 "뭔데?" 하고 재촉할 타이밍을 놓치고 가게 안은 다시 적막에 싸인다.

가메, 진부, 그리고 요지. 옛날과 부르는 방법은 같아도 뭔가가 확실히 달라졌다. 셋이서 얼굴을 마주하는 것이 몇 년 만인지. 5년이나 6년은 턱도 없다. 어쩌면 10년이 넘었는지도 모른다. 공백이 너무 길다. 화젯거리를 찾지 못하는 것보다 침묵이 어색해져버린 쪽에 지금 우리의 거리가 있다.

"야, 진부."

"응?"

"가메가 교코네 집 전화번호 알고 있을까?"

"아마 모를 거다. 알면 벌써 한바탕 소동 안 났겠나?"

나도 그렇게 생각한다. 그러니까 교코를 불렀다는 건 거짓말, 가메야마를 위해 '꿈'이라 바꿔 말할까.

"저 녀석 만나고 싶을까?"

"만나고 싶을 거다. 만나고 싶기만 하겠냐? 만나지 못해서 안달이 난걸."

미묘하게 말을 돌렸지만 무슨 말인지 알 것 같다.

"넌?" 하고 묻자 진노는 쑥스러운 기색으로 "만나지 못하고 말하는 건 좋아하지 않는다, 역시." 하고 말한다. "오사무도 아직 못 만났는데, 교코야 뭐……"

난 재킷 주머니에서 휴대전화를 꺼냈다. 저장 번호에서 교코의 휴대전화번호를 찾아 통화 버튼을 누른다.

"나 교코랑 만났어."

"진짜?"

"교코 아들이 우리 딸과 같은 학교야. 휴대전화번호도 알아."

호출음은 울리지 않고 자동응답 메시지가 흘러나온다. 이런 점이 우리 사이를 나쁘게 한 것인지도 모른다. 기선을 제압당했다는 생각에 "지금 '가메 씨'에 있어. 가메랑 진부랑 같이. 괜찮으면 전화 줘." 하고 녹음했다.

전화 끊기를 기다렸다는 듯이 진노가 "어떻게 된 거야?" 하고 테이블 쪽으로 몸을 내밀었다. 학부모회 때의 일과 1월 3일 고코쿠 신사에서 만났던 일을 대충 얘기하자 몸을 앞으로 더욱 내밀고 "그것뿐이야?" 하고 묻는다. "정말로 아들과 캐치볼하고 그걸로 끝이라고?"

"당연하지, 무슨 말이 하고 싶은데?"

"그러면 너 왜 우리한테 말 안 했어? 따로 비밀로 할 생각이었던 거야?"

그건 그렇다, 분명히. 어이, 가메, 진부, 놀라지 마, 나 교코와 만났다. 가벼운 말투로, 흥분된 목소리로, 웃으면서 말할 수 있었을 텐데.

"별로…… 아무 일도 없었다니까, 정말."

"알았다, 만화나 드라마랑은 다른가 보네."

미나코에게도 비슷한 말을 들었다. 그날은 고타이와 캐치볼로 시간을 보내고, 그사이 가랑비가 뿌리기 시작해서 결국 교코와는 거의 말할 기회가 없었다. 미나코는 맥이 빠진 건지 안심한 건지 돌아오는 차 안에서 "만화나 드라마였다면 오늘 단숨에 아슬아슬한 분위기가 됐을 텐데." 하고 웃었다. 교코와 무슨 말을 했는지는 말해주지 않았지만 고교 시절에 나와 교코가 사귀었다는 소문은 여전히 믿고 있는 것 같았다.

"교코 많이 변했지?"

그제야 생각났다는 듯 위스키를 들이켜고 진노가 묻는다.

"그렇지도 않았어." 하고 나도 위스키를 들이켠다.

"트럭 운전사라는데, 힘들겠다."

"편한 일은 아니지. 그래도 혼자 일하는 거라 좋다고 하더라."

"……동창회하고 싶다든가, 말 안 해봤나?"

난 말없이 고개를 흔들고, 진노도 처음부터 그럴 줄 알았다는 듯 쓴 웃음을 짓고 잔을 입으로 가져갔다. 가메야마의 코고는 소리가 다시 들린다. 잠에서 깼을 때 교코가 와 있으면 놀라기도 놀랄 거고, 무척 반가워하겠지? 둥근 가메야마의 등을 보고 그런 생각을 하자 코끝이 갑자기 찡했다.

"교코가 전화를 할까?"

진노가 불쑥 중얼거리더니 옆 의자에서 다리를 내리고 자세를 바로 해서 앉았다. "부탁할 게 있다." 하고 나를 본다. "오늘 밤은 그렇다 치고, 다음에 교코랑 만날 일 있으면 꼭 연락해줘라."

말하고 싶은 게 있다고 한다.

"야구부 이야기는 싫어하는 것 같은데." 내가 말하자 "안다." 하고 목소리에 힘을 주어 대답했다.

"그래도 어쨌든 교코한테 말할 게 있다."

"……뭘?"

"너한테도 말해줄게. 만약 교코가 나랑 만나지 않겠다고 말하면 네가 말해줘라."

자와 옹 이야기였다.

2월에 들어서서 몸이 많이 나빠졌다고 한다. 건강 자체보다 눈에서 생기가 없어지기 시작했다. 잿빛으로 탁해진 눈의 그 잿빛이 문병을 갈 때마다 점점 더 어두워지는 모양이다.

.

자와 옹의 상태보다 바쁜 진노가 사흘에 한 번은 자와 옹의 문병을 간다는 것이 더 놀라웠다. "퇴근하다 잠깐 들를 뿐이야. 중요한 건 그게 아니다." 하고 부끄러워하는 것이 진노의 됨됨이였다. 그리고 새해가 되고 나서 한 번도 그라운드에 오지 않은 자와 옹을 걱정하면서도 그냥 그러고 마는 게 나다.

"얼마 안 남았다. 이번 겨울을 넘길 수 있을지 어떨지도 모르겠고."

"여든…… 몇이시지?"

"넷인가 다섯일 거다. 뭐, 연세를 봐선 살 만큼 사셨지."

"난, 그 할배 백 살까지는 살 줄 알았다."

"나도."

자와 옹의 인생은 슈코를 응원해온 인생이었다.

어렸을 때부터 고시엔을 동경하고, 슈코의 유니폼을 동경하고, 구제도 중학교 시절의 슈코에 입학하자 당연하다는 듯 야구부에 들어가 선수로는 이렇다 할 활약을 하지 못한 것 같지만, 졸업 후에는 그래서 더 열심히 슈코를 응원하게 되었다.

젊었을 때는 누군가가 슈코를 욕하기만 해도 핏대를 세워가며 화를 냈다. 상가 모임에서 야구부의 약점을 놀리던 쓰카모토 양품점의 사장을 코피가 날 때까지 두들겨 팼다는 무용담은 야구부에 대대로 이어져 내려오는 이야기이고, 전쟁이 끝나고 얼마 되지 않아 같은 스오 시의 공업 고등학교가 선발되어 고시엔에 출전했을 때도 슈코에 의리를 지킨다며 상가 중에서 혼자만 기부금을 내지 않았다고 한다.

우리가 현역일 때 자와 옹은 환갑을 조금 지난 나이였다. 사진관 일은 부인과 아들 다로 씨한테 거의 맡기고, 비는 시간을 온전히 슈코에

쏟아 부었다. 공식 게임은 물론 연습 게임 때도 백네트 뒤에는 늘 자와 옹이 있었다. 3학년 골든위크(4월 말부터 5월 초까지 휴일이 많은 일주일―옮긴이) 때 규슈로 원정을 갔는데 3박 4일 동안 렌터카인 마이크로버스에 운전사까지 사서 올 정도였다.

연습을 볼 때는 그렇지 않았지만 시합만 하게 되면 여전히 혈기왕성하고 무서운 할아버지였다. 상대 팀 야유에 얼굴이 벌개져서 화를 내며 "내뱉은 말은 주워 담지 못한다, 이 썩을 놈들아!" 하고 호통을 쳤다. 심판이 명백하게 오심을 하면 항의를 하지 않는 우리를 대신해 "눈깔이 어디 붙은 거여, 이 육실할 놈아!" 하고 소리를 질렀다.

솔직히 고맙긴 하지만 달갑지 않은 점도 없는 것은 아니었다. 그래도 시합에 진 우리가 스탠드 앞에 늘어서서 인사를 하면 자와 옹은 늘 맨 앞으로 나와 안타까운 눈물을 흘리면서 "잘 싸웠다, 잘 싸웠어." 하고 우리를 결코 나무라지 않았다.

그런 자와 옹을 우리는 모두 좋아했다. 교코를 좋아했듯, 자와 옹도 아주 좋아했다. 그 무렵의 우리에겐 좋아하는 상대가 많았다. 행복한 나날이었지, 하고 생각하니 다시 코끝이 찡해진다.

"……나도 조만간 찾아봬야겠다."

"교코는 어쩔까?"

"병문안?"

"응. 교코를 만나고 싶어 하시더라. 자와 옹도 치매가 진행된다는 걸 어디까지 아는지 모르지만, 어쨌든 그 할배 오사무와 교코를 진심으로 걱정했다."

"그래……."

"넌 모르겠지만, 자와 옹 매년 1월이면 오사무 묘지에 가셨다."

1월, 오사무가 죽은 달.

올해는 가지 못했다. 다로 씨에 의하면 자와 옹은 올해 못 간 것을 몹시 애석해하며 봄이 돼서 따뜻해지면 무조건 가야 한다고, 거의 그것만을 삶의 자극제로 삼고 있는 것 같았다.

나는 눈을 감았다. 입술을 깨물고 눈살을 찌푸린다.

"너도 아직 오사무 묘지에 안 가봤지?"

말없이 고개를 끄덕였다. 변명을 늘어놓을 기분이 아니다. 진노도 내 변명 따위 듣고 싶지 않을 것이다.

"모두 같이 가자." 진노가 말했다. "다 같이 말이다." 하고 다짐을 놓듯 되풀이하고 자리에서 일어나 가메야마의 등을 흔든다.

"어이 가메, 감기 걸리겠다. 이제 문 열려면 일어나야지."

벌써 10시가 지났다. 주머니 안에 있는 휴대전화는 울지 않는다. 교코가 직접 '가메 씨'에 올 가능성도 생각할 수 없는 것은 아니지만, 잔에 남은 술을 마시고 나자 처음부터 무리한 얘기였다고 체념이 되었다.

가메야마는 낮게 신음하면서 얼굴을 들었다. "물 마실래?" 진노가 묻자 나른한 듯 고개를 흔들고 하품을 한 번.

"잤냐, 내가?"

"그래, 곯아떨어졌다."

"……꿈을 꿨어."

"어떤 꿈?"

"잘은 모르겠지만, 뭐랄까, 그리운 꿈이었다."

가메야마는 눈을 깜박거리며 나를 돌아보고 겸연쩍은 듯 웃었다.

# 2

교코에게서 전화가 온 것은 다음 날 아침 7시가 되기 전이었다. 막 잠에서 깨 멍한 머리에 뜻밖의 도시 이름이 날아 들어왔다.

"지금 오사카야."

급한 일로 밤새 오사카까지 트럭을 몰고 갔고, 지금부터 잠깐 눈을 붙이고 나서 스오로 돌아올 것이라고 한다. "밤샘 일은 안 한다고 하지 않았어?" 놀라서 묻자 하품을 해대며 "어쩔 수 없었어." 하고 대답한다. "젊은 애 하나가 갑자기 회사를 그만두는 바람에 일손이 딸렸거든."

"그럼 고타이는……?"

"일인데 어쩔 수 없지 뭐. 그 애도 이제 곧 6학년이야, 집 보는 것쯤이야 해야지."

조금 화난 목소리였다. 그것이 오히려 교코가 밤새 안고 있던 걱정과 미안함을 내게 전해주었다.

고타이의 얼굴이 떠오른다. 캐치볼에 열중하던 고타이가 아니라 그 전의, 아직 나를 보면 낯을 가리던 때의 고개 숙인 얼굴. 아무리 봐도 개구쟁이에다 말썽깨나 부릴 것 같은 사내아이가 실은 응석꾸러기에 외로움이 많은 아이, 흔히 있는 패턴이다.

"앞으로도 밤샘 일이 있을 것 같아?"

"응…… 소장은 되도록 돌리지 않겠다고 말하지만, 연말이고 일손이 부족하니 마음대로 되겠어?"

밤샘 일이 있을 때는 고타이가 우리 집에 오면…… 목구멍까지 나온 말을 삼켰다. 잘못된 생각이라고는 생각하지 않는다. 하지만 그것은 규

연구

칙 위반과 같은 느낌이 든다.

자와 옹 이야기를 전했다. 가메야마와 진노가 교코를 만나고 싶어 한다는 것과 오사무의 묘지에 '모두' 참배하러 가려고 한다는 이야기도 함께.

교코는 자와 옹 이야기를 듣고는 놀란 모습이었지만, 우리들과의 재회에 대해서는 "글쎄다." 하고 가볍게 대꾸할 뿐이었고, 묘지에 가자는 이야기에는 대답이 없었다.

대신 미나코 이야기를 했다.

"이제 괜찮니? 고타이가 그러고 나서?"

"응…… 남자애들은 이제 괜찮은 것 같아."

"여자애들은?"

"아직 좀 어색한 것 같지만 2학기 때처럼 따돌리는 것도 아닌 것 같으니, 뭐 앞으로 시간이 해결해주겠지."

"……그래야지."

함축성 있는 맞장구였다. 목소리에 녹아 있는 웃음도 어딘가 쓸쓸하게 들린다. 그 쓸쓸함을 확인하기 전에 "그럼 또 연락할게." 하고 교코는 전화를 끊었다. 자와 옹 병문안도, 오사무 묘지 참배도, 물론 우리들의 동창회도, 교코에게는 결국 어떻게 받아들여졌는지 모른 채 말이다.

이불 위에 책상다리를 하고 앉아 담배에 불을 붙였다. 아래층에서 아버지가 화장실에 들어가는 소리가 들렸다. 미나코도 이제 일어날 시간이다.

카디건을 입는다. 오늘 아침은 오랜만에 기온이 뚝 떨어졌다. 화창한 날의 추위가 아니라 조금은 습하고 뼛속까지 스며드는 추위다. 세토나

이카이와 인접한 스오는 원래 온난한 기후로 눈이 쌓일 정도로 내리는 것은 1년에 한 번 있을까 말까지만, 의외로 한겨울이 지나고 나서 함박눈이 내릴 때가 있다. 오늘은 어떨까. 창문 밝기를 보는 한 하늘은 흐린 것 같다.

모처럼 돌아왔는데 오랜만에 눈 내린 스오를 보고 싶다. 가끔 생각한다. 생각할 때마다 내년에는, 내후년에는 볼 수 있지 않겠어? 일부러 심술궂게 자신에게 물어본다. 대답은 늘 쓴웃음으로 끝난다.

담배를 물고 베갯맡에 있던 주간지를 집었다. 내가 편집하던 잡지다. 특집반의 젊은 편집자가 지금도 의리를 지켜가며 매주 보내온다.

권두의 컬러 그라비어를 훌훌 넘기고 취향이 참 나쁘게도 변했네, 하고 혀를 찬다. 뉴스 기사도 피상적이고, 헤드라인은 선동적인 것들뿐 고저가 없다. 양질의 필자로 갖춰진 연재진도 면면이 싹 바뀌어 일방적인 주장이나 짜증나는 자화자찬이나 타인의 험담이나 무책임한 시평만이 가득했다.

창립 멤버 편집자는 이제 거의 남아 있지 않을 것이다. 회사를 매수한 방송국의 구조조정에 의해 영업이나 판매직으로 옮기거나 발령이라는 형태로 지방으로 쫓겨나거나, 나처럼 사표를 내거나…….. 방송국은 직원들의 교체와 동시에 대대적인 리뉴얼을 시도했지만 신임 편집국장은 대중화와 저급화를 착각한 듯 효과가 거의 없었다. 유능한 프리랜스 기자나 라이터도 가망 없다고 내보내고, 편집부에 남은 데스크급들도 의욕을 잃었는지 옛날이라면 당장에 다시 써오라고 호통을 쳤을 법한 엉터리 문장이 태연한 얼굴로 지면을 메우고 있다.

하지만 독재자인 사장의 말에 의하면 이 잡지를 망친 것은 강경 노선을 취한 우리들이다. 거품 경제의 피크였던 10년 전에는 실판매 50만 부를 넘겨 광고가 쏠쏠하게 들어오던 잡지를 실판매 10만 부 내외로 추락시켜서 회사의 경영까지 흔들리게 한 것은 '미숙한 정의의 사도인 척하는' 우리들 탓, 인 것 같다.

회사를 그만두기 전의 내 직위는 특집반 데스크였다. 리뉴얼 후에는 부편집장으로 승진이 내정되어 있었다. 리뉴얼이 실패했을 때를 대비한 도마뱀 꼬리 역할이라는 것을 나나 주위 동료들은 알아챘다. 리뉴얼이 잘될 리 없다는 것도 알고 있었다. 부편집장 승진이라는 암시가 있은 후 며칠이 지나 부서 이동 희망원을 냈다. 그것이 국차장 선에서 묵살되었다는 것을 알고 사표를 쓴 것이었다.

그 판단이 맞았는지는 솔직히 지금도 잘 모르겠다.

귀향하고 얼마 동안은 보내온 잡지를 읽을 때마다 회사에 남았다면 이런 지면을 만들어야 했겠지, 하고 스스로를 납득시켰다.

매주 필사적으로 만들던 잡지를 그런 식으로 읽어버리는 자신이 조금은 혐오스러웠다.


오후가 되어도 기온은 올라가지 않는다. 구름은 두껍게 깔려 있었지만 군데군데 희미하게 햇빛이 보인다. 그것이 날씨가 갤 신호가 아니라는 것을 18년 동안 이 고장에서 산 나는 알고 있다. 눈이 곧 내릴 것이다. 아침 일기예보도 이 지방에 강한 한파가 몰아칠 것이라고 했다.

저녁이 되자 아니나 다를까 눈이 내리기 시작했다. 물기를 머금은 함박눈이다. 슈코에 가서 백네트 뒤에 차를 세웠을 때는 그라운드가 군데군데 하얗게 되어 있었다.

야구부실 앞에서 하릴없이 수다를 떨고 있는 부원들에게 늘 그렇듯 워밍업 러닝을 명했다. 몇 명인가가 하늘을 올려다보며 짜증스런 표정을 지었다. 몇 명은 손에 일회용 핫팩을 들고 있다. "어서 뛰어!" 하고 재촉해도 "어이!" 하는 기합소리가 들리지 않는다. 어기적어기적 뛰기 시작하는 등에 불만이 가득하다.

3학기에 들어가고 나서 아무래도 부원과의 사이가 어색하다. '땜빵 도우미'에서 진노가 바빠 연습에 얼굴을 내밀지 못하는 날이 이어지는 동안 내 위치는 본격적인 '코치'가 되었다. 부원들은 그것에 당혹해했고, 어쩌면 반발하고 있는지도 모른다.

드럼통 모닥불을 쬐면서 "기합이 좀 빠진 것 같아……." 하고 투덜거리자 여자 매니저인 이시다 후타바가 당연하지 않느냐는 표정으로 말했다.

"눈이 오면 여태까진 연습을 쉬었으니까요."

"뭐?"

"부원 총회에서 그렇게 결정했어요. 코치님은 그 사실을 모른다고 생각해서 일단은 야구부실에 모인 거지만……."

"부원 총회가 뭔데?"

"부원들의 총회예요."

단순 명료하게 말한다. 그런 당연한 것도 모르냐는 투다.

도쿄 여대 지망생으로 2학년인 지금부터 사투리를 쓰지 않겠다고 말한 후타바는 미묘하게 억양이 다르지만 그런대로 자연스러운 표준어를 구사한다.

"옛날엔 없었나요?"

"당연하지, 뭐야 그게? 그럼 부원들이 연습 일정 같은 걸 정한다는 거야?"

"네, 맞아요. 진노 선생님과 상의하지만."

"눈 오는 날 쉰다는 것도……"

"진노 선생님도 그게 낫겠다고. 눈 오는 날 그라운드를 쓰면 나중에 질퍽질퍽해져서 체육 수업도 못하게 되고, 감기에 걸려도 곤란하고."

어깨에서 힘이 빠졌다. 화가 나기 전에 기가 막혔다. 감기에 걸리는 게 두려워 연습을 쉰다는 부원들에게도, 그걸 허락한 진노에게도.

"물러 터져서……"

"프로야구도 비나 눈이 오면 중지하잖아요. 다시 말해 야구란 게 날씨가 나쁜 날에는 하지 않는 스포츠라는 말 아닌가요? 그렇다면 그런 날에 연습한다는 건 의미가 없지 않을까요?"

후타바는 진지한 얼굴로 말한다. 비뚤어져서 억지를 쓰는 게 아니라 정말로 순진하게, 그렇게 생각하고 있는 것 같다.

나는 말없이 모닥불의 불꽃을 바라보았다. '의미'라는 후타바의 말이 귀에 들러붙어버렸다. 의미가 있느냐 없느냐, 그런 문제가 아니다. 반박한다면 내가 비뚤어진 사람이 되고 말 것 같다.

후타바는 쓰고 있던 우산에 쌓인 눈을 털어내고 "코치님이나 진노 선생님 때는 비나 눈이 와도 연습을 했나 봐요?" 하고 말했다.

"응, 태풍이 와서 학교가 쉬는 날에도 연습은 했지."

"감독 명령이었나요?"

"아니, 명령을 받은 건 아니고, 나중에 선생님이 화를 내셨지만 우리끼리 모여서 연습한 거야."

"왜요?"

또 진지한 얼굴로 묻는다.

"……그게, 뭐랄까." 하고 나는 쓴웃음을 지었다. 논리적으로는 설명할 수 없다. 논리를 내세우면 우리가 진다. 태풍이 온 날은 축구도 시합을 중지한다. 그 무렵엔 그것이 당연했기 때문이라고밖에 말할 수 없다. 후타바는 또 "왜요?" 하고 물을 것이다. 그러면 더 이상 할 말이 없다.

그라운드를 두 바퀴 돌고 나서 유연체조를 한 뒤 캐치볼. 추위에 부원들의 몸이 위축되어 있다는 걸 안다. 내리는 눈 때문에 야구공이 잘 보이지 않는지 캐치 미스가 속출한다. 목소리도 나오지 않는다. 내가 연습을 중지하라고 말하기를 기다리고 있는지, 규칙을 깨버린 코치를 원망하는지, 모두 힐끔힐끔 나를 본다. 집중력이 손톱만큼도 없다.

이런 날에 이런 상태에서의 연습이야말로 의미가 없다. 감기에 걸리기 전에 다칠 확률이 높다. 얼른 그라운드에서 불러들여 체육관에서 기초 트레이닝을 가볍게 하고 내일에 대비해 일찌감치 끝내는 게 낫다.

알고 있다. 논리적으로 따질 것도 없는 간단한 이야기다.

하지만 "좋아, 이제부터 토스 배팅이다." 하고 나는 부원들에게 말했다.

힘없는 "어이!"에 "목소리가 그게 뭐야! 다시 한 번!" 하고 분발을 촉구한다.

고집을 부리는, 걸까.

뭘 위해? 누구에게?

모닥불의 장작이 부서지며 흩날리는 불꽃들이 눈에 스민다.

아연실색한 모습으로 토스 배팅 준비를 하는 부원들과 나를 번갈아

보고 후타바가 말했다.

"근성이라는 건가요?"

처음으로 비꼬는 듯한 표정과 목소리였다.


마침내 그라운드 대부분이 하얀 눈으로 덮였다. 추위에 손이 곱은 탓도 있었지만 노크 타구가 나도 모르게 점점 강해졌다. 프리배팅을 생략하고 베이스러닝도 면제하고 일찌감치 연습을 끝낸다. 그것이 내가 할 수 있는 최선의 양보였다.

노크가 끝나갈 무렵 후타바가 내 옆에 와서 "저기요." 하고 말을 걸었다. "저 애들, 코치님 아는 애들이에요?"

돌아보니 백네트 뒤에 우산을 쓴 초등학생이 두 명, 남자아이와 여자아이.

미나코와 고타이였다.


아침에 고타이가 막 나가려던 참에 교코에게서 전화가 왔다고 한다. 미나코를 데리고 슈코 그라운드에서 기다리고 있으라는 전화였다. 엄마도 오사카에서 돌아가면 바로 슈코로 가겠다는 말도 함께.

"깜짝 놀랐어. 무슨 일이야? 도대체."

미나코의 말에 난 뭘 어떻게 대답해야 할지 몰랐다. 고타이도 자세한 얘기는 듣지 못한 것 같다.

저녁 다섯 시. 아침에 오사카에서 출발했다면 슬슬 도착할 시간이다. 미나코는 내 휴대전화로 아버지에게 연락해서 "아빠랑 같이 있으니까 늦게 들어가도 걱정하지 마세요." 하고 말했다. 교코나 고타이 이야기를 하지 않은 것은 평소 직감이 뛰어난 탓일까.

미나코는 휴대전화를 고타이에게 내밀었다.

"넌 전화 안 해도 돼? 할머니 집에 있는 거 아냐?"

고타이는 전에 만났을 때 쓰고 있던 다이에 호크스 야구모자의 챙을 내리고 "난 됐어, 별로." 하고 고개를 옆으로 흔들었다.

"그래도 걱정하실 텐데, 벌써 다섯 시야."

"괜찮아, 귀찮게 하지 마."

불퉁하게 말하고 백네트 뒤로 가버렸다.

어이없어 하는 미나코의 어깨를 나는 가볍게 쳤다. "쟤가 저녁엔 혼자 집을 봐." 하고 휴대전화를 돌려받고 "그럼 할머니가 스오에 계신 게 아니야?" 하고 묻는 말에는 대답하지 않고 코트 어깨에 쌓인 눈을 털어주었다.

그라운드에서 부원들끼리 노크를 하고 있었다. 내가 노크볼을 쳐줄 때와는 반대로 편한 타구만 보내고 있다. 대충 시간만 때우려는 모습이었지만 고타이는 흥미롭게 지켜보고 있다. 정말로 야구를 좋아하는 아이이다. 캐치볼을 하며 알았다. 공을 던지고 받는 것만으로도 좋아서 어쩔 줄 모르는 표정이었다.

"눈 오는 날에도 연습하네."

미나코가 의외라는 듯 말했다.

휴, 하고 나는 한숨을 쉬었다.

"근데 지금은 야구 오프 시즌 아닌가? 그리고 봄 선발대회 때 이겨도 고시엔에 나가는 것도 아니잖아?"

"그렇지……."

"다음 대회는 언제야?"

"봄 방학 때 슈다이 전이 있어."

"슈다이?"

"오우치히가시 고교와의 정기전이야."

슈코와 오우치히가시大內東 고교, 그러니까 다이토大東는 구제도의 중학교 시절부터 라이벌이다. 상대편에선 당연히 다이슈 전이라 부르고 있다. 옛날에는 학교의 명예를 거는 큰 행사였던 것 같지만, 우리가 현역 시절에는 이미 단순한 연습시합으로 격하되어 있었다. 그래도 시합 때는 오우치 시의 현립구장을 사용한다. 그런 점이 시골의 전통 있는 학교가 내세우는 고리타분한 자존심일까?

"그 시합에 이기면 좋은 게 뭐야?"

"OB들이 좋아하겠지."

쓴웃음과 함께 대답하자 미나코도 그렇겠네, 하고 어이없다는 표정으로 고개를 끄덕이고 "그럼 그다음은?" 하고 물었다.

"4월 말에 봄 지역 대회가 있지만 그것도 고시엔 예선과는 상관없어. 그러니까 진짜는 7월이지."

"그럼 반년이나 남았네. 눈 오는 날까지 연습할 일이 아니네 뭐."

후타바와 같은 말을 같은 표정으로 한다.

"동계훈련의 차이가 여름에 나타나는 법이야."

"하루 쉰다고 차이가 생기나? 감기에 걸려서 일주일을 누워 있다면 그게 더 웃기겠다. 본말전도네."

"아니, 그러니까 숫자 따위로 나타나는 게 아니고 모두가 놀 때도 열심히 연습했다는 것이, 시합이 힘들 때……."

내 말을 가로막고 미나코는 "에잇!" 하고 과장되게 소리를 질렀다. "또 나왔네, 정신주의."

고타이가 고등학교에 들어가는 것은 4년 후가 된다. 슈코를 목표로 하고 있을 것이다, 필시. 그때의 야구부가 어떤 연습을 할지, 나는 아직 모른다.

미나코가 뭐라고 더 말하려는 순간 등 뒤에서 트럭의 엔진소리가 들렸다.

녹색과 하얀색의 대형 트럭.

마침내 그라운드 너머에서 백네트 뒤로 꺾어들었다.

트럭이 선다. 운전석 문이 열리고 검정색 작업복을 입은 교코가 내렸다.

"눈이 오는 데도 연습을 하네, 우리 후배님들이. 좋아 좋아, 이런 게 슈코다운 거지."

그립기도 하고, 기쁘기도 한 듯 일부러 나이 먹은 사람의 말투로 말하고 나와 눈이 마주치자 가볍게 웃고 양팔을 크게 벌린다.

"돌아왔구나!"

그라운드의 부원들이 돌아볼 정도로 큰 목소리로 말했다.


# 3

트럭은 국도 바퀴 자국에 괸 물을 튀기며 바다로 달린다.

"너무 달리는 거 아니야? 저 아줌마."

조수석의 미나코가 말한다.

"프로잖아, 저긴." 하고 대답하는 내 목소리는 운전에 정신을 팔고 있는 탓에 높아졌다. 내리는 눈이 시계를 좁히고, 해질녘의 어둠이 더해져 물보라가 앞유리를 때릴 때마다 앞에서 달리는 트럭의 미등이 흔들린다.

"진노 아저씨 차는……." 미나코가 뒤를 돌아보았다. "아아, 이제 어디에 있는지도 모르겠어."

"괜찮아. 그 녀석은 어딘지 아니까."

"가메야마 아저씨도?"

"알고말고. 아빠도 아는데. 모두가 아는 소중한 곳이야."

"공원묘지면…… 산소 아냐?"

"그래. 오사무의 산소야."

미나코는 가볍게 고개를 끄덕였다. 조금 전까지 차 안에서 긴 이야기를 했다. 모두 말했다. 교코와 미리 얘기한 것은 아니었지만 아마 그녀도 허락해주었을 것이다. 어쩌면 교코도 지금 트럭 안에서 고타이에게 거짓말의 내막을 밝히고 있을지도 모른다.

진노는 직원회의를 빠지고 왔다. 가메야마도 저녁시간에 접어든 가게를 닫고 역 쪽에서 공원묘지로 차를 몰고 있을 것이다.

"교코도 알고 보면 멋대로야." 하고 진노는 어이없어 하고, 가메야마는 "잠깐만, 나 마음의 준비가……." 하고 당황했다. 하지만 두 사람 다 "다음에 가자."고는 하지 않았다.

"근데 아빠."

"응?"

"나, 고타이 엄마랑 설에 둘만 있었잖아. 그때 나한테 왕따 당하면…… 도망가도 된다고. 정말로 힘들면 도망가도 전혀 상관없다고. 그리고 이 동네엔 도망간 사람을 쫓아올 정도로 본성이 악한 아이는 없다고 했어. 또 제일 좋지 않은 것은 도망갔는데 도망가지 못했다고, 도망갈 수 없었다고 생각하면 그건 이미 아웃이고, 죽고 싶을 정도로 힘들어진다고……."

"그렇지."

나는 조금 강하게 말했다. "정말로 그래." 하고 나 자신에게 말했다.

오사무를 도망가게 해주면 되었다. 오사무가 도망가고 싶어 한다는 것은 알고 있었지만 우리는 모른 척했다. 지금까지 그래왔던 것처럼 대하려고, 가슴속에 벽 하나를 남긴 채 오사무를 맞아들인 셈이 되어 결국 녀석이 도망갈 길을 막고 말았다. 그 무렵엔 도망가지 못하게 하는 것이 우정이라 믿었다. 도망가선 안 된다고 믿고 있었다.

하지만 30대도 종반에 접어든 지금 난, 진노도 가메야마도 마찬가지이겠지만, 알고 있다. 도망가지 않으면 어떻게도 할 수 없는 일이 많다는 것을. 겁쟁이나 비겁자라 불러도 도망갈 수밖에 달리 길이 없는 일은 분명히 있다.

우리는 어른이 되고 나서 몇 번을 도망쳐왔을 것이다. 자기는 한 번도 없다고 말하는 사람이 있다면 나는 우와 대단하시네요, 하고 감탄하고 그 사람과는 절대 친구가 되지 않을 것이다.

해안선으로 나왔다. 눈은 여전히 퍼붓고 있다. 아직 도로에는 쌓이지 않았지만, 밤이 되어 노면이 얼고 차의 통행량도 줄어들면 체인 없이는 달릴 수 없을지도 모른다.

바다는 이미 땅거미와 거의 분간이 되지 않는다. 하얀 눈이 갑자기

멎는 그곳이 해면이다. 마찬가지로 구름에서 떨어져 마을에 쌓이는 눈이 있는가 하면 바다에 떨어져 바로 사라지는 눈도 있다. 바람의 장난으로 언제까지고 둥둥 허공을 떠다니는 눈도 있을지 모른다.

트럭이 깜박이를 켰다. 공원묘지의 안내판이 보였다.

"아빠, 그럼 아빠는 고타이 엄마를 전혀 좋아하지 않았어?" 미나코가 묻는다.

"좋아했지." 난 틈을 두지 않고 말했다. "엄마를 좋아하는 것과는 좀 다른 의미에서지만, 진노도 가메야마도 모두 저 녀석을 좋아했어."

"우정으로 좋아한다는 느낌?"

"으응……"

어렸을 때는 '우정'이라는 말을 들을 때마다 등이 근질근질했다.

하지만 지금은 생각만큼 겸연쩍지 않다.

그런 점이 아저씨의 뻔뻔함일까.


주차장에 먼저 도착한 것은 교코와 고타이. 조금 늦게 나와 미나코. 안전운전이 모토라는 진노의 차는 가장 늦게 출발했을 가메야마의 차와 거의 같이 공원묘지로 들어왔다.

밖은 벌써 한밤중이라 가로등 불빛이 없으면 어디에 길이 있는지도 모른다.

"설마 이런 곳에서 동창회를 할 줄이야……." 가메야마는 아직도 반신반의하는 모습으로 말하고 교코와 마주 서자 "살이 쫌 찐 것 같다?" 하고 겸연쩍음을 감추려고 밉살스럽게 툭 던진다. 진노는 진노대로 마치 짝사랑하는 여자아이와 둘만 있게 된 중학생처럼 고개를 숙이고 머뭇머뭇 재회의 인사도 변변히 못한다.

좋은 녀석들이야. 교활함이나 뻔뻔함과는 무관한 시골에서 태어나 시골에서 자라고, 늙어 죽는 것도 꼭 시골인 내 오랜 친구들이다.

"너희들 아저씨가 다 됐네."

교코는 두 사람의 침울함을 가볍게 피하고 "나도 아줌마지만." 하고 웃는다. 고타이의 손을 잡고 앞장서서 걷기 시작했다.

몇 걸음 가다가 걸음을 멈추고 돌아본다.

"우리 어딘지 몰라. 어떻게 가면 되지?"

"B의 15구역이야." 거의 동시에 가메야마와 진노가 말했다.

교코는 우산 앞을 조금 들고 웃었다. 즐거운 표정이었다.

고마워.

목소리는 들리지 않았지만 꼭 그렇게 입이 움직인 것처럼 보였다.


추억을 말하지도 않고, 근황 보고도 없다. 우리는 그저 말없이 오사무의 묘지 앞에 섰다. 가로등과의 거리가 너무 멀어 묘지에 새긴 글자도 읽을 수 없다. 하지만 여기에 분명 우리의 친구는 잠들어 있다. 파도 소리가 들려온다. 항구와 조선소의 불빛이 보인다. 맑은 낮에 찾아오면 고코쿠 신사에 버금가는 전망이리라.

"꽃도 향도 준비 못하고, 오사무 미안하다."

진노가 중얼거리듯 말한다.

"교코가 왔는데 따로 뭐가 필요하겠나? 그렇지 오사무?"

가메야마는 그렇게 말하고 교코의 등을 밀어 묘지 정면을 교코와 고타이에게 양보했다.

"나, 교코야. 아줌마가 됐고, 어느새 아들도 이만큼이나 컸지만……
그래, 행복하게 살고 있어……."

교코는 '행복'이라는 말에 쓴웃음을 짓고 고개를 갸우뚱하고 말없이
손을 맞잡았다. 고타이도 그것을 따라했다. 아무것도 묻지 않고, 아무
말도 하지 않는다. 역시 트럭 안에서 어떤 말인가 들었나 보다. 평소 같
으면 낯을 가리지 않는 미나코도 아까부터 기가 죽은 듯 말이 없고, 작
은 목소리로 나에게 말을 거는 일도 없다.

묘지의 모습은 대강의 윤곽밖에 알 수 없다. 오사무가 죽었을 때 만
든 묘다. 1주기 재를 올리며 처음 보았을 때는 갓 만든 화강암의 광경
이 부자연스러울 정도로 아름다웠지만, 그로부터 20년이라는 세월을
보내며 비와 해풍에 깎인 묘석은 나름 낡았을 것이다.

3주기까지는 참석했다. 7주기는 부의금만 진노에게 맡겼고, 13주기는
언제 했는지도 모른다. 그 무렵에는 진노와도 가메야마와도 연락을 안
하고 있었다.

관에 들어간 오사무는 말끔한 얼굴이었다. 야구부에 있을 때보다 조
금 야위었지만 "야, 일어나 연습 시작했어." 하고 부르면 "그래, 미안미
안." 하고 금방이라도 일어나 나올 것만 같았다.

오사무의 부모님은 두 분 다 머리가 새하얀 백발이었다. 우리의 마지
막 시합, 그러니까 지역 예선 준결승 때 두 분은 현립구장의 스탠드에
계셨다. 끝내기 결승 득점을 올린 아들에게 자랑스럽게 박수를 보내던
두 분은 장례식 날엔 처음부터 마지막까지 누구에게랄 것 없이 "미안
합니다, 죄송합니다." 하고 머리를 조아리셨다.

나는 생각한다. 결승전 전날에 병원에 갔다는 것은 임신중절에 시한

이 왔기 때문일 것이라고. 슈코가 다른 해처럼 1회전이나 2회전에서 쉽게 탈락했다면 두 사람의 비밀은 비밀로 끝났을지도 모른다. 오사무가 죽는 일도, 교코가 떠나는 일도 없었을 것이다. 무서울 정도로 행운이 따랐던 그해 여름, 사실 우린 더 큰 행운을 잃었던 것이리라.

그래도 난 기억하고 있다. 마지막 시합의 마지막 장면에서 오사무는 3루 코치의 제지를 무시하고 홈으로 돌진했다. 미묘한 타이밍이었지만, 태그하러 들어오는 포수의 글러브를 피하며 오사무는 헤드슬라이딩을 했다.

너야말로 이기고 싶었던 거냐? 고시엔에 가고 싶었던 거야?

열여덟 살의 얼굴로 영원히 남은 오사무에게 물었다.

오사무가 뭐라고 말한다.

하지만 나는 이제 오사무의 목소리는 거의 생각나지 않았다.

교코는 얼굴을 들고 합장하고 있던 손을 풀었다.

그것을 기다렸다는 듯이 가메야마가 익살맞게 말했다.

"오사무 이놈, 꼭 슈코 모자를 쓴 것 같데이."

듣고 보니 그렇다.

묘석 꼭대기에 쌓인 눈이 슈코 야구부와 같은 하얀 모자처럼 보인다.

"정말이네." 하고 교코는 웃었다.

"가메 넌 그런 생각밖에 못하냐?" 하고 진노도 웃고 콧물을 닦았다.

난 웃지 않는다. 아무 말도 할 수 없다. 대신 미나코의 손을 잡았다. 미나코도 내 손을 잡아준다. 털장갑의 부드러운 감촉이 기분 좋았다.


주차장으로 돌아오는 길에 맨 뒤에서 따라오던 진노가 바로 앞의 내

등을 두드리며 작은 목소리로 말했다.

"이런 상황에 할 말은 아닐지 모르지만…… 잠깐 괜찮나?"

나는 걸음을 멈추고 미나코를 먼저 가게 하고 "뭔데?" 하고 진노를 돌아보았다.

야구부 일이었다.

"그게 말이다, 부원들로부터 요지 네 훈련이 너무 가혹하다는 얘기가 들려서." 진노는 모호하게 말한다. "오늘도 연습했다며?"

추억에서 현실로 돌아와버렸다. 추억과 겹치는 부분이 적지 않기 때문에 차이가 두드러지는 그런 현실로.

"당연하지. 이 정도 눈에 쉰다면 아무것도 할 수 없으니까."

"그게…… 그게 그렇지만 말이다……."

"부원총회는 또 뭐냐? 너도 허락했다며?"

"우리 때와는 시대가 달라. 위에서 내리누르는 것도 안 돼. 일일이 납득시키지 않으면 뭐 하나 진행시킬 수 없어."

"OB회는 어쩌고, 그래 아무 말 없었어?"

"말은 있었지만, 이제 옛날만큼 열성적이지도 않아. 고시엔, 고시엔, 이젠 그런 말도 안 한다. 요행으로라도 현립 보통과가 나갈 수 있던 시대와는 달라."

그건 나도 안다. 봄 선발대회도 여름 선수권도, 현의 대표는 지난 10년 동안 모두 사립고교였다. 명문 세토 학원과 신흥 메이린 대학 부속고교가 2강. 전전戰前부터 강호였던 현립 오우치 상고는 학교 자체의 남학생 수가 줄어든 탓도 있어서인지 지금은 8강에도 겨우 드는 수준으로 떨어졌고, 1950년대 선발대회에서 준우승한 현립 신카와히가시 고교는 그

후로 오랫동안 부진을 거듭하다 몇 년 전에 야구부가 해산되었다.

"우리 때 슈코 같은 일은 이제 일어나지 않아. 중학교에서 좀 하던 선수는 모두 세토나 메이린으로 스카우트되어 아침부터 밤까지 야구에만 전념한다고 하더라. 메이린은 작년부터 한국이나 대만에서 오는 유학생도 받고 있고, 세토는 전속 트레이닝 코치도 붙였어. 이제는 현립 보통과가 치고 들어갈 틈이 없는 거지."

"그래도 꿈은…… 고시엔일 거 아냐."

의지하는 듯한 말투가 되었다.

진노는 미안한 표정으로 고개를 옆으로 흔든다.

"솔직히 그런 건 생각하지도 않아, 부원들 모두."

"아니, 그러니까 목표나 뭐 그런 게 아니라 먼 꿈이랄까 동경이랄까…… 역시 고시엔은 어딘가에 있는 거 아냐?"

진노는 여전히 미안한 표정인 채 "아냐." 하고 말했다.

부원총회에서 정해진 야구부의 슬로건은 '야구를 통해 밝고 즐거운 고교 생활을 보내자.'였다. 비나 눈이 오는 날의 맹연습은 '밝고 즐거운 고교 생활'에는 반하는 것이므로 중지. 짧게 깎은 머리도 '밝고 즐거운 고교 생활'과는 어울리지 않는다. 가끔은 야구부 외의 친구들과 놀거나 가족과 보내지 않으면 '밝고 즐거운 고교 생활'을 보낼 수 없으므로 일요일 연습은 쉬는 것이 당연하고, '밝고 즐거운 고교 생활'은 공부도 빼놓을 수 없기 때문에 정기 시험 전 일주일은 야구부실을 닫는다.

"요컨대 고교 생활의 일부인 거야, 야구는. 그 이상의 것이 아냐. 우리 때처럼 다른 걸 전부 희생해가며 야구에 몰입하는 것과는 근본적으로 달라."

장난 아니네, 하고 생각한다.

하지만 마음 어딘가에서는 납득하고 고개를 끄덕이고 있다. 편집자 시절, 젊은 세대와의 의식 차를 테마로 한 특집을 몇 번이나 기획했던 것을 떠올렸다. 학창 시절, 비슷한 잡지의 비슷한 기사의 광고를 볼 때마다 아무 생각도 없었던 주제에 하고 코웃음 치던 것도.

"모두 야구를 하고 싶어 하지. 고시엔을 꿈꾸는 것과는 다른 종류의 야구를 말이야. 세토나 메이린의 야구와도 다르고, 나나 요지 네가 생각하는 야구와도 다른 거야. 그걸 좀 생각하고 해줘야지."

진노는 타이르듯이 말하고 "가자." 하고 걸음을 내디뎠다. "역시 오사무 묘지에 참배하고 돌아가는 길에 할 말은 아니었다."

"그래 넌 괜찮아?"

"어쩔 수 없지. 그게 현실이니까."

쓸쓸한 미소였지만, 미혹은 없다.

말이 막힌 나에게 다시 한마디.

"옛날엔 좋았지, 하는 생각만으로 살아가는 건 안 돼."

"……안다, 그건."

난 진노를 추월해서 걸음을 빨리해 미나코 일행을 쫓아갔다.

알고 있어, 정말로. 진노도 가메야마도, 그리고 교코도, 현재를 살고 있다. 아무리 힘들어도 앞으로 나아갈 수밖에 없는 시간 속에 있다. 나는 이 마을에 돌아와서 옛날 일만 돌아보고 있다. 이 마을에 남은 추억을 끄집어내는 것만이 나의 일상이었다.

앞으로 나아가야 한다.

아니면, 도망가도 된다고 교코는 말했다.

한숨을 쉬고 통로 양쪽으로 펼쳐지는 묘지를 멍청히 바라본다. 어느 묘나 오사무의 묘와 마찬가지로 눈 모자를 쓰고 있었다. 통로 가의 묘석에 쌓인 눈을 오른손으로 움켜쥐고 우산을 놓고 양손으로 뭉쳐서 눈덩이를 만들었다.

와인드업으로 묘지를 향해 눈덩이를 던진다.

하얀 호를 그린 눈덩이는 시내보다 훨씬 깊은 밤의 어둠 속으로 빨려 들어가듯 사라졌다.


미나코가 잠자리에 들고 나서 오랜만에 집에서 술을 마셨다. 혼자서 내내 말없이 위스키를 스트레이트로 취할 때까지 마셨다.

애들과는 공원묘지 주차장에서 헤어졌다. 가메야마는 바로 '가메 씨'에서 동창회를 하자고 말했지만 교코는 트럭을 회사에 돌려줘야 하고, 진노도 학교에 돌아가 남은 일을 몇 가지 처리해야 한다고 해서 그냥 끝내기로 했다.

"그럼 다음에 만날 날을 정하자." 하고 매달리는 가메야마에게 교코는 웃기만 할 뿐 아무 대답도 하지 않았다.

진노가 "우리랑 함께 가도 되지만, 자와 옹께는 한 번 가봐라." 하고 말하자 그래야지, 하고 웃으면서 고개를 끄덕였지만 언제 간다고는 말하지 않았다.

"고타이, 다음엔 아저씨들이랑 야구할까?" 내가 말하자 교코는 비로소 "또 전화할게." 하고 대답하고 트럭에 올랐다.

가메야마는 나와 둘이서라도 술을 마시고 싶다고 했지만 거절하길 잘했다. 이런 날에 누군가와 마주 앉아 술을 마신다면 필시 약한 소리만 늘어놓을 게 뻔하다.

날이 바뀔 즈음 노트북 메일을 확인했다. 착신 제로. 새로운 것을 쫓아가느라 정신없는 매스컴 동료들은 낡은 것을 잊는 데도 선수다. 그렇지 못한 사람은 그 세계에서 살아남을 수 없다. 그러므로 난 역시 주간지 일에는 적합하지 않았다.

창밖은 눈이 차곡차곡 쌓이고 있다. 11시 뉴스에 따르면 아침까지 10센티미터는 쌓인다고 한다. 일어나면 바로 눈을 치워야 한다. 현관에 아버지가 광에서 꺼낸 플라스틱 제설용 삽이 있다. 지금까지의 겨울이 그랬듯 아버지는 당신 혼자 눈을 치울 생각이었을 것이다. 내가 하면 된다고 말해도 순순히 아들에게 맡길 분이 아니다. 일찌감치 일어나는 아버지가 주무시는 동안 일어나서 먼저 시작하는 수밖에 없다.

교코의 집은 어떨까. 시영 주택단지에도 제설 당번 같은 게 있을까.

도와주러 가고 싶다. 미나코가 말하는 '우정'으로서.

하지만 그건 '우정'의 규칙 위반이기도 하다.

1시가 다 되어 휴대전화를 손에 들었다. 갑자기 사람이 그리워졌다. 누군가와 얘기하고 싶다. 누군가의 목소리를 듣고 싶다. 아버지는 아니고, 미나코도 아니고, 하물며 가즈미도 아닌 누군가와. 교코나 가메야마나 진노와는 다른 누군가와. 아무 부담도 느끼지 않고 말할 수 있는 누군가와.

조그다이얼을 적당히 돌리고 표시된 순서대로 전화를 걸었다. 업무상 동료였던 기자도 있고, 소속 가수의 가십 기사 처리를 놓고 소원해진 예능 프로덕션의 부장도 있다. 회사 동기, 카메라맨, 국회의원 비서, 술친구, 대학 동아리 후배……

관계의 깊이는 제각각이었지만, 전화 상대는 모두 나를 잊고 있었다. '시미즈'만으로는 통하지 않는다. '시미즈 요지'라고 풀 네임을 밝히고 통한 사람이 세 명, 주간지 이름을 앞에 붙이자 그제야 생각해낸 사람이 여섯 명, 나머지 세 명은 형식적으로 "아아, 반갑습니다." 하고 대답했지만 아마도 내 얼굴은 기억하지 못할 것이다.

나는 상대의 반응 따위 상관 않고 일방적으로 떠들었다. 들어주기 때문이 아니라 그냥 말하기 위해서 말을 되풀이했다.

"나, 지금 모교 야구부 코치를 하고 있어요. 고시엔을 목표로 하고 있죠. 무조건 나갈 거니까, 텔레비전으로 봐주세요. 스오 고교, 슈코라고 합니다. 좋은 학교지요, 운동과 공부 모두 열심히 하고 있어요. 필사적으로 열심히 하고 있다구요."

잘하고 있네, 열심히 해요, 라고는 아무도 말해주지 않았다.


# 4

어둑어둑한 통로를 지나 스탠드로 나가자 시계가 확 열렸다.

21년 만에 찾아온 곳이었다.

오우치 시 현립구장, 마지막 시합을 치를 수 없었던 곳.

나오기 전에 생각했던 것만큼 그리움은 느껴지지 않는다. 스코어보드가 전광판으로 바뀌고, 스탠드의 의자도 벤치시트에서 등받이 1인용 의자로 바뀌었지만, 그 이유 때문만은 아닌 것 같은 기분이 든다.

라스트신을 코앞에 두고 끝나버린 텔레비전 드라마나 소설 같은 것일까. 해피엔드는 아니었지만 시합에 진 회한의 눈물로 막을 내린 것도 아니다. '끝'을 음미하는 것조차 허용하지 않고 끝나버린 21년 전 여름의, 분노로도 슬픔으로도 정리되지 않은 멍한 느낌은 필시 그리움의 윤곽으로부터도 밀려나버릴 것이다.

입장권을 사고 1루 측 내야석으로 갔다. 마지막을 하나 앞둔 시합, 준결승전에서 우리는 1루 측 벤치에 진을 쳤다. 싸울 수 없었던 결승전은 3루 측 벤치에 앉을 예정이었다.

우리 쪽 조짐이 좋아, 하고 생각했다. 오늘은 운이 좋아, 하고 나에게 말했다.

달력상으로는 아직 3월 말이었지만 고시엔을 목표로 하는 '여름'은 오늘의 슈다이전부터 시작된다.

"텅텅 비었네……."

미나코가 스탠드를 둘러보며 말했다. 도쿄돔의 야간 경기 중계를 기대하고 왔는지 목소리에서 가벼운 실망이 느껴진다.

"슈코도 다이토도 약하니까." 하고 나는 쓴웃음을 지었다.

"그래도 봄방학이고, 슈코에 응원단도 있지 않나?"

"응원단은 외야 스탠드."

"거기에도 없잖아, 아무도."

"그 편이 나아. 시합에 집중할 수 있으니까."

그렇게는 말했어도 역시 텅 빈 스탠드는 쓸쓸하다. 20년 전에는 슈다이 전에도 응원단이나 브라스밴드부만은 와주었다. 이런 게 시대의 차이라는 걸까. 아니면 지기만 하는 야구부는 결국 응원단으로부터도 외면당하게 된 것일까.

선수들은 벤치 앞에서 캐치볼을 하고 있었다. 왼쪽 가슴에 연지색의 큰 S자 휘장이 붙은, 하얗다기보다 아이보리에 가까운, 미나코의 말로는 '하겐다스의 바닐라 같은' 색의 시합용 유니폼을 보는 것은 오랜만이다.

내가 처음 시합용 유니폼을 입은 것은 2학년 여름이었다. 가메야마와 진노와 함께 1군에 뽑혔다. 등번호는 15. 불펜 투수 중 두 번째였다. 감독님은 "점수 차가 크게 나면 나가라."라고 말씀하셨지만 등판 기회는 없었다. 첫 시합에서 5회 콜드 패. 너무 점수 차이가 커서 나에게까지 차례가 돌아오지 않았던 것이다.

그래도 슈코의 유니폼을 입은 것만으로도 좋았다. 혹독한 훈련을 견뎌온 보람이 있었다. 시합 후에는 유니폼을 빨아서 반납해야 한다. 세탁기가 아니라 대야에 물을 받아 정성껏 손빨래를 했다. 다림질도 교코에게 배워서 직접 했다. 교코는 등번호 15를 가리키며 "가을 대회 땐 1번을 달아야지." 하고 웃었다.

"고타이는 여기에 있는지 알까?"

"알고말고."

"아빠 긴장했어?"

"뭐?"

"그러니까…… 고타이네 엄마랑 데이트 같은 거잖아."

바보, 하고 웃고 머리를 때리는 시늉을 했다. 미나코도 꺄악, 하고 어깨를 움츠리고 웃는다.

"근데 말이야, 고등학교 땐 사귀지 않았다고 해도 지금부터 어떻게 될지는 모르잖아. 고타이네 엄마는 이혼녀고, 아빠는 별거 중이고."

"그런 말 가볍게 하는 거 아니다. 그리고 우린 별거가 아니라 엄마의 단신부임 같은 거야. 그런 이상한 말 하면 순식간에 소문이 퍼지니까 조심해."

"세간의 이목을 말하는 거야? 뭐야, 꼭 아줌마같이."

웃으면서 하는 말이었지만 미묘한 가시가 느껴졌다. "도쿄에 있었을 때 아빠 그런 거 전혀 신경 쓰지 않았잖아?" 이번엔 확실하게.

말을 더 잇는다.

"줄곧 집에만 있어서 그런가, 아빠 스오에 오고 나서 생각이 작아진 것 같지 않아? 앙증맞다고 할까 아담하다고 할까…… 스오의 사이즈에 맞추고 있는 기분이 드는데."

그래 맞아, 하고 나도 모르게 고개를 끄덕였다. 확실히 사이즈의 문제다. 그릇의 문제다. 이 마을은 작다. 마을로서의 규모도, 사람들의 마음도.

대낮에도 집에 있는 나를 이웃 사람들은 어떻게 볼까. '시미즈 성을 가진 며느리'가 함께 살지 않는 것을 어떻게 생각할까. 제대로 된 말이 돌지는 않을 것이다, 분명히. 어머니의 불단에 향을 올린다는 구실로 찾아와서 호기심을 감추지 못하는 눈빛을 방 안으로 향하고, 넌지시 떠보듯 근황을 이것저것 물어오는, 그런 사람은 남자든 여자든 얼마든지 있다. 아버지가 저렇게 말이 없고 무뚝뚝한 것도 어쩌면 그게 아버지 나름의 이 마을에서 살아가는 지혜인지도 모르겠다.

"그런데 늦네. 시간을 잘못 알고 있는 거 아냐?"

"괜찮다니까."

시합을 보러 간다고 먼저 말을 꺼낸 것은 교코였다. 어젯밤 늦게 전화가 왔다. 트럭이 주차할 때 나는 알람이 들리는 걸 보니 아직 회사에 있었을 것이다.

"오사무 산소에 참배도 했고, 앞으로는 공사를 제대로 구별해야겠어." 하고 웃고 있었다. 교코가 선수 치려고 한다. 안도하는 마음과 쓸쓸함이 지금은 절반씩 내 가슴속에 있다.

"아, 진노 아저씨 나왔다."

진노는 노크 배트를 들고 발목 스트레치를 하면서 홈베이스 근처로 간다. 우리들을 알아보고 어이, 하고 가볍게 손을 흔들었다.

"이왕이면 가메야마 아저씨도 오면 좋을 텐데. 그러면 또 전원 집합이잖아."

"런치타임에 가게를 비울 수는 없을 거야."

"어차피 손님도 오지 않는데 뭐."

"……그래도 전혀 오지 않는 건 아닐걸."

손님 상대로 장사하는 것도 보통 일이 아니구나, 하고 생각한다. 올지 안 올지 모르는 손님을 그저 목이 빠져라 기다리다가 헛물만 켜는 날들이 이어지고 있다. 최근엔 술에 취해 전화를 하는 일은 없어졌지만, 상황이 좋아진 것이 아니라는 건 나도 안다.

노크가 시작되었다. 선수들의 움직임이 경직되었다. 목소리는 그런대로 내고 있지만 땅볼을 쫓아가는 발놀림이나 글러브질에 긴장이 느껴진다.

가을 지역 대회는 첫 게임에서 대패했다. 세 시합을 치른 연습시합은 1승 2패. 가을 대회에서 16강에 진출한 나가토 농고에게서 거둔 귀중한 1승은 진노가 나가토 농고의 감독에게 부탁해서 후보 배터리를 선발 출전시켰기 때문이었다. 고시엔은 아득하게 멀다. 아득한 저편이지만 있는 것만은 확실하다는 실감조차 부원들은 갖고 있지 않을 것이다.

"고타이의 엄마란 분 옛날엔 어떤 사람이었어?"

미나코가 물었다. 불쑥 던지는 말에 나도 농담으로 얼버무리지 못하고 대답했다.

"활달했지, 아주. 기가 세고, 1학년 따위가 투덜투덜 그라운드 정비 좀 하라고 메가폰으로 머리를 때리면서 다녔어."

"불량학생?"

"그런 면도 조금은 있었지 아마. 스커트도 길었고."

"길면 나쁜 게 아니잖아."

"옛날엔 긴 게 나쁜 거였어."

"그래도 아빠랑 아빠 친구들은 모두 좋아했다며? 어떤 점이 좋았어?"

조금 생각하고 나서 "이유가 있어서 좋아한 게 아니야." 하고 대답했다. "교코 본인이라기보다 교코가 우리 곁에 있다는 것 자체가 좋았던 거지."

"흔한 일 아닌가, 여자 매니저와 선수가 연애하면 안 된다든가. 그런 느낌?"

"뭐, 딱히 규칙으로 정한 것은 아니지만 그건 모두 알고 있을 거라 생각했던 거지. 사귄다거나 데이트 같은 걸 하면 전부 망쳐버린다고나 할까, 교코와 우리의 관계가 깨져버릴 것 같은 기분이 들었던 거야, 모두."

너도 그랬지? 하고 오사무에게 물었다. 알고 있었을 거야, 우리들한테 교코가 어떤 존재였는지.

2학년 가을, 가타기리 선배가 "이제 은퇴한걸 뭐." 하고 억지로 교코를 영화관에 데리고 간 적이 있다. 매니저를 그만두게 하고 좀 더 본격적으로 사귀려고 하는 것 같다는 소문을 들은 우리는 나중에 선배 모두에게 두들겨 맞을 각오를 하고 가타기리 선배를 귀가 길에 숨어서 기다렸다. 2학년 부원 아홉 명 전원이 가타기리 선배를 둘러싸고 "교코를 그만 놔주세요." 하고 부탁했다. "저희들한테 교코를 빼앗아가지 마세요." 하고 깊이 고개를 숙였다. 말을 처음 꺼낸 가메야마는 그 자리에 조아리고 엎드리기까지 했고, 진노는 무릎을 떨면서도 가타기리 선배를 똑바로 노려보았다. 나도 만약 가타기리 선배가 "싫다."고 고집을 부린다면 멱살을 잡을 각오를 하고 있었다. 생각해보면 아주 건방진 소리였다. 하지만 우리는 진지했다. 교코가 없는 그라운드의 풍경은 생각할 수 없었고, 교코가 누군가와 사귀어 야구부를 버린다는 건 상상만으로도 가슴이 아팠다.

결국 가타기리 선배는 우리의 기세에 눌려 교코와 사귀는 것을 포기했다. 나중에 가타기리 선배에게 직접 들은 말에 따르면 교코를 단념한 가장 큰 이유는 그날 오사무가 눈이 벌개져서 "교코가 야구부를 떠나면 우린 고시엔에 갈 수 없어요!" 하고 호소했기 때문이었다고 한다. 우리가 잊고 있던 말을 가타기리 선배는 후회스럽다는 듯 말하고 "바보 같았어. 그때 내가 교코와 사귀었으면 고시엔에 갈 수 있었을지도 모르는데……" 하고 쓸쓸하게 웃었다.

그래서 오사무 넌 우리들에게 아무 말도 할 수 없었던 거니? 자신을 배신자라 책망하면서 교코와 사귀었던 거냐, 넌? 교코가 임신한 사실을 알았을 때 무슨 생각을 했나? 임신중절의 마감 시한을 걱정하면서 넌 도대체 어떤 기분으로 지역 예선을 치렀던 거야?

노크가 끝나고 양 팀은 일단 벤치로 물러났다. 간단한 그라운드 정리가 끝나면 시합이 시작된다. 선공은 슈코. 다이토는 가을 대회에서 3회전까지 진출했다. 강팀에서 보면 "그게 어쨌다고." 하고 받아들일 수도 있지만 '이기는' 맛을 아는 것과 모르는 것은 크게 다르다는 것을 약팀일수록 잘 안다.

"늦네……. 뭐 하고 있는 거야?"

미나코는 자꾸 출입구를 돌아보며 "제시간에 못 오겠어" 하고 불안한 듯 말한다.

"오전에 배달해야 할 물건이 있다고 했으니까 늦어지는 건지도 모르지."

"고타이라도 우리 차로 데리고 올걸 그랬어."

"글쎄……."

"고타이가 이번엔 아빠한테 배팅도 보여주고 싶다고 했어. 나중에 노크도 소프트볼이 아니라 하드볼로 좀 더 정식으로 쳐주면 좋겠다고."

야구부 부원들에게 듣고 싶은 말이었다.

실제로 몇 번인가 캐치볼이나 노크를 해주고 알았다. 고타이가 정말로 야구를 좋아하는 아이라는 걸. 손가락을 삐어도, 불규칙 바운드된 공을 턱에 맞아도, 눈에 눈물을 글썽이면서 다음 공에 달려든다. 내가 고타이와 야구를 하는 것은 진노가 슈코의 연습에 얼굴을 내미는 날에 한정되어 있지만, 슈코 부원들을 가르칠 때보다도 훨씬 보람이 있다.

"실은 아빠한테 불려 나갈 때뿐만 아니라 다른 때도 자기가 전화하고 싶다고 했어."

"……그러면 매일 만나자는 거네?"

미나코는 모른다. 고타이도 모를 것이다. 내가 고타이를 부를 때는 먼저 교코에게서 전화를 받는다. 늦게 들어올 것 같은 날에 "시간 괜찮으면 잠깐 고타이 상대 좀 해줄 수 있겠니?" 하고 부탁을 받았던 것이다. 내가 모른 척하고 고타이에게 전화를 하는 것도 교코의 뜻이다. "너랑 내가 연락하고 있다는 걸 알면 역시 미나코에게도 안 좋겠지?" 그런 배려를 하지 않으면 안 되는 입장이리라, 나나 교코나.

"아빠가 보기엔 어때? 고타이의 장래성은?"

"몸이 좀 작지만 지금 바로 중학교 야구부에 들어가도 연습엔 참여할 수 있지 않을까?"

"에이스나 4번 타자로 발탁될 것 같진 않고?"

"중학교 야구라고 그렇게까지 허술하진 않아. 그래도 5학년이 이 정도면 학교에 따라 1학년 때 1군에 들어갈 수 있을지도 모르지."

미나코는 "정말?" 하고 목소리를 높였다. 최근 들어 조금씩 내게 말해주는 학교 이야기에 친구 이름이 나오기 시작했다. 왕따는 모두 해결됐다고는 말하지 않았지만 한때의 심각한 상황에선 벗어난 것 같다. 고타이는 미나코의 말에 빠짐없이 등장한다. "그 녀석이 아빠 팬이니까." 하고 묘하게 변명조로 말하는 게 아빠로서 조금 불안하긴 하지만.

심판이 홈베이스 앞에 모였다. 양 팀 선수도 굵은 기합소리와 함께 벤치에서 뛰어나왔다. 우리 때보다 키와 다리의 길이가 확실히 우월한 슈코 선수들의 뒷모습을 보니 눈시울이 뜨거워졌다. 등번호 1번인 고바야시 옆에 등번호 8번인 미요시가 있다. 여름 지역 예선 전에 등번호 8번의 유니폼을 받았을 때 오사무가 좋아하던 표정이 떠오른다.

인사를 나누고 선수들이 돌아온다. 난 의자에서 일어나 양손으로 메가폰을 만들고 "정신 차리고 집중해!" 하고 소리를 질렀다.

선수들은 멋쩍은 듯 뜨악한 표정으로 서로 마주보고 싱글싱글 웃을 뿐이다.

난 한숨을 삼키고 다시 앉았다. 20년이라는 세월의 차이를 말없이 음미할 수밖에 없었다. 진노가 말한, 이것이 현실이다.


교코와 고타이가 야구장에 도착한 것은 3회말 도중이었다. 0대 6. 예상외로 점수가 벌어졌다. 통로에서 스탠드로 나오자마자 스코어보드를 확인했는지 내 옆에 온 교코는 "영 안 되겠네." 하고 실망스런 표정으로 말했다.

"투수가 너무 엉망이야." 하고 그라운드로 턱짓을 하자마자 고바야시가 던진 공이 바깥쪽으로 크게 벗어났다. 만루에서 밀어내기 볼넷. 3루 주자가 홈인하고 7점 차이가 되었다. 고교야구연맹의 규정에 따르면 지방대회에서는 5회 10점 차, 7회 7점 차가 나면 콜드게임이 된다. 슈다이 전에서도 그 규정이 적용된다. 시합의 흐름은 확실히 무참하게 5회 콜드를 향해 가고 있었다.

"고타이 어때? 슈코에 가도 고시엔은 무리 같은데."

놀리며 말하는 교코에게 고타이는 발끈해서 "내 때는 좀 더 강해질 거야!" 하고 대꾸한다. 미나코도 옆에서 그래그래, 파이팅 하고 말하듯 몇 번이나 고개를 끄덕였다.

진노는 마침내 투수 교체를 명했다. 하지만 불펜 투수인 니노미야는 고바야시보다 제구력이 더 안 좋다. 동계 훈련도 제대로 하지 않았다. 몸을 풀러 올라가 공을 하나 던질 때마다 모자를 벗고 흐트러진 긴 머리카락을 만지는, 그런 투수다.

"뭐야 쟤?" 교코가 성난 표정으로 말한다. "곤장이라도 쳐야 되는 거 아냐?"

"곤장이요?" 하고 미나코가 묻자 "엉덩이를 배트로 때리는 거야, 이렇게." 하고 배트를 휘두르는 시늉을 하며 대답한다.

"어, 그거 체벌 아니에요?" 요즘 애다, 미나코도.

쓴웃음으로 미나코의 말을 받아넘긴 교코는 "잠깐 보자." 하고 나를 재촉해서 몇 줄 뒤로 자리를 옮겨 자와 옹에 대해 물어왔다.

"역시 무리였나?"

"그렇지, 바깥 기온도 아직 차고……. 어제도 진부가 문안을 갔는데, 뭐랄까 이제 기력이 다 쇠한 것 같대."

지난주까지는 자리보전하고 있는 몸을 일으키려고 애쓰면서 슈코를 응원하러 가겠다고 고집을 부리는 바람에 장남인 다로 씨가 진정시키느라 애를 먹었다. 하지만 어제 자와 옹의 눈에는 생기가 거의 없었다는 게 진노의 말이다. 치매도 더 악화되어서 제대로 대답하는 경우가 드물어진 것 같다.

"가족도 힘들어서 조만간 입원시킬지도 모른다네."

"……참 안됐어."

"병문안, 아직 안 갔지?"

"그게, 건강할 때면 모르겠는데 그런 자와 옹을 만나기가 좀 두렵달까, 마음이 편치 않네……."

나도 같은 기분이었다. 차라리 지금의 자와 옹과는 만나지 않고 옛날의 자와 옹을 그대로 기억 속에 남겨두고 싶은 생각도 들었다.

가을 대회까지는 자와 옹이 휠체어에 앉은 채 스탠드에서 시합을 봤다. 진노에 의하면 시합의 세세한 부분까지는 모르는 것 같았다고 한다. 만일의 사태에 대비해 벤치에 앉지 못한 부원은 모두 자와 옹 주변에 진을 치고 비치파라솔로 바람과 햇빛을 막아주었다고 한다.

작년 공식전은 모두 1회전 탈락이었다. 게다가 봄, 여름, 가을 연속으로 콜드 패. "까놓고 말해서……." 하고 진노는 쓴웃음을 지으면서 털어놓았다. "나 시합보다도 자와 옹이 쓰러지지 않을까 걱정되어서 콜드로 빨리 시합이 끝나줘서 한시름 놓았다."

감독으로서는 잘못된 생각일지 모르지만 슈코의 OB로서는 당연한 생각이다. 20년 전에 우리는 그런 야구를 했다.

둔탁한 타격음이 울렸다. 백구가 라이너로 삼유 간을 가른다. 0대 9. 니노미야는 백업하러 뛰어간 홈베이스 뒤에서 마운드로 돌아가다가 다시 모자를 벗고 머리카락을 정돈했다.

교코는 한숨을 쉬고 "그래도 불행 중 다행이네." 하고 말했다. "이런 시합이면 자와 옹이 안 보는 게 낫지."

"나도 그렇게 생각해."

"이런 게 슈코가 아닌데. 기껏 일 빠지고 왔더니, 바보같이."

"그러게……."

"신입생도 오지 않는다며?"

"연습에도 안 나와, 아무도."

교코는 "뭐 어쩌자는 거야!" 하고 또다시 성을 낸다.

우리 때는 야구부를 지망하는 1학년은 입학 전부터 연습에 참가하는 것이 관례였다. 정식 부원이 아니기 때문에 슈다이 전에 출장할 수는 없고, 연습도 공 줍기나 토스배팅이 고작이었지만 하루라도 빨리 연습에 참가하면 그만큼 빨리 하드볼에 적응할 수 있다. 체력도 단련된다. 감독이나 선배에게도 자신의 플레이를 보여줄 수 있다. 아니, 손익 계산 따위를 하지 않더라도 야구를 할 수 있다는, 단지 그것만으로도 좋았던 것이다.

나는 합격을 발표하는 날 오후에 야구부실을 찾아갔다. 당연히 가장 먼저 도착한 줄 알았는데 세 번째였다. 나보다 한 걸음 빨리 가입한 것은 진노. 첫 번째인 가메야마는 입시가 끝난 그날부터 "난 무조건 받아 줘야 돼요." 하고 떼를 쓰면서 슈코 그라운드를 뛰어다녔다고 한다.

진노가 부임할 무렵에는 그런 관례가 이미 사라지고 없었다. 올해 봄 방학도 신입생은 한 명도 모습을 보이지 않았다. "입학 전 봄방학은 제 일 놀기 좋을 때잖아 어쩔 수 없지." 하고 진노는 애초에 포기하고 있었다. "요지 네 기분도 알지만 시대가 바뀌었다, 우리 때와는."

같은 말을 교코에게 하지는 않았다.

대신 "고타이가 야구 실력이 많이 늘었어." 하고 말해주었다.

"정말?" 하고 교코는 엄마의 얼굴이 되어 기쁜 듯이 말했다. "걔가 목욕탕 안에서도 손목 스냅 연습을 해. 요지 아저씨한테 들었다면서."

"이제 공부만 받쳐주면 슈코의 에이스감이지."

"프로야구는?"

쓴웃음을 짓고 고개를 갸웃했다. 고타이의 꿈은 히로시마 카프나 다이에 호크스에서 프로선수가 되는 것이었다.

"앞으로의 노력 여하에 달렸지만…… 난 고타이가 직업적인 '야구선 수'가 아니라 '고교구아'가 되길 원해."

달려 나가는 쪽이 빠르다고 머리로는 알고 있어도 1루에 헤드슬라이 딩을 하길 바란다. 수비에 나가고 들어올 때는 전력질주를 하길 바란다. 한여름 폭염 속을 달리는 것이나 빗속에서 공을 쫓는 것의 '의미' 따위 묻고 싶지 않다. 햇볕에 새까맣게 그을리고, 집에 오면 시체처럼 쓰러져 자고, 이기면 친구와 얼싸 안고, 지면 아이처럼 울기도 하고. 그게 내가 생각하는 '고교구아'였다.

"그래." 하고 교코는 고개를 끄덕여주었다. "정말로 고타이에겐 그렇게 되길 바라는구나." 하고 미나코와 미묘한 간격을 두고 앉아 있는 고타이의 등을 보며 덧붙였다.

시합은 4회말까지 진행되었다. 0대 13. 5회 콜드는 거의 확실해졌다. 다이토의 공격이 긴 만큼 시간이 늘어져서 교코는 4회초 슈코의 공격이 삼자범퇴로 끝나자 "나 이제 회사에 돌아가 봐야 돼. 지금 나가면 저녁 먹을 때까지 일을 끝낼 수 있을 거야." 하고 고타이를 데리고 돌아갔다. 미나코도 시합에 흥미를 잃고 게임보이로 놀고 있다. 나도 더 이상 정신을 집중해서 공의 행방을 보고 있지 않았다.

자와 옹이 있었다면, 하고 생각한다.

패기가 없는 선수들을 하나만 변명해주자면 그들은 자와 옹의 응원을 받지 못하고 시합을 하고 있다는 것이었다.

자와 옹이 슈다이 전이 열리고 있는데 스탠드에 없는 것은 올해가 처음이다. 작년까지는 슈다이 전은 물론 봄 대회에서 여름의 지역 예선, 가을 대회까지 모든 공식 시합을 관전했다.

시합 중에는 처음부터 마지막까지 자와 옹의 응원 목소리가 끊이지 않았다. 위기를 초래해서 동요되어 응원단의 브라스밴드 소리조차 들리지 않게 되었을 때도 자와 옹의 목소리만은 귀를 찔렀다. "야! 요지,

정신 차려!" 그 목소리로 인해 정신을 차리게 되어 몇 번이나 위기를 벗어났다.

　시합이 어떻게 전개되든 자와 옹은 시합이 끝나는 순간까지 자리에 서 일어나지 않았다. 시합이 소나기로 중단되어도 벤치에 들어올 수 없 는 야구부원이나 OB회의 후배에게 우산을 들게 하고 절대 스탠드에서 떠나지 않았다. 시합이 끝나면 스탠드의 맨 앞줄까지 온다. 이기든 지 든 고래고래 소리를 지른 탓에 쉬어버린 목소리로 "잘 싸웠다, 잘 싸웠 어."라는 말만 한다. 진 것을 탓하는 일도 없지만 이긴 것을 칭찬하지 도 않고 그저 '잘 싸웠다.'는 말 한마디로 선수들을 맞이해주었다.

　과거에 그러지 못했던 것은 우리가 싸우는 것조차 할 수 없었던 결 승전뿐이다.

　마지막 시합을 자와 옹에게 보여주지 못했다. 그 후회가 지금 새삼 가슴을 조여온다.

　이기든 지든 상관없이 목소리가 쉬도록 응원하는 자와 옹의 모습을 마운드에서 보고 싶었다. "잘 싸웠다."는 말을 듣고 싶었다. 자와 옹과 마주 서서 고개를 깊이 숙이고 고교 야구에 이별을 고하고 싶었다.

　5회초 슈코의 공격이 끝났다. 결국 0대 13으로 콜드 패.

　인사를 마치고 벤치로 돌아오는 선수들은 아무도 눈물을 흘리지 않 았다. 하얀 이를 드러내고 웃는 선수조차 몇 명 있었다.

　잘 싸웠다, 잘 싸웠어.

　자와 옹의 목소리가 어디선가 들려오는 듯한 기분이 들어 부아가 났다.

V

# 1

가메야마는 기사회생의 승부에 나섰다. 야단 떤다고 웃을 수 없을 정도로 진지하고 절박한 표정으로 "이번에 안 되면 '가메 씨'는 접는다."고까지 말한다.

4월 첫째 일요일에 쇼시 공원에서 열리는 벚꽃 축제 때 포장마차를 차린다. 이미 출점 신청도 끝내고, 축제 사흘 전인 오늘 300엔의 '벚꽃 축제 한정 특제 햄버그스테이크 도시락'을 완성했다.

"햄버그스테이크면 포테이토에 당근을 곁들이고, 그다음은 포테이토 샐러드에 삶은 계란, 방울토마토도 넣고, 거기다 밥과 반찬에 된장찌개까지 함께 넣으면 가게에서 팔 때는 600엔은 받아야 밑지지 않구마."

채산성은 도외시. 이익금은 모두 사회복지협의회에 기부하는 자선 행사이므로 100개 한정이라 해도 지출을 무시할 수 없다. 그 돈이 어디에서 나왔는지는 가메야마도 말하지 않고, 시식하러 나온 나나 진노도 묻지 않는다.

"참말이지 이건 돈벌이와는 상관없다. PR이다. 스오에 '가메 씨'라는 가게가 있다는 것을 알리는 차원의 장사란 말이다."

꽃구경하러 와서 햄버그스테이크를 먹으려고 할 사람이 얼마나 될지, 그 근본적인 의문은 꿀꺽 삼켜버리고 여전히 고기가 퍼석퍼석한 시제품 햄버그스테이크를 볼이 미어지도록 입에 넣는다. 당일엔 포장마차에 철판을 설치하고 주문을 받는 대로 고기를 굽는다고 한다. 철판 대여비도 어떻게 마련했는지 나는 모르지만 묻지 않는다.

"가게가 정상화되면 자와 옹 병문안도 갈 기다. 가게에서도 내놓지 못하는 최고급 재료로 햄버그스테이크를 맹글어서 자와 옹께 대접해야제. 한 입의 반이라도 좋고, 냄새만 맡아도 좋다. 그게 꿈이다."

힘주어 말하는 목소리와는 반대로 표정에는 피곤이 묻어 있다. 가을에 재회했을 때보다 야위었다. 콧수염에도 하얀 털이 더 늘었고, 몸을 움직일 때도 "응차." 하고 중얼거리게 되었다.

진노도 아까부터 말수가 줄고 허리에 자꾸 손을 가져간다. 요통이 악화되고 있는가 보다.

나조차 햄버그스테이크에는 된장찌개를 주는 것보다 깔끔하게 두부와 새싹을 넣은 된장국을 주는 게 낫지 않을까, 하고 최근엔 생각하게 되었다.

나이를 먹고 있다고는 말하고 싶지 않다. 하지만 우리는 모두 조금씩, 그러나 확실하게 젊음을 잃어가고 있다. 하룻밤 자고 나도 풀리지 않는 피곤이 몸속 깊숙이 엉겨 붙는다. 마음속은 어떨까. 여든 살까지 산다고 하면 아직 반환점을 돌기도 전인데, 장래의 꿈을 그릴 여지는 이제 별로 남아 있지 않은 듯한 기분이 든다.

문득 아버지가 생각났다. 예순일곱 살. 오랜 세월 일한 조선소의 정년 후에도 이어져온 촉탁 일이 지난 3월로 끝났다. 옛날식으로 말하면 유유자적의 나날, 편한 노후를 보낼 처지인데도 전혀 편안해 보이지 않는 것은 왜일까.

아버지에겐 지금 어떤 꿈이 있을까. 지금까지의 아버지는 어떤 꿈을 갖고 있었을까.

아버지가 그런 이야기를 한 번도 하지 않았다는 것을 깨닫고 후회되고, 이제 와서 말해줄 리 없겠지 하고 쓴웃음을 짓는다.

"봐라 요지, 교코는 벚꽃 축제에 온다 카드나?"

프라이팬을 씻으면서 가메야마가 카운터 너머에서 묻는다.

그러겠지, 하고 나는 된장찌개를 마시고 고개를 끄덕인다. 어색한 대답은 아니었다고 생각했지만 가메야마는 "같이 가나?" 하고 묻는다.

나는 다시 한 번 고개를 끄덕였다. "아이들끼리 약속했으니 어쩔 수 없지 뭐." 변명조야, 하고 말하고 나서 생각한다.

가메야마는 납득하지 못하겠다는 표정을 잠깐 지었지만 한숨으로 그것을 지워버리고 웃으면서 말했다.

"쇼시 공원의 벚꽃이 예쁘니까 미나코도 좋아할 기다."

"기대가 커, 아주."

"처음이가?"

"응. 스오에 와도 늘 추석이나 설날뿐이었으니까. 벚꽃이 피는 계절엔 한 번도 못 왔지."

"그럼…… 올해가 처음이자 마지막이 되겠네?"

"응?"

가메야마는 수돗물을 잠그고 "우쨀 기고? 니." 하고 조금 강한 목소리로 말했다. "여름엔 제수씨도 일본에 돌아온다 안 했나?"

난 담배를 물고 불을 붙인다.

"어영부영, 인마야 적당히 쫌 해라." 가메야마는 꾸짖듯 뒤를 잇는다. 다른 때 같으면 "야, 가메, 그만 됐다." 하고 화제를 바꿔주던 진노도 오늘은 내 시선에서 도망치듯 고개를 숙이고 포테이토샐러드를 묵묵히 먹고 있다.

"봐라 요지, 내가 말하는 건 니뿐만이 아니다. 잠깐 머물 생각으로 스오에 온 거라면 교코랑 만나는 걸 그만두는 게 안 낫겠냐는 기다."

나는 잠자코 내뿜은 연기의 행방을 멍하니 눈으로 좇았다. 가메야마가 말하고자 하는 것은 안다. 나 자신 교코와의 거리를 두기가 어렵기도 했다.

"니들이 설마 이상한 관계가 되리라고는 생각하지 않지만, 역시 책임지지 못할 일은 처음부터 하지 않는 게 낫다. 알아듣겠나?"

"안다, 그 정도는." 나도 모르게 목소리가 날카로워졌다.

"알면 그만 좀 붙어 댕기라."

가메야마도 노기 띤 얼굴과 목소리로 말한다.

난 담배 필터를 꽉 깨물었다. 가메야마가 말하고자 하는 건 안다, 정말로.

고타이와는 일주일에 한 번 만난다. 시영주택 근처에 있는 공원에서 캐치볼과 노크를 하고, 시간이 있는 날에는 차로 배팅센터에도 데리고 가준다. 고타이는 나를 완전히 따르게 되었고, 나도 슈코 야구부의 연습을 도와주는 것보다 고타이를 훈련시키는 것이 훨씬 즐겁다. 날이 지고 나서 고타이를 시영주택에 데려다 준다. 교코가 일을 마치고 돌아올 때까지 고타이는 혼자만의 시간을 보낸다. 그럴 때면 외로움을 느끼는지 돌아오는 길에 고타이는 학교에서 유행하고 있는 트레이딩 카드나 만화 이야기를 하며 "아저씨한테도 보여줄까요?" 하고 묻는다. 하지만 집에는 들어가지 않기로 했다. 그것만은 안 된다고 스스로에게 다짐을 두었다. 몇 명이 모여 이야기를 나누고 있는 단지 내 아줌마들의 조심스러운 듯 노골적인 시선을 떨쳐버리고 고타이와 헤어진 후의 나는 늘 걸음이 빨라진다.

가메야마는 감정을 억누르고 천천히 설교하듯 말을 이었다.

"교코가 스오에 돌아와줘서 내도 좋았다. 우리랑 만나고, 오사무 묘지에 참배도 하고…… 참말로 좋았다. 하지만 거기까지다. 요지한테는 요지의, 교코에겐 교코의 가족도 있고, 인생도 있다. 쓸데없는 참견인 건 알지만 그걸 잊어선 안 된다."

"……잊지 않았어."

"그카믄 그래 진부, 니도 같이 벚꽃 축제에 가면 안 되겠나?"

이야기를 들은 진노는 고개를 숙인 채 "난 안 가." 하고 말했다.

"무신 소리고? 니 해마다 제수씨랑 둘이 안 갔나?"

가메야마는 의외라는 듯 되묻고 나를 돌아보고 "애가 없으니까 나이를 먹어도 신혼부부처럼 사이가 좋다." 하고 웃고 같은 미소를 진노에게도 보냈다.

하지만 진노는 포테이토샐러드를 젓가락 끝으로 쿡쿡 찌르면서 "올해는 안 간다." 하고 말한다. 쌀쌀맞은, 툭 던지는 말투였다.

"니 와 그라노?" 가메야마도 머쓱해졌다.

어쩔 수 없이 내가 사이를 두었다가 "바빠?" 하고 묻자 진노는 그제야 얼굴을 들었다. 기분을 고치려다 실패한 듯한 쓴웃음을 지으며 "그런 건 아니지만, 좀 그렇다……." 하고 말한다.

"진부 니 몸 안 좋나? 오늘 쫌 안 좋아 보인다."

확실히 평소의 진노와는 다르다. '가메 씨'에 오고 나서 거의 한 마디도 하지 않았다. 안색도 좋지 않다. 무엇보다 한숨만 쉬고 있다.

"몸은 별 이상 없지만…… 집이 좀 시끄럽다."

"니 부부싸움했나?"

놀리듯이 말한 가메야마를 무시하고 진노는 또다시 한숨을 쉬고 나도 아니고 가메야마도 아닌, 포테이토샐러드를 향해 말을 이었다.

"지금은 싸움도 못한다."

"뭐?"

"일요일엔 처가댁에 가야 한다. 얘기가 길어진 것 같은데, 어쨌든 벚꽃 축제엔 못 간다."

집사람이 지난주에 히로시마의 처가댁에 가버렸다고 한다. 부부싸움이 아니라 시부모님과의 관계가 틀어졌다. 원인은 진노 부부에게 아이가 없다는 것.

"내가 나쁜 놈이지." 하고 진노는 말끝마다 자신을 탓한다. 칠순에 가까운 부모님과 아흔을 넘긴 할머니를 나쁜 사람으로 만들지 못하는, 진노는 그런 놈이다.

후사가 태어나길 목 놓아 기다리는 할머니와 부모님은 벌써 몇 해 전부터 틈날 때마다 에둘러 불임치료를 이야기해왔다. 이미 임신이 불가능하다고 진단받은 부인의 더 이상 견딜 수 없는 마음은 진노도 안다. 침묵을 지켰다. 적어도 할머니가 살아 계시는 동안에는 진실을 말해 절망시켜드리고 싶지 않았다.

그런데 3월이 되고 얼마 지나지 않아 모든 걸 털어놓았다. "2월에 교코가 오사무 묘지에 참배하러 가서 다 털어버렸잖아. 그걸 보고 나도 언제까지 속이고 살 순 없다고 생각했어." 그게 예상과는 달랐다고 진노는 말한다. 표면상으로는 부인의 몸 상태를 이해하고 납득한 할머니와 부모님이었지만 마음속 진심은 역시 버릴 수 없었다. 외아들의 부인이다. 후사를 낳아줄 것이라는 기대를 받고, 아니 그것을 가장 중요한 본분으로 생각하고 집에 들어온 며느리다.

"집사람과 이혼하라는 말씀은 안 하시드나?" 가메야마가 물었다.

진노는 멍청한 놈, 하고 짜증난다는 듯 웃고 말한다.

"그랬으면 이야기는 간단하지. 내가 마누라랑 집을 나와버리면 그만이니까."

할머니와 부모님은 양자를 들이면 어떻겠냐고 제안했다고 한다. 오우치 시에 사는 진노의 사촌 누이동생이 연말에 셋째아이를 낳았다. 남자아이만 세 번째. 할머니와 아버지는 키우는 것은 사촌 누이동생에게 맡기고 그 아이가 커서 호적에 올리면 된다고 했다. 어머니는 그러면 정을 못 주니까 지금 바로 양자로 들여서 아기를 빨리 안아보고 싶다고 했다.

"사촌 누이동생의 생각도 물어보지 않고 당신들 마음대로 정한 거지. 난 솔직히 화가 나더라고……."

부인은 달랐다. 비상식적이기까지 한 시어른의 말에서 후사를 손꼽아 기다리는 연로한 분들의 슬픔과 외로움을 느꼈다. 그래서 지난주에 친정으로 돌아가 버렸다. 집에는 편지 대신 서명 날인한 이혼서류가 있었다.

"전화로는 결말이 안 나. 이번 주말에 히로시마에 다녀오려고. 얘기
가 어떻게 흘러갈진 모르지만, 어쨌든 마누라 만나지 않고는 어떻게 해
볼 도리가 없다."

나는 잠자코 고개를 끄덕였지만 가메야마는 참지 못했다.

"진부 니 와 그런 중요한 일을 우리한텐 한 마디도 안 했노?"

"……남한테 얘기할 만한 게 아니잖아."

"뭔 소리고? 혼자서 끙끙 앓고 있으면 우에 될 줄 알았나? 푸념이라
도 해야 안 되나, 우리한테……."

"푸념 따위로 끝날 얘기가 아니라고!"

진노는 손바닥으로 테이블을 치고 소리를 질렀다.

그대로 자리를 박차고 인사도 없이 '가메 씨'를 나갔다.

같이 소리를 치며 대거리하지도, 말리지도 못하고 가게에 남겨진 가
메야마와 나는 아연한 표정으로 서로를 쳐다볼 뿐 멋쩍음을 감추려는
쓴웃음조차 짓지 못했다.


그날 밤 '아주 열심히 코치를 하고 있다며?'라는 제목의 메일이 가즈
미에게서 왔다.

─미나코한테 들었는데 화가 단단히 났다고? 그러다 위궤양에 걸릴
까 봐 미나코가 걱정하더라. OB로서 열심히 하는 건 이해하지만, 애초
에 야구 명문고도 아니었고 세대도 다르니까 너무 무리하지 않는 게 낫
지 않을까? / 하긴 나도 도쿄에 있을 때는 학생들을 상대로(조교나 대
학원생에게도) 화내기 일쑤였으니 남 말 할 처지는 아니지만…….

그러고 보니 가즈미도 종종 푸념하던 게 생각난다. 학생이 음료수를 책상 위에 두고 강의를 받는 것까지는 어떻게 봐줄 수 있어도, 프라이드포테이토를 먹고 있는 것을 봤을 때는 교재를 내팽개치고 돌아오고 싶어졌다고 했다. 나도 그렇다. 편집부 아르바이트 여자아이의 말끝을 올리는 억양까지는 포기한다 해도 서른 가까운 남자 편집부원의 "같아요?"는 흘려듣지 못하고 몇 번이나 설교했다. 아마도 그때마다 성가신 아저씨라고 욕지거리를 할 것이다.

메일은 이어진다.

—그런데 직장 구하는 건 어떻게 되었어? (설마 무급 코치를 평생 계속할 거라는 따위의 말은 하지 말고.) / 직업은 그렇다 쳐도 이대로 시골에서 계속 살 건지, 도쿄로 돌아올 건지 기본선은 이제 확실히 해둘 때 아닌가? / 미나코를 위해서도 그렇고. / 압박할 생각은 없지만 난 8월엔 유학을 마무리할 거야. 2학기 수업부터 대학에 복귀하려고. / 그런데 당신은?

미나코를 위해서도, 라는 말이 아프다.

가즈미의 메일은 어머니의 1주기 이야기로 끝을 맺는다.

—드디어 다음 달이네. 나도 친척 분들의 집중 공격은 각오하고 귀국하겠지만, 당신도 '앞으로 어쩔 거냐?'는 말이 빗발칠 것은 각오하는 게 좋을 거야.

답신 메일 창을 열고 키보드에 손을 얹었다. 하지만 뭘 어떻게 써야 할지 모르겠다.

"답장하기 좋게 좀 쓰면 안 되나……"

중얼거리고 창을 닫았다.

요즘 들어 가즈미에게 전할 말을 찾지 못해 난감해하곤 한다.

메일이라 그런 건 아닌 것 같다.

도쿄에서 살던 때도 우리는 늘 멀리 떨어진 곳에서 대화를 나누었다. i모드(일본 10대 청소년들에게 선풍적 인기를 끌고 있는 NTT도코모의 무선 인터넷—옮긴이) 서비스가 시작되기 전까지는 쇼트메일로, 그 이전에는 컴퓨터 인터넷, 또 그 이전에는 전자 메일, 휴대전화 자동응답기, 삐삐, 팩스…… 자동응답기를 단 집전화기를 서로의 일터에서 원격 조정해서 녹음된 메시지를 듣던 때도 있었다.

연락만 했다. 할 말만 주고받았다. 늘 서로의 현재 상황과 예정을 확인하기 위해 말을 보내고 받았다. 부부가 각자의 일을 갖고 아이를 키운다는 것은 다시 말해 그런 것이다.

혼슈의 서쪽 끝에 있는 스오 시와 보스턴 사이를 우리의 말은 마우스 클릭 한 번으로 가볍게 넘어간다. 결혼하고 13년이나 지나면 생각하는 것도 몸쪽과 바깥쪽 정도의 차이는 있을지언정 스트라이크존에서 서로 알 수 있다.

하지만 지금 컴퓨터 화면 불빛만 비치고 있는 침실에서 나는 생각한다.

연락사항만 전할 뿐 우리는 정말 잘 지내고 있는 걸까. 어딘가에서 큰 잘못을 저지르고 있는 건 아닐까, 하고 조금 불안해지기도 한다.

전화로 말하는 것으로는 결말이 안 난다고 진노는 말했다.

교코에게는 교코의 인생이 있고, 요지에겐 요지의 인생이 있다고 가메야마는 말했다.

젊었을 때는 겸연쩍어서 쓰지도 못했던 '인생'이라는 말도 달리 부를 만한 게 없지 하고 받아들이게 되었다.

가즈미가 살려고 하는 인생이 이 마을에서의 삶과 융화되지 못한다는 것은 나도 안다. 미나코가 꿈꾸는 인생도 필시 이 마을의 어른들이 딸에게 기대하는 '성격 좋고 부지런한 사람에게 시집가는 것'은 아닐 것이다.

그럼 내 인생은.

나는 어떤 인생을 살고 싶은 거지?

내가 정말로 찾지 못하고 있는 것은 가즈미에게 전할 말이 아니라 나 자신을 납득시키는 말일지도 모른다.


마을이 쇠락하면 축제도 썰렁해진다. 땀이 날 정도로 쾌청한 하늘 아래, 왕벚나무가 200그루 가까이 있는 쇼시 공원은 "축제장이 겨우 여기뿐이야?" 하고 미나코가 맥이 빠져 중얼거릴 정도로 한산했다.

"지난주에도 오우치 시에서 비슷한 축제가 열렸기 때문이겠지……."

"알아. 우리 학교에서도 다녀왔어."

전성기가 지난 아이돌 가수의 무대도 마련된 것 같다. "너희 반도 다 갔었니?" 미나코의 물음에 고타이는 늘 그렇듯 다이에 호크스 모자를 깊숙이 눌러쓰고 무뚝뚝하게 "응." 하고 대답한다. 뒤에서 교코가 "고타이 너 너무 폼 잡는 거 아냐?" 하고 놀리자 귓불까지 빨개졌다.

여자아이와 나란히 걷는 것도 엄마와 함께 있는 것도 부끄러워할 나이이다. "이렇게 사람들이 없으면 캐치볼도 할 수 있겠네요?" 하고 나를 돌아보고 말할 때의 얼굴이 제일 천진난만했다.

그런데 정말로 너무 한산하다. 고교 시절엔 일요일에도 그라운드에서 뛰어다니느라 벚꽃 축제에 가본 건 중학교 3학년 때가 마지막이다.

그 무렵엔 도시락을 먹을 장소를 찾지 못해 고생할 정도로 사람들로 붐볐다. 스오 역에서 쇼시 공원으로 가는 임시 버스도 마련되었고, 역전 상가에서도 축제에 맞춰 할인 행사를 열었다. 만개滿開의 절정을 살짝 지난 벚꽃도 옛날엔 하늘이 보이지 않을 정도로 짙은 핑크색 터널이…… 물론 그것이 어렸을 때의 추억을 나도 모르게 미화한 것일 수도 있지만.

산책길을 어슬렁어슬렁 걸었다. 아직 아는 사람을 만난 건 아니지만 사람들이 얼마 안 되는 만큼 스쳐 지나가는 한 쌍 한 쌍이 확실히 구분된다. 교코도 눈치는 있는지 공원 입구에서 기다릴 때부터 줄곧 내게 직접 말을 거는 일이 없다.

모르는 사람 눈에는 우리가 어떤 식으로 보일까.

4인 가족?

설마, 하고 웃어넘길 수는 없다.

교코는 고타이와 나란히, 나와 미나코보다 조금 앞장서서 걷는다. 검은색 조끼의 어깨에 벚꽃 잎이 막 춤을 추며 떨어졌다.

"아빠, 저기 벚꽃 예쁘지 않아?"

미나코는 돌담 모퉁이에 핀 벚꽃을 손가락으로 가리키고 어깨에 멘 핸드백에서 6학년 진학 기념으로 사준 디지털카메라를 꺼냈다.

"사진 찍어서 엄마한테 메일로 보내줄까?"

갑작스런 말에 당황해하는 사이 미나코는 교코와 고타이에게 달려가 "기념촬영할래요?" 하고 물었다.

뒤돌아보는 교코의 얼굴에도 당황한 기색이 역력하다. 눈이 마주치자 나도 교코도 서로 피하듯이 고개를 숙였다.

"그럼 아줌마, 카메라맨 좀 해줘요."

미나코가 카메라를 교코에게 건넨다. 응, 그럴까, 하고 교코가 안도하는 모습이 언뜻 비친다. 스스럼없는 미나코의 말과 행동에 그 깊이는 얼마나 될까. 교코를 '고타이의 엄마이자 아빠의 야구부 친구'로만 대하고 있는 것일까.

나와 미나코는 벚꽃 나무 아래에 나란히 섰다. 교코 옆에 있던 고타이도 미나코의 "빨리 와."란 손짓에 겸연쩍어하면서 이쪽으로 왔을 때 카메라 액정 모니터를 보고 있던 교코가 "고짱은 안 돼." 하고 말했다. "넌 사진에 나오면 안 돼."

미나코는 "네?" 하고 불만스럽게 목소리를 높이고 구조선을 찾듯이 나를 보았다.

나는 아무 말도 할 수 없었다. 모자챙을 내리고 정말로 창피한 듯 되돌아가는 고타이의 등을 그저 말없이 지켜본다.

미나코 역시 눈치 챘는지 사진 한 장을 찍고 이번엔 내가 카메라를 들고 교코와 고타이를 찍어줄 때는 두 사람과 나란히 사진 속에 들어가려고는 하지 않았다. 사진을 찍고 나서 "인화해서 줄게." 하고 고타이에게 말하고 불쑥 내게 말한다.

"……엄마한테 보낼 파일 착각했다간 큰일 나겠네?"

웃으면서 내 얼굴을 보지 않고. 카메라를 핸드백에 넣고 더 이상 사진을 찍자고는 말하지 않았다.


점심은 '가메 씨' 포장마차 아래에서 '벚꽃 축제 한정 특제 햄버그스테이크 도시락'을 먹었다. 300엔 정가가 200엔으로 내려가 있었지만 쌀여 있는 도시락 용기는 거의 줄어들지 않았다.

"오늘은 더워서 햄버그스테이크를 먹을 기분이 아닐 거야, 다들." 하고 위로하는 교코에게는 태연한 척 웃음을 보이던 가메야마도 식후 담배를 피우러 포장마차 밖으로 나온 나를 따라와서는 굳은 표정으로 "결국 때려치워야 하는갑다." 하고 말했다.

괜찮아, 라고는 말할 수도 없고 말하고 싶지도 않다. 정말로 힘들면 도망쳐도 돼, 언젠가 교코가 말한 대로다. 치명적인 상처를 입기 전에 도망치는 것은 결코 비겁한 짓이 아니다.

"진부는 지금쯤 얘기하고 있을까……."

"그놈 성격으론 엎드려서 빌고 있을 거다."

"우에 될 것 같노? 제수씨가 돌아올 것 같나?"

몰라.

가메야마에게 "제수씨랑 아이는? 같이 안 왔어?" 하고 반대로 묻자 "아빠 취미 생활에 따라가기가 창피하단다." 하고 쓸쓸히 웃는다.

"그래…… 이래저래 피곤하구나, 서로."

"니가 그런 말 할 처지가?"

외면하자 이번엔 가메야마가 내게 "우짤 기고 니, 저번에 내가 한 말 잊었나?"

"안 잊었어."

"그캄서 와 교코랑 아직도 같이 댕기노. 몇 번이나 말해야 알겠나, 응? 단신부임온 샐러리맨이 가시나 하나 꼬신 거랑 같다 안 했나."

불끈했지만 마땅히 대꾸할 말이 없었다.

가메야마도 "마, 시방 한 말은 좀 지나쳤다." 하고 사과하고 "어렵구나, 어느 집이나." 하고 하늘을 올려다보았다.

바람이 분다. 벚꽃이 흩날린다. 가메야마는 포장마차로 돌아가서 "어서 옵쇼, 어서 옵쇼, 특제 도시락이 있습니다! 된장찌개를 추가해서 200엔의 자선 도시락입니다!" 하고 박수를 치면서 꽃놀이 온 손님들을 불렀다. 걸음을 멈추는 사람은 아무도 없다. "맛이 기가 막힌 '가메 씨'의 햄버그스테이크가 있습니다!"라는 목소리만 뿌연 봄 하늘에 울려 퍼질 뿐이다.


# 2

신학기가 시작되고 야구부에도 1학년 부원이 10여 명 충원되었다. 대신 선발 멤버이던 3학년 두 명이 대입 준비를 한다며 진노에게 퇴단 신청서를 냈다. 처음엔 내가 코치라는 것에 불만을 품고 그러는 줄 알았는데, 진노의 말에 따르면 두 사람은 이미 작년부터 '야구부 활동은 봄방학까지'로 정했다고 한다.

내가 말하고 싶은 것을 앞질러서 진노가 먼저 말한다.

"현역으로 국립대학에 붙지 못하면 둘 다 곤란할 거야. 아버지가 조선소에서 일하거든."

몇 년 전부터 단계적으로 구조조정을 해온 조선소는 작년 가을 종업원의 임금을 일괄적으로 20퍼센트 삭감했다.

"우리 때처럼 아무 걱정 없이 재수든 삼수든 할 수 있는 여유가 지금은 어느 집에도 없어. 대학에 들어갈 수 있는 것만으로도 행복하다고 생각할 거다, 저 녀석들."

조선소의 구조조정은 아직도 진행 중이다. 촉탁직으로 일하던 아버지도, 본인은 아무 말씀 없지만, 해고나 마찬가지로 푼돈 벌이 일을 잃었다. 이번 가을에는 다시 종업원의 10퍼센트를 해고한다는 소문도 나돌고 있다.

"진학은커녕 고등학교에 다니지 못하게 되는 학생이 나올지도 모르겠다, 이 상태로 가다간."

진노는 지금 몇몇 지자체 의원과 같은 문제의식을 갖고 있는 교사들과 함께 장학금 제도나 수업료 지불유예 제도를 만들려고 모임을 갖고 있다. 교장이나 교육위원회에선 달가워하지 않는 것 같지만 "배우는 학생이 돈 때문에 학교를 그만둬야 한다는 걸 그냥 지켜보고 있을 순 없지." 하고 물러설 기미는 없다.

부인과는 여전히 별거 중이다. 부인 본인보다 친정 식구들이 화가 나서 "부모를 택할지, 마누라를 택할지 결정을 내려." 하고 진노를 압박하고 있다고 한다.

"마누라랑 다시 합쳐도, 이젠 아버지나 어머니랑은 같이 살 수 없을지도 모르겠다." 진노는 한숨을 섞어가며 말하고 더 이상은 말이 없었다. 나도 묻지 않는다. 진노에겐 진노의 인생이 있고, 앞으로 나아가지 않으면 안 되는 길이 있고, 그곳에 내가 발을 들여놓아서는 안 되기 때문이다.

한마디만 "너 참 착하다." 하고 말했다.

진노는 부끄러운 웃음을 짓고 어쩌면 일부러 착각해서 화제를 딴 데로 돌리듯 "난 고등학생이 좋아." 하고 말했다.

"우리 때랑 비교하면 당찮은 이유나 늘어놓고 근성이 없는 탓에 금방 나가떨어지는 애들이지만 그래도 좋다. 고시엔을 꿈꾸는 야구도 좋지만, 그 녀석들이 적어도 연습할 때는 즐거운 생각을 하고 싶다고 말한다면 나 인정해주고 싶어. 정말이지 이런 불경기에, 앞을 봐도 뭐 하나 좋을 게 없는 세상에서 어쩔 수 없이 어른이 돼야 하나……."

착한 녀석이다, 정말로.

가메야마도 벚꽃 축제 때 특제 도시락이 80퍼센트 이상이나 남아버려서 결국 가게를 정리하기로 결정한 것 같다. "처가댁 부모님께 무조건 항복이다." 하고 샐러리맨 생활로 복귀할 준비를 하는지 깔끔하게 깎은 콧수염 자리를 손가락으로 쓰다듬으면서 힘없이 웃는다.

진노도 가메야마도 좋은 애들이다. 내 소중한 오랜 친구다. 두 사람을 재회할 수 없었다면 내 귀향 생활은 훨씬 따분한 나날이 되었을 것이다.

하지만 우리는 더 이상 추억 이야기만 하고 있을 순 없다.

꿈 이야기만 나눌 수도 없다.

달콤새콤하지도 않고 장밋빛도 아닌 현실을, 설령 무거운 걸음이라해도 한 걸음씩 내디디지 않으면 안 된다.


'도쿄는 삼나무 꽃가루가 눈보라처럼 흩날려서 죽을 것 같다.'

4월 중순, 출판사 선배인 구와바라 씨한테 이런 제목의 메일이 왔다.

—오랜만에 메일 보낸다. 이력을 보니 네가 시골로 내려간 날 휴대전화로 보낸 이후 처음인 것 같다. / 무소식이 희소식이라고 그동안 멋대로 격조했는데 너도 나랑 같은 부류라 믿고 있다. 어때? 건강은 괜찮

지? / 난 너보다 한 발 늦게 퇴직하고 독립해서 어느덧 반년이 지났다. 출판 불황이라는 소용돌이 속에서 각오했던 것보다 오래 고전하고 있지만 드디어 '앞'이 보이기 시작했다. / 이번에 베스트셀러를 연이어 터뜨리고 있는 모 출판사와 손잡고 무크 시리즈를 선보이게 되었다. (부디 오프레코드를 부탁해.) 단카이團塊 세대(1948년을 전후해서 태어난 사람이 많아서 연령별 인구 구성상 두드러지게 팽대한 세대─옮긴이)를 타깃으로 한 개호·건강 정보지야. 내년 봄 창간이고, 1년에 4권. 발행소 측은 최소 2년은 가져갈 생각이고 장기적으로는 개호 비즈니스에도 뛰어들 것 같아. / 그리고 이제부터 본론. 시미즈, 시골 생활은 어때? 따분하지 않아? / ……본론을 말한다고 해놓고 빙빙 돌리기만 하네, 미안. / 내가 하고 싶은 말은 한 가지뿐이야. / 도쿄로 돌아올 가능성은 없어? 만약 조금이라도 '있다'면 지금 얘기를 가슴 한구석에 담아두었으면 좋겠어. 너와 다시 콤비를 이뤄 재미있게 일해보고 싶다는 것이 내 바람이야. / 그럼 메일 또 보낼게.

세 번을 다시 읽었다. 읽다가 '단카이 세대용 개호·건강 잡지'가 성공할지 어떨지 생각하는 나를 깨달았고, 또 나라면 목차를 어떻게 잡을까 생각하는 나를 깨달았다.

답장은 쓰지 않았다. 무소식이 희소식, 적어도 거절한 것은 아니라고 마음대로 생각했다.


며칠 후, 저녁에 외출하려는데 아버지가 "요지, 잠깐 얘기 좀 하자." 하고 나를 불러 세웠다. 무뚝뚝한 표정은 여전했지만 뭔가 결심이 선 듯 나를 보는 눈은 돌리지 않는다.

거실 고타쓰로 들어갔다. 아버지의 정면이 아니라 오른쪽에 앉는다. 그 편이 이야기하기 편하고, 듣기 편하고, 무엇보다 아버지의 정면은 어머니 자리로 정해져 있었으니까.

아버지는 작은 목소리로 "5월 연휴 전에는 고타쓰를 치워야겠네." 하고 중얼거리고 노안이 진행되는지 굵은 손가락을 서툴게 움직여 새 담배 갑을 뜯었다. 하나하나의 동작에 시간이 걸리게 되었다. 어머니가 살아 계셨을 때는 한시도 멈추지 않는 어머니의 잔소리를 듣다 보면 침묵의 사이를 메우는 것은 식은 죽 먹기였지만, 지금은 그저 어색한 적막만 흐를 뿐이다.

마침내 담배 한 개비를 빼든 아버지는 그것만으로도 몹시 힘겨운 듯 숨을 내쉬었다. 내가 내미는 라이터를 "아니, 됐다." 하고 거절하고 성냥으로 담배에 불을 붙인다. 나이를 먹었다. 스오에 돌아오고 나서 반 년쯤 지나는 동안에도 노화의 눈금이 몇 개나 더해진 듯 보인다. 이번 겨울엔 몇 번이나 감기를 앓았다. 콧물을 흘리고, 새벽녘에 고통스럽게 콜록거리고, 열이 나서 이불 밖으로 나오지 못하던 날도 있었지만 결국 의사에겐 한 번도 가지 않았다. 나나 미나코가 있으니까 만일의 경우에도 괜찮다고 우습게 본 것일까. 설령 혼자 있게 되어도 의사를 싫어하는 성격은 바뀌지 않겠지?

아버지는 다음 달 중순으로 다가온 어머니의 1주기 법회에 대해 얘기했다. 안내장을 보낼 친척은 어디까지 할지, 어머니의 친분 관계는 누구를 통해서 참석 여부를 확인할지, 법회가 끝난 후 식사는 어디서 할지…… 그게 본론이 아니라는 것은 알고 있었다.

"자세한 것은 지금 정하지 않아도 되잖아요?"

연두

말을 자르자 아버지는 조금 기가 죽은 듯 눈을 내리깔고 담배연기를 천천히 내뿜었다.

"요지, 지금 어디 가는 거냐?"

"네, 잠깐."

슈코는 아니었다. 오늘은 오랜만에 진노가 연습에 나왔고, 어젯밤 늦게 교코에게서 "내일 고타이 좀 봐줄래?" 하고 전화가 왔었다. 또 갑자기 멀리 갈 일이 들어와서 오늘은 밤 9시쯤 집에 온다고 한다.

"서두르지 않으면 약속 시간에 늦는 거냐?"

"……아직, 그렇진 않지만."

"그럼 요지." 말투가 바뀌었다.

나도 잠자코 아버지를 본다.

"시골은 남 얘기 하길 좋아하는 곳이다. 친절한 척 쓸데없는 말들을 하지."

"……무슨?"

"벚꽃 축제에 누구랑 갔었냐?"

등줄기가 오싹했다. 들켰다, 역시, 누군가에게.

"미나코의 동급생과 함께였어요." 목소리가 떨리지 않도록 신경 쓰면서 말한다. "그 애 어머니와 잠깐 얘기했을 뿐인데."

아버지는 담배 연기에 눈을 깜박이고, 그러냐, 하고 입을 작게 움직였다. 백퍼센트 납득한 것은 아니겠지만, 더 이상 나를 추궁할 마음도 없는 것 같았다.

마음이 놓이자 이번엔 화가 치밀어 올랐다. 이 마을은 싫다. 이제 어떤 일이 있어도 좋아질 것 같지 않다.

"누가 그런 소리를 했어요?" 하고 물어도 아버지는 "잠깐 네 엄마 친구랑 전화하다 들었다."고만 얘기할 뿐이다. 이름을 알아도 소용없다. 누구라고 말해도 의미가 없는, 이 마을에는 쓸데없이 참견하길 좋아하는 사람이 너무 많다.

아버지는 아직 긴 담배를 재떨이에 버리고 "여긴 좁은 곳이여……." 하고 혼잣말하듯 말했다. "미나코에게도 괜한 피해가 안 가게 해라."

"동급생 어머니랑, 뭐 그런 말이에요?"

"……그이가 시영주택에서 널 자주 봤다더구나."

"무슨 상관이에요!"

나도 모르게 몸이 들썩이고 목소리가 거칠어졌다. 아버지의 표정엔 거의 변화가 없다. 말없이 두 개비째 담배를 꺼냈다.

아버지가 잘못한 것은 아니다. 전화를 한 사람도 천성이 나쁜 사람은 아닐 것이다. 교코가 나쁘다고는 말하고 싶지 않다. 내가 나쁘다고도 생각하고 싶지 않다. 나쁜 사람은 어디에도 없는데 모두가 나쁜 쪽으로 굴러가 버린다.

자리에서 일어섰다.

"어찌 됐든 여름엔 도쿄로 돌아갈 거니까요." 즉석에서 말이 튀어나와버렸다.

아버지는 말없이 성냥을 그었다. 유황 냄새가 코를 찌르고 눈에 스민다. 불단에 어머니가 좋아하던 사쿠라모치櫻餅(밀가루를 반죽하여 얇게 밀어 팥소를 넣고 벚나무 잎으로 싸서 찐 떡―옮긴이)가 올라가 있는 것을 보고 도망치듯 방을 나올 수밖에 없었다.

고타이는 시영주택 근처의 공원에서 벽을 상대로 피칭 연습을 하면서 나를 기다리고 있었다. 차에서 내려 문을 닫자 그 소리에 이쪽을 돌아보고 수줍은 미소를 짓는다.

"오늘은 연습 쉬기로 하자."

나는 애써 밝은 목소리로 말했다.

고타이는 실망한 표정으로 묻는다.

"바빠요?"

"아니, 가끔은 멀리 가자고."

"멀리?"

"우리 바다까지 드라이브할까? 모래사장을 걷는 것만으로도 하체 훈련을 할 수 있을 거다."

자, 가자, 하고 고타이의 등을 밀며 차로 돌아왔다.

중간에 장을 보고 오는 길에 벤치에 앉아 수다를 떠는 아주머니들 앞을 지나왔다. 웃음소리가 들린다. "상관없지." 누군가가 말하고 "참말이지 요즘 젊은 사람들은." 다른 누군가가 뒤를 잇는다. 순간 가슴이 덜컥했다. 텔레비전 이야기라는 걸 알고 휴우 한숨을 내쉰다. 문득 오사무가 생각났다. 사건을 일으키고 나서 죽기 전까지 반년 동안 녀석도 이렇게 흠칫거리며 살았을 거라고 생각하니 지금 당장 오사무의 손을 잡고 이 마을에서 끌어내주고 싶었다.

차 안에서는 고타이와 야구 이야기만 했다. 커브를 배우고 싶어 하는 고타이를 "초등학생 때부터 변화구를 많이 던지면 팔꿈치가 다쳐." 하고 타이르고, 둘이서 막 개막한 프로야구 순위를 예상하면서 일본 시리즈는 자이언츠와 호크스의 대결이 될 거라는 고타이의 예상이 맞으면 스파이크를 사주겠다고 약속했다.

한동안 바다를 따라 난 국도를 달려 해안으로 나가는 좁은 길로 꺾어들었다. 늘어서 있는 집들이 금방 사라지고 길 양쪽으로 소나무 숲이 펼쳐진다. 도로에는 모래가 얇게 쌓여 있고, 운전석 창을 열자 눅눅한 공기가 차 안으로 흘러들어와…… 차를 세웠다.

모래사장에 떨어져 있던 유목流木에 나란히 앉아 오렌지 빛으로 물드는 석양의 바다를 바라보았다.

바다는 잔잔했다. 멀리서 섬과 배의 불빛이 깜박이고 있다. 해안선 끝 쪽에는 조선소를 중심으로 공장과 창고가 늘어서 있는데 활기를 잃은 것은 여기에서도 알 수 있다. 어렸을 때는 한밤중에도 조선소의 불빛이 휘황했고, 풍향에 따라서는 우리 집에서도 쇠를 때리는 소리나 윈치의 모터 소리가 들렸다. 하지만 이제 그런 날은 오지 않을 것이다. 영원히.

끝난 마을이다. 늙어가기만 하는 고향이다.

마을에 기억이 있다면 지금 이 마을은 언제 어떤 풍경을 돌아보고 있을까. 마을은 아직 그해 여름을 기억하고 있을까. 기억하고 있다면 먼 저편의 꿈이었던 고시엔이 한 게임 앞으로 다가와 있었을 때의 한바탕 소동일까. 아니면 출전 포기가 정해진 후의 구멍이 뻥 뚫린 듯한 정적 쪽일까.

"고타이……."

말을 걸어보았지만 다음 말이 막혀버렸다. 이제 갓 초등학교 6학년이 된 아이에게 물어도 되는지 어떤지 모르겠다. 아마도 물어서는 안 될 말일 것이다.

"왜요?" 하고 재촉당해도 목이 막혀 목소리가 나오지 않는다.

"저 러닝하고 와도 돼요?"

고타이가 일어서자 그제야 겨우 "아니, 잠깐 앉아봐." 하고 목소리가 나왔다. 고타이는 의아한 표정으로 다시 앉는다.

먼 바다 건너편을 보며 나는 말했다.

"아빠는 가끔 만나니?"

고타이는 말없이 작게 고개를 끄덕였다.

"캐치볼도 하니?"

이번엔 고개를 옆으로 흔든다.

"해주면 좋은데." 웃으면서 말하고 싶었지만 웃음이 나오지 않았다. "아빠가 야구를 좋아하지 않아?"

"……아빤 축구가 더 좋대요."

"그래, 그럼, 속으로는 너한테도 축구 선수가 되길 바라겠구나."

"……몰라요."

"그래도 네가 캐치볼을 하자고 했다면 아빠도 상대해줬을 텐데. 그런 생각 안 해봤니?"

"안 해봤어요."

처음으로 단호하게 대답했다. 대답 자체를 거부하는 강한 말투였다.

"부탁했는데 거절당한 적이 있는 거니?"

"부탁한 적 없어요." 역시 단호하다.

난 가슴에 고인 숨을 천천히 조금씩 토해냈다. 사이를 두고 그게 뭐냐, 하고 물어볼 생각이었던 질문을 몇 개 없앴다. 교코의 헤어진 남편에 대해 알고 싶은 것은 아니다. 그냥 확인하고 싶었을 뿐이다. 답은 이제 알았다. 그걸 말로서 고타이에게 물어볼 정도로 나도 둔한 남자는 아니다.

먼 바다 쪽에서 배의 기적소리가 희미하게 들려왔다. 밀려오는 파도가 석양빛을 해변으로 가져왔다가 다시 데리고 가버린다. 고향의 조용한 시간이 나를 둘러싼다. 감아든다. 자근자근 무게를 가해온다.

"다음엔 부탁해봐."

대답은 없었지만 상관 않고 말을 이었다.

"아저씨도 말이야, 계속 네 코치를 해주면 좋겠지만…… 그건 무리인 것 같아."

"왜요?"

"어쨌든 그래."

"도쿄로 돌아가요?"

"……그럴 가능성도 있고, 스오에서 회사에 들어가면 더 이상 이런 시간에 널 만나는 것도 어렵고."

고타이는 꺼져 들어가는 목소리로 "그렇겠네요." 하고 말했다.

"게다가 이제 곧 아저씨가 코치해주는 게 부족해질 거야. 공원 같은 데가 아니라 좀 더 본격적으로 넓은 그라운드에서 마음껏 야구를 하고 싶어질 테니까."

나도 그랬다. 가끔 아버지와 마당에서 캐치볼하는 것이 즐거웠던 기억은 초등학교 몇 학년 때까지였을까. 전력 투구한 내 공을 잘못 받은 아버지가 손가락을 삔 것은 확실히 기억한다. 6학년 여름이다. 중학생이 되자 더 이상 아버지에게 캐치볼을 조를 수가 없었다. 아버지도 먼저 하자는 말이 없어졌다. 그 무렵엔 아무것도 몰랐지만 고타이를 코치하게 되고 나서 아버지도 외로웠을지 모른다는 생각이 든다.

"넌 앞으로 점점 몸도 커지고 야구도 잘하게 되겠지만, 아저씨는 이제 나이 먹을 일만 남았으니까."

"아직 서른여덟 살이죠?"

"벌써 서른여덟이야. 게다가 7월엔 서른아홉 살이 돼."

"엄마랑 같네. 엄마도 생일이 7월이니까."

"……으응, 우연이지."

멋대로 앞질러 가서 표정이 굳어진 나를 보고 고타이는 "정말 우연이네요." 하고 웃었다. 덕분에 조금은 마음이 편해졌다.

"네가 고시엔에 출전한다면 아저씬 무조건 응원하러 갈 거다. 텔레비전 따위가 아니라 고시엔의 알프스스탠드(고시엔 구장에서 내야석과 외야석 사이에 마련된 관람석을 말함―옮긴이)에서 응원해줄 거다."

어깨를 안아주자 고타이는 간지러운 듯 등을 움츠리고 "왠지 작별 인사 같아요." 하고 웃는다.

이별이야, 그래서 아까부터 말했잖아―확인 사살할 만한 얘기가 아니라는 생각에 말을 삼켰다.

"아무리 야구를 잘하게 된다고 해도 세토 학원 같은 데는 가지 마라. 슈코야, 공부도 열심히 해서 슈코에서 에이스가 돼라."

"슈코에서 고시엔에 갈 수 있어요?"

"갈 수 있지."

"정말이요?"

"고시엔까지는 죽을 만큼 먼 길인 건 맞지만, 그래도 길은 분명 있어. 어느 학교에도 고시엔으로 가는 길은 있는 법이야. 가깝고 먼 차이만 있을 뿐이지, 그 길은 각자 갈 수밖에 없어, 모두가."

도중에 내 말은 나 자신에게 향했다.

그래, 정말 그렇지, 하고 몇 번이나 작게 고개를 끄덕였다.

먼 바다에서 기적소리가 또 들려왔다. 날이 어두워짐에 따라 공장 불빛도 조금씩 늘어났다.

"러닝하고 와. 아저씨가 봐줄 테니까."

"……네."

고타이가 자리에서 일어섰다. 난 "아아, 잠깐만." 하고 불러 세우고 모자챙을 뒤로 돌려주었다.

"러닝할 때는 거꾸로 쓰는 게 나아. 바람에 모자가 날아가 버리면 곤란하니까."

"아저씨도 그렇게 했어요?"

"그렇게 했지, 슈코의 전통인걸, 이렇게 쓰는 게."

고타이는 헤헤헤 즐거운 듯 웃고 달리기 시작했다.

하나쯤은 전통을 마음대로 만들어도 된다.

모자챙으로 얼굴을 가리지 않고 달리는 게 좋다.

"가슴을 펴!"

내 말에 고타이는 "넷!" 하고 변성기의 탁하고 새된 목소리로 우렁차게 대답했다.

# 3

비행기는 소리부터 찾아왔다. 구름이 두껍게 깔린 하늘에 쐐액 하고 제트엔진 소리가 울리고 "곧 도착이야."라는 미나코의 말이 끝나자마자 기체가 구름을 가르고 나타났다.

"아래로 내려갈까?"

"응…… 하지만 아직 괜찮지 않아?"

미나코는 전망대 펜스에 손을 댄 채 착륙 태세에 들어간 비행기를 뚫어져라 본다. 하네다에서 오는 비행기, 보스턴에서 잠깐 귀국한 가즈미가 타고 있다. 미나코는 약 열 달 만에 보는 엄마다.

"긴장되니?"

놀리자 "뭔 소리야." 하고 시원하게 되받아친다. "아빠야말로 목소리가 떨리는데?"

웃음으로 얼버무렸다. 분명히 긴장하고 있는 것은 내 쪽이었다. 어젯밤엔 잠을 이룰 수 없었다. 멋쩍은 것과는 미묘하게 다르다. 예를 들면 시험 답안지를 돌려받기 전과 같은 기분이었다. 그것도 자신 없는 과목의.

"봄 대회에 대해 엄마한테 말해줬어?"

"……메일로 말했어."

1회전 탈락이었다. 콜드게임은 면했지만, 한 번도 추격다운 추격을 해보지도 못한 완패. 후배들은 '이기는' 맛을 알 수 있는 기회를 또 놓치고 말았고, 스탠드에 자와 옹의 모습은 없었다.

"엄만 뭐래?"

"여름에 기대한대."

"참 긍정적이야. 하긴 원래 그런 성격이지."

미나코는 알지 알아, 하고 웃었다. 실은 조금 거짓말을 했다. 패전에도 담담하던 선수들의 태도를 푸념한 내게 가즈미는 이런 답장을 보내왔다.

ㅡ야구부가 이기는 걸 자신의 '승리'로 여기지 않았으면 좋겠어. 그렇지 않으면 야구부가 질 때마다 당신 자신까지 지는 기분이 들잖아. 자신의 승패는 자신이 마운드에 서지 않으면 모르는 거야(그렇다고 동네 야구라도 하라는 뜻은 아니야).

내가 마운드에? 그런 말을 들을 줄이야, 하고 메일을 읽고 나서는 한숨을 쉴 수밖에 없었다.

비행기가 착륙했다. 전망대에서는 콩알같이 보이는 창 어딘가에서 가즈미도 우리를 보고 있을 것이다.

"갈까?"

다시 한 번 재촉하자 이번엔 미나코도 고개를 끄덕이고 펜스에서 떨어졌다.

가족이 함께 보내는 시간은 2박 3일. 오늘, 토요일 오후 비행기로 가즈미가 왔고, 내일 일요일은 아침부터 절에서 어머니의 1주기 법회를 연다. 장남 일가의 의무를 마치면 월요일에는 미나코에게 학교를 쉬게 하고 가즈미가 저녁 마지막 비행기로 돌아갈 때까지 오랜만에 가족끼리 맞는 휴가다.

"모레, 어디 갈지 정했니?"

미나코는 애매하게 고개를 갸웃했다. "아무 데나 괜찮아." 중얼거리듯 말하고 "아빠랑 엄마가 알아서 해." 하고 한숨을 쉰다.

"뭐야, 어젯밤엔 그렇게 들떠 있더니."

"……지금도 들떠 있긴 해."

"밑으로 내려가자. 엄마가 아마 저기로 나올 거야."

난 쓴웃음을 지으며 미나코의 어깨를 툭 쳤다. 어떤 일에도 겁을 내지 않는 아이가 의외로 이런 일엔 의기소침해진다는 것을 알았다. 도쿄에 있을 때도 일하는 틈틈이 아이와 되도록 많은 이야기를 나눴다고 자부했는데, 스오에 오고 나서 '음, 그랬구나.' 하고 새롭게 알게 된 것이 너무 많다. '일하는 틈틈이'라는 발상 자체가 애초에 잘못된 거였나, 하고 스스로를 돌아보고 생각하기도 한다. 세상 모든 아버지가 실직자가 되면 좋겠다고까지는 말하지 않겠지만.

공항 건물 안으로 돌아가면서 미나코가 말했다.

"엄마랑 할아버지가…… 싸우진 않겠지?"

"무슨 소리야, 왜 싸우겠어?"

"하지만 아까도 할아버지한테 같이 가자고 했는데 안 오셨잖아."

"……차가 좁아지니까 그랬지."

"할아버지가 타도 네 명인데?"

"내일 일도 그렇고 여러 가지로 바빠, 할아버지도."

"아아, 법회, 따분해."

"그런 말 하면 안 돼. 금방 끝날 거야, 금방."

"그럼 다행이고……"

점심은 절 근처 음식점을 예약했다. 서른 명 가까운 친척이 모인다. 물론 나와 미나코가 귀향한 날 밤에 한바탕했던 마사오 외삼촌도 온다. "아빠도 취한 척하고 주정하지 말고." 미나코는 진지한 얼굴로 말했다.

수화물을 받아들고 게이트에서 나온 가즈미는 우리를 보자 조금 수줍은 미소를 지었다.

뛰어가 품에 안길 줄 알았던 미나코는 내 옆에 머문 채 가는 목소리로 "어서 와." 하고 말할 뿐이었다. 가즈미도 어쩐지 맥이 빠진 듯 숄더백을 어깨에 다시 메면서 "날씨 좋네." 하고 말했다.

"……여긴 늘 날씨가 좋아."

내 목소리는 상기되고, 눈빛도 도망치듯 옆으로 흘렀다.

작년 7월에 가즈미가 보스턴으로 떠나고 지금은 5월. 계절이 세 번 바뀌었다. 이렇게 오래 만나지 않은 것은 결혼하고 나서 처음이다.

"어때? 잘 지냈어?" 가즈미가 미나코에게 물었다. "키가 더 큰 것 같네?"

"응…… 조금."

미나코는 고개를 숙이고 핸드백 끈을 손가락으로 감았다 풀었다 한다. "뭘 그렇게 수줍어 해?" 하고 웃는 내 목소리가 또 상기된다. 도무지 안정을 찾을 수 없다. 몸도 마음도 생각처럼 움직이지 않는다. 그런데도 아까부터 계속 모든 것이 헛돌고 있는 듯한 느낌도 든다.

가즈미가 합류했을 뿐이고, 그것이 가족의 당연한 모습인데도 나나 미나코는 균형을 잃어버린 것일까. 옛날에 야근이 잦던 아버지가 가끔 저녁식사 때 집에 있으면 난 무슨 말을 해야 할지 모르고, 어머니도 다른 때보다 부지런히 텔레비전 채널을 바꿨다. 그런 날의 어색함과 닮았다. 우린 가즈미가 없는 일상에 너무 익숙해져버렸는지도 모른다.

가즈미도 나와 미나코를 번갈아 보며 쓴웃음을 짓고 말했다.

"사회복귀요법을 써야겠네."

*연기*

2박 3일이 너무 짧다는 건 처음부터 알고 있었다.

공항에서 스오로 가는 차 안에서 가즈미는 묻지도 않은 귀국 여행 이야기를 했다. 기내식 메뉴와 승무원의 용모, 영문 기내지에 실린 에세이의 줄거리…… 어느 하나 서둘러 말하지 않아도 될 법한 내용이었지만 그런 두서없는 말을 하는 것이 가즈미 나름의 사회복귀요법인지도 모르겠다.

보스턴에서 나리타까지 약 열일곱 시간. 편서풍을 타고 속도를 높일 수 있는 보스턴행에 비하면 한 시간쯤 쓸데없는 시간을 보낸다. 나리타에 도착한 것은 어젯밤 9시 넘어서였고, 그곳에서 리무진 버스로 도쿄로 가서 신주쿠 호텔에서 1박했다.

시차 적응은 그다지 잘된 것 같지 않고, 결국 거의 한밤중에 보스턴 연구실의 스태프와 메일을 주고받았다고 한다.

"미국에 돌아가면 또 바로 필드워크(인터뷰나 관찰 등의 방법을 통해 수용자 조사 연구 데이터들을 수집 정리하는 작업—옮긴이) 땜에 콜로라도 쪽으로 가야 해."

돌아가면, 이라는 말을 지극히 자연스럽게 한다.

"바쁘네."

"그렇지 뭐. 놀러 간 것도 아니고."

가즈미의 전공은 미국이민문화사, 특히 원주민과의 문화적 충돌과 융합. 자료의 소실과 풍화가 진행되어 5년 후에는 이미 늦다는 것이 이번 유학 제의를 받아들인 가장 큰 이유였다.

"이런 얘기를 법회 전에 하면 어머님한테 혼나겠지?"

"……이제 포기하셨겠지."

"저세상에서 울고 계신다는 거야?"

몰라, 하고 흘려들었다. 템포가 빠른 가즈미의 수다에 대응하다 보니 조금 피곤하다. 가메야마도 진노도, 그리고 교코도 비교할 상대가 눈앞에 없으면 모르겠지만 그것이 시골 템포라는 것인지 아주 느긋하게 들 말한다.

가즈미는 오늘 아침 일찍 호텔을 나왔다. 원 근무지인 여자대학을 찾아가 학부장과 학과 주임에게 인사만 하고 바로 하네다 공항으로 가서 오후 비행기를 탔다고 한다.

여전히 터프하다. 몸집은 작은데 온몸이 활력과 에너지의 집합체이다. 보스턴에서도 필드워크 동료로부터 '셰르파' 못잖다는 말을 듣는다고 한다.

시골집 '맏며느리'는 역시 무리였나.

도쿄에 있을 때부터 알던 것을 새삼 음미한다.

그럼 난 시골집 '장남'이 무리인가?

도쿄에 있을 때도 몰랐던 것이 스오에 돌아오고 나서 오히려 더 미궁에 빠졌다.

"그래도 정말 어머님이 살아 계셨다면 이런 별거 생활 절대로 용납하지 않으셨겠지?"

"……어머니가 돌아가셨으니 이렇게 된 거지."

어머니는 가즈미가 일하는 것을 좋게 생각하지 않았다. 일 때문에 결혼 전 성을 계속 쓰는 것도. "우에다가 일본인이 외국 놈 역사를 조사한다냐?" 하고 나에게 푸념할 때의 실망한 표정을 아직도 똑똑히 기억하고 있다. 하지만 그 불만의 뿌리를 거슬러 올라가면 결국은 "우에 장남이 되가 도쿄에서 취직할라꼬 그래 쌌노?"에 이르게 된다.

비슷한 얘기를 내일은 마사오 외삼촌에게 들어야 할 것이다. 핏줄이 그런지 어머니와 마사오 외삼촌은 남매가 모두 수다스럽고, 좋게 말하면 남의 일을 잘 봐주는 것이고 솔직한 인상으로는 오지랖이 넓다. 교훈 이야기와 설교를 좋아하고, 사고방식이 고루하고, 게다가 술버릇이 나쁘다.

벌써 25년쯤 전 내가 슈코에 합격했을 때도 술에 취한 마사오 외삼촌에게 이런 말을 들었다.

"알겠냐, 요지. 슈코에 들어간 건 잘했다. 외삼촌도 칭찬하마. 우쨌든 니는 본가 장남이다. 슈코에 합격한 걸로 효도를 다 했다고 생각해선 안 된다."

마사오 외삼촌의 말에 따르면 효도에는 몇 가지 단계가 있다. 건강하고 튼튼하게 자라는 것부터 시작해서, 슈코에 들어가는 것, 구제도 고등학교의 전통을 잇는 지역 국립대학의 경제학부에 들어가는 것, 현청이나 시청에 취직하는 것, 집에 잘하는 며느리를 얻어 대를 이을 남자아이를 낳는 것, 그리고 늙은 부모의 임종을 지키는 것……

내가 할 수 있었던 것은 처음 두 가지뿐이었다. 마지막 하나도 어머니 때는 아무것도 해드리지 못했다. 아버지 때는 어떻게 될지 아직은 아무것도 모르겠다.

"아버지가 많이 늙으셨어. 정말로 할아버지가 됐어."

불쑥 말하자 "그래……." 하고 대답하는 가즈미의 목소리도 그제야 가라앉는다.

미나코는 말없이 창밖을 보고 있다. 룸미러에 비치는 옆얼굴이 놀라울 정도로 성숙하고, 또 쓸쓸해 보였다.

그날 밤 늦게 구와바라 선배로부터 두 번째 메일이 왔다.

무크 기획에 정식으로 진행 사인이 났다고 한다.

─단지, 발행소 쪽에서는 창간 제로호의 판매를 보지 않고 광고나 영업 인원 충원은 확약할 수 없다고 쫀쫀하게 나오더라(웃음). 내년 봄 창간을 앞두고 우선 연 내에 단발성 제로호를 내기로 이야기가 정리됐다. / 그러면 난 오로지 광고나 따러 쫓아다녀야 할 것 같다. 기대하던 지면 구성은 신뢰가 가는 부편집장에게 맡길 수밖에 없겠고. / 급구! 잡지 편집의 노하우를 꿰뚫고 있는 부편집장! / 그런 의미에서…… 시미즈, 지난번 메일에 대한 대답은 뭐야? / 고향에 돌아가서 자신을 재발견하는 것은 인생에 있어서 매우 소중한 기회라고 생각한다. 나도 마음 한구석에서는 널 부러워하고 있으니까(정말이야). / 세토우치 지방은 기후도 온난하고 살기 좋다고 들었다. 너희 집 사정도 알 것 같고. 하지만 만약 네가 조금이라도 도쿄에 돌아올 마음이 있다면 내 부탁 하나만 들어줘라. / 시미즈, 도와줘!

미나코의 방에서는 소곤소곤 이야기하는 소리가 들린다. 가즈미도 미나코도 아직 잠이 들지 않았을 것이다. 가끔 웃음소리도 들리는 걸 보니 심각한 이야기는 아니다. 사회복귀요법은 잘 진행되고 있는 것 같다.

지금 두 사람에게 구와바라 선배의 메일을 보여주면 어떤 반응을 보일까.

문득 그런 생각을 하고 진짜 일어나려다가 뭐 하는 거야, 하고 스스로를 나무라고 다시 앉았다. 구와바라 선배의 유혹에 대답하는 것이 아니라 의지하려고 한다. "어떻게 생각해?" 하고 나 자신이 결정할 문제를 가즈미와 미나코에게 떠넘기려고 한다. 우유부단하고 교활한 사내다.

구와바라 선배에게 메일을 보내려고 했다. 도쿄에 돌아갈지 말지가 아니라 우선 메일을 받았다는 것만. '고향에서 재발견한 나는 아주 교활한 놈이었습니다.' 하고 서두도 떠올랐지만 구와바라 선배에게 푸념해서 뭐 하겠냐고 생각을 고쳐먹고 그만두었다.

거실에 누워 상인방에 걸린 상복을 멍하니 바라보았다. 벌써 1주기가 됐네, 하고 새삼 생각한다. 내일은 수수한 양복 차림이면 될 거라고 생각하고 있었는데, 가즈미의 "이런 건 좀 유난을 떠는 게 좋아."라는 말에 옷상자에서 부랴부랴 더블 예복을 꺼냈다. 가즈미는 어머니 옷을 수선해서 만든 상복을 입을 것이라고 한다.

"그렇게까지 신경 쓰지 않아도 돼."

내가 말하자 가즈미는 "나 스스로도 기특한 며느리가 되고 싶어." 하고 쓴웃음을 짓고 진지한 표정으로 말한다.

"그래도 어머님이 반가워해줄 거라고 생각하니까."

어머니가 살아 계셨다면 우리 집은 지금 어떻게 됐을까.

아무 말 없이 집을 2세대 주택으로 개축한 것에는 물론 화가 난다. 어머니도 지지 않고 응수할 것이다. 장남이니까, 외아들이니까, 아버지도 어머니도 늙었으니까…… 아무리 심하게 부모님과 싸워도 난 부모님을 버릴 수 없다. 그것만은 확실히 안다. 막 지어진 2세대 주택 앞에 잠시 멈춰 서서 어찌할 바를 모르는 내 모습도 상상할 수 있다.

하지만 아마도 나는 투덜댈 것이다.

"지금은 아직 아버지도 어머니도 건강하신데……."

한숨을 쉬고 발길을 돌려 고향의 우리 집에 등을 보일 것이다. 가즈미가 보스턴으로 떠난 뒤에는 도쿄에서 미나코와 둘이 살면서 생각대로 되지 않는 일에 푸념하거나 가사 부담이 늘어난 것을 투덜거리며 가끔 고향을 생각해내고는 "뭐 아직은 괜찮으니까." 하고 스스로 위안을 삼고, 중요한 문제를 뒤로 미뤘을 뿐이라는 걸 금방 잊어버린 채 하루하루를 보내고 있을 것이다. 그리고 아버지나 어머니가 돌아가시거나 쓰러졌을 때 다시 고향의 우리 집 앞에서 잠깐 멈춰 섰을 것이다.

가능하면 형이나 누나가, 하다못해 남동생이나 여동생이 있었다면 내가 져야 할 짐도 조금은 가벼워졌을지 모른다. 난 심한 난산 끝에 태어났다. 제왕절개로 나를 낳은 어머니는 고생이 정말 심했는지 둘째를 낳을 생각조차 하지 않았다. 고집이 셌지, 하고 상복을 바라보며 웃는다. 내가 힘든 것도 생각해줬어야죠, 하고 소리를 내지 않고 중얼거린다.

남 탓 하지 마라, 화가 나면 무서운 어머니의 목소리가 어딘가에서 들리는 것 같다.


법회는 5월의 푸른 하늘 아래에서 조용히 담담하게 진행되었다.

작년 장례식 때는 갑작스런 죽음에 몇 명이나 울다 쓰러졌다. 그렇지 않은 사람은, 나도 포함해서, 슬퍼할 여유조차 없이 그저 멍할 뿐이었다. 49재에서도 독경할 때 콧물을 훌쩍거리는 소리가 여기저기에서 들려왔고, 첫 우란분盂蘭盆(아귀도에 떨어진 망령을 위해 여는 법회, 음력 칠월 보름을 앞뒤로 사흘간 여러 가지 음식을 만들어 조상이나 부처에게 공양한다—옮긴이) 때도 어머니를 추억하는 이야기를 하는 동안 몇 명이 눈물을 지었다.

하지만 오늘은 감정을 드러내는 사람이 아무도 없다. 본당에서 독경과 분향을 할 때도, 절 뒤에 있는 묘지로 가서 꽃과 향을 올리고 솔도 파를 세울 때도 이미 그것은 모두 형식적인 의식을 치르는 것에 지나지 않았다. 인간은 이렇게 잊혀져가는 것인지도 모른다.

근처 음식점으로 장소를 옮겨 점심을 먹었다.

아버지의 짧은 인사가 끝나자 헌배獻杯의 맥주를 단숨에 들이켠 마사오 외삼촌이 큰 목소리로 "자, 매부도 누님이 돌아가셔서 외롭겠지만, 그 대신 요지네가 돌아왔으니 이제 안심하고 쉬서도 되겠습니다." 하고 말했다.

주위 친척들도 수긍하는 표정으로 고개를 끄덕이고 내게 "참말로 잘 돌아왔다." 하고 합장하듯 손을 모으는 사람까지 있었다. 자세한 사정을 모르는 사람은 가즈미에게도 "시골 생활이 힘든 것도 많지만 금방 익숙해질 기다." 하고 말했지만, 가즈미는 당황하거나 거북한 기색을 드러내지 않고 간살스런 웃음으로 대답했다.

아버지는 아무 말씀이 없다. 정말로 무뚝뚝한 사람이다. 단순히 말 수가 적은 것이 아니라, 자신의 주변에 대해서는 거의 관심이 없는 게 아닐까 하고 생각될 정도다.

이럴 때 나설 어머니는 안 계신다. 친척들 상대는 '장남'과 '며느리'가 물려받아야 한다. 아니 나와 가즈미뿐만 아니라 "앉아서 밥 먹으면 좋을 텐데." 하고 말한 미나코까지 식당을 돌아다니며 처음 보는 가까운 친척들에게 먼저 "많이 드세요." 하고 인사하고 맥주까지 따른다. 가즈미도 그것을 보고 당황한 모습이었지만 새삼스럽게 그렇게 하지 말라고 말리지는 않는다.

친척들은 미나코의 어른스런 행동거지에 재미있어 하면서 자꾸 말을 걸고 "미나코, 이리 좀 오련." 하고 부르기도 한다. 덕분에 나와 가즈미는 쓸데없는 질문이나 충고를 듣지 않을 수 있었지만 다른 자리에서 웃음소리가 울려 퍼질 때마다 내 표정은 굳어진다. 아직 초등학교 6학년인 딸에게 이런 신세를 지고 있는 나 자신이 답답했다.

취기가 한 바퀴 돌 즈음 누군가가 미나코에게 말했다.

"미나코, 스오 좋나? 인정이 많은 고장이니께 금방 익숙해질 기다."

미나코는 잠깐 말이 막혀 우물거렸지만 바로 만면에 웃음을 띠었다.

"네, 저 스오가 정말 좋아요."

"도쿄랑 어디가 좋나?"

"스오요."

옆에서 듣고 있던 친척들이 와하고 열광했다. 미나코도 즐거운 듯 맥주병을 손에 들고 "더 드세요." 하고 잔을 채운다.

더 앉아 있을 수가 없었다. 그런 건 하지 않아도 되고, 저런 말도 하지 않아도 된다. 좀 더 아이답게 부모를 조마조마하게 하고, 때로는 어른들로부터 빈축을 살 만한 속마음을 솔직하게 털어놔도 된다. 옛날, 도쿄에 있을 때의 미나코는 그런 아이였다.

이번엔 마사오 외삼촌의 탁한 목소리가 식당에 울려 퍼졌다.

"질부, 잠깐 이쪽으로 와 앉아봐라."

다른 친척의 수다에 대응하고 있던 가즈미는 어쩔 수 없이 마사오 외삼촌 앞에 앉았다.

"외숙부님, 술 한 잔 드릴까요?"

술병을 들자 마사오 외삼촌은 "외숙부님? 대핵교 선상님이라 역시 고상하시구먼." 하고 차갑게 웃었다. 눈이 한곳에 고정되어 있다. 옆에 있던 하루에 외숙모가 부랴부랴 "여보, 차 드시려우?" 하고 한마디 끼어들었지만, 외삼촌은 아랑곳 않고 말을 이었다.

"봐라, 질부, 니 시방 미국에 있지? 언제까지 거기 있을 기고?"

"……여름까지입니다."

"그 후에는 우짤 기고? 스오에 돌아올 기가? 함 말해봐라, 니 대를 이을 맏며느리 아이가."

"네……."

"자기 처지는 잘 알고 있을 기다, 니는 머리가 좋으니께."

수습하려던 하루에 외숙모의 말은 "그런 건 시방 말 안 혀도……."에서 끝났다.

아버지가 갑자기 일어섰던 것이다.

식당 안이 조용해지고, 아버지는 말없이 마사오 외삼촌 쪽을 향해 걸어가기 시작했다. 몸은 결코 크지 않지만 나이를 먹어도 40년 이상 조선소에서 힘쓰는 일을 계속해온 아버지의 몸놀림에는 화이트칼라의 사람에게선 볼 수 없는 위압감이 흐르고 있다. 마사오 외삼촌도 기가 눌린 듯 거북한 표정을 지었다.

"아가야, 여긴 됐다, 저쪽으로 가봐라."

아버지는 불쑥 말하고 가즈미 대신 외삼촌 앞에 앉았다.

"자아, 한잔하지."

아버지는 술병을 들고 외삼촌의 잔에 술을 따랐다. 외삼촌은 굳은 표정으로 술을 받는다.

"처남, 오랜만에 옛날이야기나 할까?"

"네?"

"우리도 나이가 꽤 들었네 그려. 정신 제대로 박혀 있을 때 젊었을 때 이야기나 하자고."

농담 따위를 하지 않는 사람인데. 분위기를 돋우는 일 따위 생각하지 않는 사람이었는데.

아버지는 "봐라, 처남, 기억하나?" 하고 내가 아직 태어나기 전의 이야기를 하기 시작했다. 하루에 외숙모가 분위기를 제대로 읽고 "참말이요?" "워매, 그런 일이 있었다요?" 하고 과장된 추임새를 넣자 마침내 식당 안에도 이야기 소리와 웃음소리가 돌아왔다.

아버지는 그 후에도 외삼촌 앞에서 떠나지 않았다. 많이 말했다. 많이 웃었다. 마사오 외삼촌도 사고방식이 고루하고 술버릇이 나쁘지만 결코 나쁜 사람은 아니다. 마지막엔 "그립구먼, 그리워." 하고 혀 꼬인 목소리로 같은 말을 되풀이하고 "누님도 고생 많았지, 쪼매만 더 살았으면 얼마나 좋아……." 하고 글썽였다.

슬슬 파장할 즈음 아버지는 이런 말도 했다.

"마사오 니 발이 넓으니까 좀 가르쳐줘라."

"네, 뭐다요?" 하고 가볍게 고개를 끄덕이고 술잔을 입으로 가져간 외삼촌은 이어지는 아버지의 말에 기가 막혔다.

아버지가 지역 노인 클럽에 들어가고 싶다고 하신다.

"난 낚시랑 바둑을 좋아하고, 그런 모임이 있으면 가보고 싶지만 어찌 신청하면 되는지, 연락할 곳이 어딘지 아무것도 모른다."

마사오 외삼촌도, 하루에 외숙모도, 주위 친척들도 어안이 벙벙했다.

"그래, 처남 아는 이 중에 부탁할 만한 사람 없나?"

"아니, 그런 사람이야 천지삐까리지만……."

"그럼 다음에 한번 소개시켜주시게."

"……소개야 언제든 하겠지만, 매부 참말로 괜찮은 거요?"

"뭔 소리여?"

"아니, 그러니까…… 매부가 그런 모임이라면 질색하지 않았소?"

그치? 하고 외숙모에게 동의를 구하자 외숙모는 "그런 클럽도 의외로 성가신 게 많지요." 하고 대답하고, 주변에 있는 친척도 그래그래, 하고 고개를 끄덕였다.

하지만 아버지는 짧게 웃고 말했다.

"좋은 것도 싫은 것도 들어가 보지 않으면 몰라."

"그야, 뭐 그렇지만……."

"어쩌면 재혼 상대를 만날지도 모르고."

그렇게 말하고 술잔에 남은 술을 맛있다는 듯 단숨에 들이켰다.

농담 따위 하지 않는, 할 수 없는 사람이었다, 정말로.


# 4

월요일 드라이브에는 아버지도 함께했다.

나가는 길에 인사치레로 "할아버지도 안 가실래요?" 하고 미나코에게 물어보게 했더니, 아버지는 읽고 계시던 조간신문을 덮고 "그럼 가볼까." 하고 말했다. 예상외의, 진심을 말하면 별로 반갑지 않은 대답이었다.

어제는 법회가 끝나고 나서 잘 때까지 미나코는 가즈미에게 딱 붙어서 떨어지지 않았다. 가즈미와 앞으로의 일에 대해 얘기할 기회가 없었다. 어쩌면 미나코는 그것을 노리고 가즈미를 혼자 독차지하고 있었는지도 모른다. 그런 것까지 꿰뚫고 있나 싶게 어쨌든 미나코는 끊임없이 재잘거렸다.

운전하고 가면서 천천히 이 기회에 미나코도 동참시켜서 얘기를 나눠볼 생각이었다. 구와바라 선배의 메일도 프린트해서 재킷 속주머니에 넣어놓았다. 그런데 아버지가 있으면 난, 가즈미나 미나코도 틀림없이 자기의 진짜 마음을 말할 자신이 없다.

목적지는 해안 국도를 두 시간 정도 달린 곳에 있는 국민휴가촌으로 정했다. 일흔 살 가까운 아버지에겐 장거리 드라이브이고, 저녁에는 공항에 가야 해서 목적지에 도착해도 놀 시간은 거의 없다. 그래도 편도 한 시간 거리 안에서 갈 만한 곳이라곤 산속의 종유동과 조몬繩文 시대 (B.C 30)의 유적과 멧돼지 마을 정도밖에 없다.

두 시간이면 비행기로 도쿄까지 넉넉하게 갈 수 있을 텐데, 하고 깨달은 것은 미나코의 "아빠 출발!"이라는 신호와 함께 집을 나와 30분쯤 달리고 나서였다.

가즈미를 보내는 김에 나와 미나코도 도쿄로 가는 방법도 있었다. 당일치기 왕복의 강행군이라도 시부야에서 쇼핑할 시간 정도는 뺄 수 있다. 미나코도 그렇게 하길 더 좋아할지도 모른다.

미나코와 가즈미는 뒷자리에 나란히 앉았다. 집을 나온 뒤로 계속 미나코 혼자 재잘거리고 있다. 교차점을 지나갈 때마다 여기를 왼쪽으로 꺾으면 어디어디로 가고, 오른쪽으로 꺾으면 어디어디에 도착한다고 설명한다. 지리에 아주 밝아졌다. 말은 표준어지만 마음만 먹으면 사투리도 쓸 수 있는 것 같다. "이렇게 말하는 거야, 음…… '뭐라 카노? 니 그딴 거 싫어하는 거 아이가?' 하고." 억양이 미묘하게 다르지만 그런 대로 합격이다.

차가 해안선으로 나오자 화제는 스오 생선이 왜 맛있느냐가 되었다.

"분명히 말해서 도쿄에서 파는 생선이라곤 참치와 오징어, 전갱이밖에 없잖아. 조려서 맛있는 생선이 있어? 나 이제 생선 맛에 완전히 눈을 떴다고. 세토나이카이의 생선은 작아. 잔가시도 많고. 그걸 말이지 연한 맛의 간장으로 지글지글 졸이면 싱싱해서 살이 포동포동 오르거든, 그럼 그 살을 젓가락 끝으로 듬뿍 집어 먹으면 맛이 정말 끝내주지."

생선뿐만이 아니다. 지역 내 작은 유업회사가 배달해주는 우유도 고소하다며 잘 마시고, 도쿄에 있을 때는 잘 먹지 못했던 생야채도 아버지가 집 정원에서 키운 토마토나 오이 등은 마요네즈나 드레싱을 뿌리지 않고도 통째 먹을 정도다. 적어도 먹을거리에 관한 한 미나코는 스오 생활에 완전히 동화되었다.

"그리고 말이지, 공기, 음, 공기가 달라, 도쿄와는. 냄새가 나. 아침엔 산 냄새, 나무와 흙과 밤이슬이 뒤섞인, 씁쓸하지만 달콤한 냄새. 낮엔 잎이 바싹바싹 마르고, 햇볕을 쬐고, 뭐랄까 광합성 심호흡이라고 할까, 산소가 진한 느낌의 냄새. 비가 오기 전에는 꼭 비 냄새가 나고, 풍향이 바뀌면 바다 냄새가 어렴풋이 흘러와. 바다 냄새는 말이지 소라 냄새랑 비슷해."

마을에 대해서는 칭찬 일색이다. 쇠락한 역전 상가와 쇼핑센터의 빈약한 구색도 할아버지를 신경 써준 것인지, 아니면 그저 우연인지 화제에 올리지는 않았다.

아버지는 조수석에서 내내 말이 없으시다. 의자에 몸을 기대고 편안하게 앉으면 될 텐데, 이상하게 등을 꼿꼿이 세운 채 창 위 손잡이를 잡고 앞을 똑바로 응시한다. "캔 맥주라도 사올까요?" 하고 말해도 "필요 없다.", "화장실에 가고 싶으면 언제든 말씀하세요." 하고 말해도 "알았다." ……정말 무뚝뚝하고 쌀쌀맞다.

이러면서 노인 클럽에 들어가 잘할 수 있겠어요? 목구멍까지 나온 말을 삼켰다. 나는 더 이상 열일고여덟 살 소년이 아니다. 아버지가 갑자기 그런 말을 꺼낸 이유가 뭔지 대충은 안다. 가즈미도 분명 눈치 챘을 것이고, 미나코 역시 민감한 아이이다.

그래서 오늘 드라이브에 아버지가 따라오지 않기를 바랐던 것이다.


오전에 국민휴가촌에 도착했다. 여름엔 해수욕객으로 북적이는 해안이지만 이맘때는 주차장에 차가 거의 없고, 평일이라 낚시꾼이나 윈드서핑을 즐기는 젊은이도 없다. 점심을 먹을 생각이었던 해변의 리조트 호텔은 휴업 중인지 착각될 정도로 한산하고, 거품 경제 시대에 오픈해서 아직 10년 정도밖엔 안 지났는데 건물 전체가 심하게 낡았다.

호텔 앞뜰에서 해안으로 이어지는 산책로를 넷이 산책했다. 미나코는 여전히 재잘거렸지만 나도 미나코도 대꾸할 말이 궁색하다. 시간은 이제 얼마 남지 않았다. 가즈미와 다시 얼굴을 마주하는 것은 여름, 그녀가 유학을 마치고 귀국할 땐데, 그때 가서 앞으로의 이야기를 하기에는 너무 늦다.

아버지와 미나코가 눈치 채지 못하도록 가즈미는 몰래 나를 돌아보고 작은 목소리로 "자세한 얘기는 메일로 해." 하고 말했다. "여기서 옥

신각신했다간 공항까지 갈 일이 걱정이니까."

나도 어쩔 수 없이 고개를 끄덕이고 다시 한동안 산책을 했다.

"봐라."

아버지가 갑자기 말을 꺼냈다. 조금 앞에서 걷고 있던 미나코를 "얘야 잠깐만." 하고 불러 세워서 "할아버지랑 해변까지 가볼래?"

"해변이면 저기 바위 밭?"

"그래, 지금은 물이 빠져서 게나 작은 물고기 같은 게 있을지도 모르겠다."

"정말이요?"

미나코는 흥분된 목소리로 말하고 나와 가즈미를 돌아보았다.

"갔다 와." 나는 말했다.

"바다에 빠지지 않도록 조심해." 하고 미나코는 웃었다.

"어? 같이 안 가?"

"아빠는 됐어, 저기 벤치에서 쉬고 있을게."

"엄마도 운동화를 신고 오지 않아서 여기서 기다릴게."

아버지는 아무 말도 없다. 우리와 눈도 마주치지 않고 어제보다는 구름이 조금 늘어난 하늘을 올려다보고 있다.

처음엔 불만스런 표정을 짓고 있던 미나코도 그렇겠네, 하고 수긍하듯 웃으면서 고개를 끄덕이고 "그럼, 할아버지 우리 둘만 가요." 하고 아버지의 팔짱을 끼었다. 아버지는 순간 당황하며 팔을 움츠리더니 아주 쑥스러운 표정을 지었다. 그래도 팔을 뿌리치려고는 하지 않고 "빨리 빨리요." 하고 미나코에게 재촉당하며 모래사장으로 내려가는 계단으로 향했다.

두 사람의 뒷모습을 보면서 가즈미가 말했다.

"할아버지를 꽤 잘 따르네."

"사람이 그리운 아이라 상대가 누구든 마찬가지야."

"그래도 역시 할아버지라 마음이 맞는 거 아니겠어?"

"그런 게 아니래도."

짧은 대화 뒤에 우리는 얼굴을 마주보고 누가 먼저랄 것 없이 쓴웃음을 지었다. 얄궂다. 도쿄에 돌아가는 것밖에 생각하지 않는 가즈미가 아버지를 편들고, 스오에 남는 것을 마음 한구석에서 버리지 못하는 내가 아버지에게 매정하다. 우리는 서로 이상한 방식으로 배려심이 깊은 것일까.

근처에 있는 벤치에 나란히 앉았다. 모래사장을 천천히 걷는 아버지와 미나코를 바라보는 모양새가 되었다. 가즈미는 흘낏 시계를 보고 나는 담배에 불을 붙인다.

먼저 입을 연 것은 가즈미 쪽이었다.

"……결정해야지."

난 담배 연기를 내뿜고 "어제 아버지의 말씀 어떻게 생각해?" 하고 물었다.

"아버님은 이미 각오가 되신 것 같던데. 앞으로는 혼자 사는 걸로."

"……그런가."

"솔직히 기뻤어. 스오에 돌아오지 않아도 돼서가 아니라 아버님이 스스로 자신의 생활이랄까, 노후랄까, 그런 것을 책임지려고 하셔서. 다시 봤어, 어제. 아주 멋져 보이셨어."

"책임질 수 있을까."

"책임지지 않으면 안 되잖아. 염치없는 말로 들릴지도 모르겠지만, 나뿐만 아니라 당신이나 미나코의 인생도 있어. 아버님을 모시기 위해 무언가를 포기하거나 버린다는 건 역시 아니라고 봐. 아버님도 그런 건 오히려 싫어하실 거라고 생각하지 않아? 어머님이 2세대 주택으로 개축한 마음도 모르는 건 아니지만, 가족이라는 모양을 만들기 위해 아들이나 며느리나 손자의 인생을 바꾼다는 건, 그건 아니라고 봐. 너무 의존적이야, 어리광이고 부모의 에고라고 생각해."

단숨에 말한 가즈미의 말이 '염치없는 말'로 들렸다. 왜일까. 모른다. 이성으로는 가즈미의 말이 옳다고 생각하고 확실하게 말해줘서 안심이 되는 것도 분명하지만, 왠지 수긍이 가지 않는다.

이야기가 끊겼다. 난 파도가 치는 해안가로 눈길을 돌리고 옛날 일을 떠올렸다. 초등학생 때, 몇 학년 때인지는 모르지만 가족끼리 이 해안으로 해수욕을 하러 온 적이 있었다. 지금 호텔이 있는 곳에는 민박집이 몇 채 있었다. 산책로는 없었다. 판잣집을 겨우 모면한 바다의 집(해수욕을 위한 숙박시설, 또는 해수욕객을 위해 마련한 휴게소—옮긴이)이 있고, 판자를 댄 객실에서 빙수를 먹었다. 바다의 집은 북적였다. 어린이회인지 뭔지 단체 손님도 있었고, 가족 동반도 많았다. 부모에 아이 하나인 3인 가족은 없었다. 확실히 기억한다. 형제가 서로 쫓아다니기도 하고 튜브를 바꾸기도 하는 아이들이 부러웠다. 단체손님의 시끌벅적함에 주눅 든 것처럼 우리는 객실 구석의 4인용 테이블에서 말없이 빙수를 먹었다. 도중에 점원이 다가와 하나 남은 의자를 다른 테이블로 가져갔다. 그때 우린 작은 가족이구나, 하고 생각했다. 4인용 자리를 채울 수조차 없는 가족이구나, 하고 생각했던 것이다.

"외동이라는 건 역시 손해야……."

"그런 얘기가 이제 와서 무슨 소용이야?"

"아버지나 어머니한테 자식은 나밖에 없어."

가즈미가 초조한 표정으로 바뀐 것을 낌새로 알았다.

"나한테도 남편은 당신밖에 없어. 미나코에게 아빠도 당신뿐이야. 아이가 자라 집을 나가고 결혼해서 가정을 이룬다는 것이 그런 거 아냐?"

"……알아."

"아버님께 도쿄로 오시라고 할까? 난 그게 제일 합리적이라고 생각하는데."

또 '염치없는 말'로 들린다.

가즈미의 친정은 요코하마의 뉴타운에 있다. 자연이 적당히 남아 있고, 생활에도 편리한 도시다. 부모님은 건재하고, 오빠 둘 중 한 명은 같은 요코하마 시내, 다른 한 명은 도쿄에 살고 있어서 한 시간 안에 부모님께 달려갈 수 있다. 합리적인 고향이라 할 수 있으리라. 장인은 야마나시의 농가에서 셋째로 태어났다. 비합리적인 고향을 버리고 부모를 큰형에게 맡기고 상경한 사람이다. 조용하고 온화한 인품의 장인이 지금 정말 짧은 순간 싫어졌다.

난 벤치에 앉은 채 기지개를 켜고 억지로 웃으며 기분을 바꿔보았다.

"아버지 얘긴 됐어. 역시 미나코를 최우선으로 생각해야겠지."

"나는?"

"알았으니까, 그만 해."

가즈미는 아무 말도 하지 않는다. 나의 '알았다'는 것은 정답일 것이다.

"난 미나코는 도쿄에 돌아가게 하는 게 낫다고 봐."

"그래?"

"응…… 무조건 그게 나아."

왕따 당한 이야기를 했다. 최근엔 해결됐다는 전제를 깔고 이야기를 들은 것은 미나코에게 말하지 말라고 다짐을 두고 "이런 시골에선 중학교에 들어가도 그 녀석들이 역시 행패를 부릴 거야." 하고 이야기를 마무리 지었다.

"역시."

가즈미는 말하고 한숨을 쉬었다.

"알고 있었어?"

"자세한 것은 지금 처음 들었지만 《반지의 제왕》을 구할 때부터 느꼈어……. 저 애 그제부터 학교 친구들 이야기를 거의 하지 않았어. 도쿄에 있었을 때는 사흘이면 반 아이들 전원의 이름이 등장했을 텐데 말이지."

그리고, 하고 가즈미는 덧붙였다.

"역시라고 한 것은 그런 의미가 아니야. 당신 말이야, 미나코가 비밀로 해달랬다고 그걸 순순히 들어줘? 이해심이 너무 넘쳐."

"……어쩔 수 없잖아. 미나코에게도 자존심이 있으니까."

"숨겨주는 게 자존심이야?"

"저 앤 당신이 걱정하는 걸 원치 않았어."

"미나코의 기분은 됐어, 나도 아니까. 내가 말하고 싶은 것은 당신이 뭘 하고 싶었느냐는 거야. 미나코의 자존심을 지킨다? 그게 제일 중요한 거야?"

대꾸할 말이 없었다. 모래사장에서 미나코가 이쪽을 향해 야호! 하고 손을 흔들었다. 가즈미는 머리 위에서 손을 흔들어주고 그 손을 한숨과 함께 무릎 위로 되돌리고 말했다. "아무것도 할 수 없었잖아?" 질문이라기보다 확인하는 말투였다.

"아빠 쓸데없는 일 하지 말라고 했겠지? 걱정하지 않아도 되니까, 괜찮으니까, 하고. 그렇지? 그리고 당신은 아이에게도 아이 나름의 의지나 자존심이 있다고 스스로를 납득시키고 속으로는 조금 마음을 놓았던 거 아니야? 이런 건 당사자들끼리 해결할 수밖에 없다는 식으로 이유를 갖다 붙이고."

말에 확실히 가시가 있었다. 감정이 일시적으로 날카로워진 가시가 아니라 시간을 두고 갈고 닦인, 도망칠 곳 없는 가시였다.

"엊그제 돌아오자마자 이런 말 하는 게 내키진 않지만 도쿄에 있었을 때는 당신 좀 더 강한 사람이었어. 특별히 완력이라든가 강력한 리더십 같은 건 아니지만 좀 더 말이지 마음의 심지 같은 게 확고한 사람이었다고."

"……우유부단하다고 말하고 싶은 거야?"

가즈미는 조금 생각하더니 "미안하지만." 하고 고개를 끄덕였다.

"원래 나는 그런 사람이었어. 우유부단하고, 사서 고민하고. 고민하느라 앞으로 한 걸음도 나아가지 못하고……. 그게 내 성격이야."

"아니야, 그런 적 없었어, 도쿄에서는."

"감추고 있었지. 일이 바쁘고 여러모로 정신없었으니까, 속이고 있었을 뿐이야. 몰랐어? 당신 나랑 늘 같이 있어놓고."

"그런 식으로 말하지 마."

"어떤 식으로 말해도 마찬가지야."

가즈미는 또 잠시 생각하더니 말귀를 못 알아듣는 아이에게 설교하듯이 말했다.

"그럼, 그런 식으로 도망가지 마."

나도 모르게 어깨가 움찔했다.

도망가도 돼, 하고 말해준 사람이 있었다.

20년 전에 도망쳤고, 그래서 살았고, 지금 고향에 돌아온 사람이 있다.

"이왕 여기까지 말했으니 하나만 더 얘기해도 돼?"

"으응……."

"당신은 아버님 때문에 고민하고 있어. 나나 미나코 때문에도 어떻게 할지 고민하고 있고. 아까부터 계속 그런 얘기를 하고 있는 거지? 그럼 당신은 어때? 당신 자신의 마음은? 한마디도 못 들었는데, 아직."

아무 대답도 할 수 없다.

"'누군가를 위해서'라는 것은 '누구 때문에'와 뿌리는 같다고 봐."

나는 잠자코 벤치에서 일어섰다.

재킷 안주머니 안에는 구와바라 선배의 메일을 프린트한 종이가 있다. 아무 말도 할 필요 없이 그걸 가즈미에게 보여주면…… 나는 또 스스로 결정해야 할 문제를 다른 누군가에게 떠넘기려고 한다.


리조트호텔 전망 레스토랑에 들어가 창가 자리에 앉았다. 바위틈에서 말미잘을 찾은 미나코는 "그걸 봤더니 식욕이 사라졌어." 하고 말했지만 메뉴를 묻자 나폴리탄 스파게티와 과일 파르페를 별 고민 없이 주문했다. 나와 가즈미는 모처럼 바다까지 왔는데, 하고 메뉴 중에서 제일 비싼 시오사이고젠潮騷御膳(각종 해산물의 튀김, 조림, 회와 밥, 국, 디저트 등이 나오는 코스 요리 중 하나―옮긴이)을 주문하고 "난 우동이면 된다."는 아버지에게도 같은 것을 주문해드렸다. 아버지를 위해 니혼슈도 한 병 주문했다.

웨이터가 물러가자 대화가 뚝 끊겼다. 처음엔 우연하게 붕 뜬 침묵이었지만, 대화를 이을 타이밍을 놓치는 사이 조금씩 침묵이 무거워졌다. 내 맞은편에 앉은 가즈미가 뭔가 말하고 싶은 표정이었지만 목소리 대신 나오는 것은 한숨뿐이었다. 내 옆에 앉은 아버지도 가래가 걸린 기침을 생각났다는 듯 되풀이한다. 대각선 맞은편에 앉은 미나코까지 세 어른의 어색함을 눈치 챘는지 물이 담긴 컵을 멍청히 바라보고 있을 뿐이다.

가즈미가 물을 한 모금 마셨다. 망설임을 떨쳐내듯 고개를 들고 "저기 미나코⋯⋯." 하고 불렀다.

"미나코 도쿄에 돌아가지 않겠니?"

목소리의 주인공은 아버지였다.

"네?" 소리를 높인 것은 미나코 혼자였지만 나와 가즈미도 놀라서 아버지를 보았다.

"이제 스오도 지겨워졌을 테고."

미나코는 당황해서 아무 말도 못했다. 입이 꿈틀꿈틀 움직인 것은 억지로 웃으려고 했기 때문인지도 모르겠다.

아버지는 그런 미나코를 눈을 가늘게 뜨고 쳐다본다. 추궁하는 것은 아니었다. 미소 짓고 있었다. 다정하게, 정말로 지금까지 본 적이 없는 다정한 표정으로.

미나코는 아버지에게서 도망치듯 시선을 피했다. 고개를 숙이고 어깨를 움츠리고 눈을 깜빡이는 횟수가 갑자기 늘었다.

아버지는 미소를 띤 채 이번엔 나를 보았다.

"난 혼자서도 괜찮다."

"……잠깐만요."

이어서 가즈미를 본다.

"확실히 요지랑 미나코가 와 있으면 사람 사는 것 같아 좋지만, 나이를 먹고 나니 피곤하구나. 혼자 사는 게 편하고 좋다."

다시 나에게 시선을 돌린다.

"반년이나 있었으니 네 엄마도 만족하지 않았겠냐. 어쨌든 죽은 사람을 기쁘게 해줬으니 됐다. 네 엄마가 투덜투덜 불평한다면 내가 저승에 가서 사과할 테니 걱정 마라."

그리고 다시 미나코에게 아까보다 더 다정한 표정으로 말한다.

"고맙다, 미나코. 할아버진 지난 반년 동안 참 행복했다. 미나코가 자라는 것을 곁에서 지켜보면서 정말 많이 행복했다. 그리고 이제 할아버지는 괜찮다. 다시 옛날처럼 추석 때나 설 때 와주면 그걸로 충분하단다."

미나코는 고개를 들지 않았다.

아버지는 무거운 분위기를 확 무너뜨리고 "이런 곳에서 할 얘기가 아니었구나 그래." 하고 웃는다.

나도, 가즈미도, 아버지처럼 웃어 보일 수가 없었다.

웨이터가 요리를 가져왔다. 아버지는 시오사이고젠에 딸려 나온 디저트인 딸기를 미나코의 나폴리탄 접시에 옮겨놓고 술잔에 따른 술을 한 모금 마셨다.

"특별히 지금 당장 결정하란 말은 아니다……."

중얼거리듯 말하고 휴우 숨을 내쉰다.

미나코가 얼굴을 들었다.

"할아버지……." 가늘고 울먹이는 목소리였다. "혼자 사는 게 좋아? 나나 아빠가 없는 게 좋아?"

아버지는 작게 고개를 흔들고 술을 마신다.

"……저렇게 넓은 집에서 외톨이로 괜찮아?"

아버지는 말없이 술을 마신다.

"미나코."

내가 말했다. 생각보다 먼저 말이 나왔다.

"외톨이랑 혼자 사는 건 달라." 이것도 생각보다 먼저.

미나코는 어떻게? 라고는 되묻지 않았다.

"할아버진 혼자 살게 되어도 외톨이가 되는 건 아니야. 도쿄와 스오는 멀지만 아빠도 있고 엄마도 있고 미나코도 있어. 할아버지는 외톨이가 아닌 거야."

아버지는 말없이 술을 마신다.

술잔이 비었다. 술병에 손을 뻗는 가즈미를 말리고 내가 술을 따랐다.

"여름이 되면 도쿄로 돌아갈 거예요."

"그래……."

"하고 싶은 일이 있어요."

아버지는 고개를 끄덕였다. 아무 말도 않고 몇 번이나 음미하듯 고개를 끄덕였다.

# 1

6월이 되자마자 자와 옹은 대학병원에 입원했다. 본인에게는 병명을 구체적으로 알려주지 않았지만 의사가 집에 돌아갈 일은 없을 것이라고 가족들에게 말했다고 한다.

OB회 멤버가, 이런 점이 '슈코다움'이라는 것일까, 졸업년도가 오래된 순서대로 매일 몇 명씩 병문안을 갔다. 처음 예정으로는 우리 기수가 병원에 가는 게 6월 말쯤이었지만 중순이 지나 순서가 당겨졌다고 연락이 왔다.

자와 옹의 병세는 예상 이상으로 악화되어서 모르핀 등을 쓰는 종말의료를 시행하는 편이 나은 단계까지 와 있었다. 치매도 진행되어서 이제 가족도 거의 알아보지 못한다.

그래서 우리 순서가 당겨진 것이다.

"자와 옹의 머릿속에서 우린 고시엔에 출전한 거다. 개회식 입장 행진도 정말로 보고 온 것처럼 떠들어보자고."

진노는 병원으로 가는 차 안에서 말했다. 조수석의 나도, 뒷좌석의 가메야마도 깊이 한숨을 쉰다. 사람의 기억이라는 것은 슬프고, 또 아름다운 것이구나 하고 생각한다.

"자와 옹은 고시엔의 알프스스탠드에 있었지 아마."

내가 말하자 도시락을 무릎에 안고 있던 가메야마도 "그려, 있었지 있었어. 하카마袴(일본 옷의 겉에 입는 주름 잡힌 하의, 지금은 하오리와 함께 예복으로 입음―옮긴이)에 일장기 부채를 흔들고 있었다." 하고 거의 울상이 되어 말한다. 도시락 안에는 '가메 씨' 특제 햄버그스테이크가 들어 있다. 방금 만든 것이다. 가게로 데리러 온 우리를 기다리게 해놓고 마지막까지 주방에서 데미그라스소스를 만들었다. 맛을 보았더니 지금까지 먹었던 것 중에서 가장 맛있었다. 인사말이 아니다. 하지만 빈정대는 말이긴 했다. 이번 달로 가메야마는 가게를 정리한다.

"OB회 사람이 병문안 가면 고시엔 얘기만 하라더라. 자와 옹이 억수로 좋아한다고."

"그게 아니다…… 억수로 분한 거지."

콧물을 닦으면서 말한 가메야마는 조수석으로 몸을 내밀고 가게를 나오기 전에도 했던 말을 다시 한다.

"봐라, 요지. 교코는 진짜 안 오나?"

"응, 안 온대."

"오늘은 멀리 가지도 않았다 아이가. 여기서 가면 교코 회사에 금방 닿을 기다. 전화 한 번 다시 넣어봐라."

"……변함없대, 몇 번을 말해도."

진노에게 연락을 받고 바로 교코에게 전화했다. 자와 옹을 만나려면 오늘이 마지막 기회가 된다. 몇 번이나 말했다. 끈질길 정도로 되풀이했다. 하지만 교코는 가지 않겠다고 했다. 건강할 때의 자와 옹만 추억 속에 남겨두고 싶다고.

"난 교코의 기분을 알 것 같다." 진노가 말했다.

"오사무도 자와 옹도 교코의 기억 속에서는 그때 그대로 남아 있는 거야. 그래도 되지 뭐." 하고 나도 말한다.

가메야마는 혀를 차며 의자에 등을 기댔다.

"그카믄 내도 교코를 만나지 않는 게 낫겠다. 고교 시절의 멋진 가메야마로 기억해주는 게 좋으니께……. 지금은 망한 양식집 주인이다 아이가."

"나도." 진노는 쓴웃음을 지었다. "머리가 이렇게 벗겨진 걸 보여줘야 되니, 쪽팔려서 원."

난 어떨까. 슈코의 에이스로 교코의 기억에 남는 게 나았을까.

"너희들 교코랑 만난 걸 후회하는 거야?"

대답은 없었다.

"난 만나서 좋았는데."

조금 사이를 두고 진노가 "그거야 당연한 거 아냐? 나도 좋다." 하고 화난 목소리로 말했다. "좋지 않을 리가 있나, 이 문디 자슥아." 하고 가메야마에게는 뒤통수를 맞았다.

교코를 만나서 좋았다.

오사무를 다시 만날 수 없는 게 안타까웠다.

건강할 때의 자와 옹을 만날 수 없는 것이 서글펐다.

하지만 오사무도 자와 옹도 교코의 추억 속에는 확실히 존재한다. 그 무렵의 우리들 모습도. 기억은 컴퓨터 데이터의 덮어쓰기와는 다르다. 교코는 결코 잊지 않을 것이다.

"이제 고시엔 시합에 대해 입을 맞춰야겠네······."

진노의 한마디를 계기로 우리는 변변찮은 거짓말쟁이가 되기 위한 준비에 들어갔다.

그해 여름 우리는 고시엔에서 어떻게 싸웠을까.

"1회전 탈락으로 될까, 정말로?"

"응, 다로 씨도 그리 해달라고 했다 아이가."

자와 옹은 고시엔 시합을 기억하지 못한다. 이겼는지 졌는지도 잘 모른다. 단지 '요지는 잘 던졌다.' '진노 등은 잘 싸웠다.'고 한 사람에 대해서만 반복할 뿐이라고 한다.

"그카믄 우승까지는 아니라도 8강 진출 정도는 얘기를 맹글어도 안 되겠나. 참말이지 어수룩한 건지, 조심스러운 건지 모르겠네."

투덜거리던 가메야마가 결국 시합의 줄거리를 거의 다 혼자서 만들었다.

1대 2의 석패.

"아까웠지. 처음 1점은 어쩔 수 없었지만, 결승점은 불규칙 바운드로 내준 점수다. 봐라 이 정도면 니 면도 서지 않겠나."

슈코의 유일한 득점은 이런 식으로 만들어졌다.

"먼저 내가 안타로 나가는 기다. 그걸 진부가 2루로 보내고. 멋진 번트였다, 진부."

"······타순이 전혀 안 맞다."

"짜잘한 건 말하지 마라. 어차피 옛날이야기 아이가. 그리고 오사무가 안타를 친 기다. 1, 2루 간을 라이너로 가르는 클린히트. 너무 잘 맞아서 홈은 무리였지만 내가 전력으로 달려서 헤드슬라이딩, 세이프! 슈코 대망의 1점! 동점 획득! 그리고…… 오사무는 1루 베이스 위에서 승리의 포즈를 취하고 만면에 웃음을 띤다, 참말로 잘 쳤다, 오사무…… 자와 옹은 스탠드에서 덩실덩실 춤을 추고, 보인다, 나 진짜로 그게 보인다……."

자와 옹의 눈은 이미 아무것도 보고 있지 않았다. 주삿바늘과 배설용 튜브를 꽂고 산소흡입 마스크를 쓰고 잿빛으로 탁해진 눈을 천천히 깜박인다.

"아버지 진노 군 일행이 왔어요. 가메야마 군과 시미즈 군도 함께 병문안 왔어요."

다로 씨가 귓전에 대고 이야기하자 주름과 검버섯으로 뒤덮인 자와 옹의 얼굴이 아주 살짝 움직이고, 목이 그르렁 소리를 냈다.

"목이 갔네, 가래가 끓는 것 같아. 슈코를 응원한다고 그렇게 소리를 질렀으니 목이 갈 만도 하지……."

다로 씨는 백탕을 넣은 주전자 모양의 그릇을 자와 옹의 입술에 대고 입술이 축축해질 정도로 백탕을 떨어뜨렸다.

"진노 군, 모처럼 왔는데 고시엔 이야기 좀 들려줄 수 있겠나. 아버지가 이젠 말씀은 못하시지만 귀는 들을 수 있으니 고시엔에서 자네들이 활약했던 얘기 좀 들려주게."

우리는 번갈아가며 고시엔 이야기를 했다.

나는 고시엔의 마운드에서 마지막까지 혼자 완투했고, 진노는 도루를 두 번 성공했다. 가메야마는 3안타를 쳤고, 오사무가 적시타를 쳤다.

연주 238

모두 잘 싸웠다. 먼 꿈인 고시엔에서 슈코는 최선을 다해 싸웠다. 시합이 끝난 후 자와 옹도 말해주었다. "잘 싸웠다, 잘 싸웠어." 싸울 기회조차 빼앗겨버린 우리들에게 몇 번이나 위로의 말을 해주었다.

중간부터 자와 옹은 꾸벅꾸벅 졸기 시작했지만 우리는 우리 자신을 위해 환상 속 고시엔의 분투를 이야기했다. 자와 옹이 기억에 새겨 넣은 채 돌아가시기만 하면 된다. 우리는 지금 이야기를 더 이상 누구에게도 말하지 않을 것이다.

이야기가 끝났을 때는 나도 진노도 가메야마도 눈이 축축하게 젖었다.

다로 씨는 잠든 자와 옹의 이불을 정리하고 "잠깐 기다려보게, 전할 게 있으니까." 하고 수납장을 열었다.

꺼낸 것은 새 야구공이었다.

"이건 아버지가 입원하기 전에 슈코 야구부에 전해주라고 하신 거네. 더 이상 응원하러 갈 수 없다고, 고작 이것밖에, 라며……."

공에는 가볍게 떨리는 사인펜 글씨로 '열구'라 쓰여 있었다.

"진노 군, 이 공을 야구부 부적으로 삼아줄 수 있겠나. 아버지가 어렵게 쓰신 거네……. 내가 공을 사다 드렸고…… 못 말리겠어, 정말……."

진노는 '열구' 글자를 뚫어져라 보고 나서 가메야마에게 건넸다.

가메야마는 공에 떨어진 눈물을 손가락 끝으로 슬쩍 닦아내고 나에게 건네준다.

가만히 '열구'와 마주한다. 공을 꽉 쥔다. '열구' 글자가, 자와 옹에 대한 추억이 천천히 흔들린다.

한 달 후면 지역 예선이 시작된다.

그라운드에 서지 못하고 고교 야구를 끝낸 우리들에게 그것이 21년 만의 마지막 시합이라고 결정했다.


# 2 ᶜ


—도쿄는 마른장마 예보로 여름 물 부족이 걱정이야.

구와바라 선배에게 받은 메일의 첫 줄을 읽었을 때 "정말······?" 하고 한숨 섞인 혼잣말이 새어나왔다. 눈을 창 쪽으로 돌리고 다시 한 번 한숨을 쉰다.

도쿄에서 서쪽으로 900킬로미터 가까이 떨어진 이 마을은 내내 비다. 납빛 구름이 낮게 깔린 하늘을 동쪽으로 거슬러 가면 화창하게 갠 푸른 하늘이 펼쳐져 있다는 것이 왠지 거짓말처럼 들린다.

격렬하진 않지만 그래도 습기를 머금은 축축한 비가 아침부터 계속 내리고 있다. 어제도 그랬다. 그제도 그랬고, *그끄*제도. 아마 내일도 모레도, 이런 날씨가 이어질 것이다.

이 지역은 장마가 도쿄보다 일주일쯤 빨리 시작된다. 기온도 습도도 높다. 후텁지근해서 잠을 못 이루는 밤이 이어진다. 미나코가 "아빠, 스오는 아열대 지방이야?" 하고 투덜댄 게 며칠 전 일이다.

실제로 혼슈의 서쪽 끝에 가까운 이 지방은 규슈와 시코쿠가 방패처럼 가로막고 있는 덕에 태풍 피해를 받는 일이 거의 없지만, 대신 장마 전선이 한번 자리 잡으면 떠날 때까지의 시간이 길다. 몇 년에 한 번 꼴로 6월이나 7월에 집중호우가 내리는데, 초등학교 4학년 때는 토사 붕 괴로 철도가 한동안 불통될 정도였다. 올해는 어쩌면 오랜만에 그런 피해가 날지도 모르겠다.

컴퓨터 화면으로 눈을 돌리고 구와바라 선배의 메일을 읽어 나갔다.

─어제 메일은 너무 반가웠다. 고군분투의 고전이 이어지고 있던 터라 천군만마를 얻은 듯한 기분이었어. / ……이런, 불안하게 하면 안 되는데(웃음). / 괜찮아, 창간 제로호는 모든 게 순조롭게 진행되고 있어. 수입 외의 문제는 '나를 믿어달라'고밖에 말할 수 없지만, 너를 불러오는 데 부족함이 없도록 만반의 준비를 다 해놓을게. / 정식 진행을 위해 구체적인 내용 설명이 필요하면 그쪽에 물어볼 수도 있어. 혹은 네가 상경할 기회가 있다면 한번 밥이나 먹자고.

받은 편지함에서 보관용 폴더로 옮겼다.

목록이 표시된 폴더에는 지난 일주일 동안 10통 이상 도착한 가즈미의 메일도 보관되어 있다. 보낸 편지함에는 좀 더 많은 메일이 들어 있다.

근황 보고도 아니고 추억 이야기도 아닌, 앞으로의 일이 고작 우리가 주고받는 메일의 화제였다.

가즈미가 유학을 마치고 귀국하는 것은 미나코의 여름방학이 시작될 무렵이다. 그때 맞춰 스오 생활을 정리한다 해도 도쿄에서 아파트를 찾는 데 어영부영하다가는 바로 2학기가 시작되어버린다. 인터넷을 통해 물건을 검색해도 조건에 맞는 것은 좀처럼 찾을 수 없었다.

"아빠만이라도 이삼 일 도쿄에 가서 찬찬히 찾아보는 게 낫지 않아?"

미나코의 말에 구와바라 선배의 일도 있고 해서 역시 상경해서 일을 매듭짓고 싶은 생각도 들었다.

하지만 나는 도쿄에는 가지 않는다.

아래층에서 아버지가 거실 문을 여는 소리가 들렸다. 거실에서 화장실까지 그리 길지 않은 복도를 걸어가는 슬리퍼 소리가 아무래도 어색한 리듬이었다. 조선소의 노동일을 오랫동안 해온 탓에 비가 오래 이어지면 무릎이 아프다고 한다. 물이 고여 있는지도 모른다. 의사에게 한번 진찰을 받아보시라고 해도 아버지는 "괜찮다, 괜찮아." 하고 대답할 뿐이고, 좀 더 끈질기게 말하면 "무릎이 아파서 죽은 사람 봤나?" 하고 역정을 내신다.

도쿄의 쾌청한 하늘을 떠올리면서 나는 창밖에서 여전히 쏟아지고 있는 비를 바라본다.

하루라도 더 아버지와 같은 지붕 아래에서 보내고 싶다, 고 생각한다.


비가 내린다.

오늘도 아침부터 비.

슈코 그라운드는 이제 물웅덩이와 구분할 수 없을 정도다. 얕고 거대한 연못이 펼쳐져 있는 것 같다. 날씨가 개 지면의 물이 말라도 야구공이 제대로 튀고, 제대로 구르게 되기까지는 며칠이나 걸릴 것이다. 아니 그전에 언제 하늘이 갤지조차 모른다.

지역 예선까지는 앞으로 3주일. 공에 대한 감을 잃지 않도록 체육관 안에서 캐치볼 정도는 시키고 싶었지만, 비오는 날은 연습을 쉰다는 부원총회의 결의는 절대적인 것 같다.


비, 비, 비…… 흐린 후 비, 비, 비, 비온 후 흐림…… 흐린 후 비, 비, 비, 흐린 후 비…….


연구

줄기차게 비가 내리는 동안 몇 가지 사건이 내 앞을 지나갔다.

가메야마는 '가메 씨'를 정리했다. 마지막 날엔 옛날 친구들을 모아 술을 진탕 퍼마시는 자포자기 파티를 열겠다고 가메야마가 말했지만 직전에 "그딴 거 열어봤자 허무할 뿐이지……." 하고 중지를 알려왔다. 나도, 아마 진노도 그 편이 나을 거라고 생각했다. 청춘 드라마의 최종회라면 그런 야단법석이 어울릴지 모르겠지만, 우리는 이미 '청춘'이라는 말로는 치장할 수 없는 날들을 살고 있다.

진노의 부인은 집에 돌아왔다.

"한바탕 실력행사를 하고 마누라가 단단히 벼르고 있으니까 할머니나 아버지, 어머니는 하고 싶은 말도 마음대로 못하더라고."

진노는 우습다는 듯 웃었다.

나는, 그러면 네가 중간에 서서 힘들겠다고는 말하지 않았다.

부인이 집을 나가 있는 동안 머리카락은 더 줄어들었고, 얼마 남지 않은 머리카락도 대부분 하얘진 것처럼 보인다. 그래도 난 아무 말도 하지 않았다.

가즈미에게서 오랜만에 급한 용무는 아닌 메일이 왔다.

―아파트를 정리할 준비를 하다가 문득 생각난 것이 있어서 메일 보내. / 5월에 귀국했을 때 당신한테 좀 심하게 말했어. / 지금 생각해보니 몹시 후회되고, 반성하고 있어. / 당신이 스오에 돌아가 우유부단해진 것이 아니라는 걸 깨달았어. / 우유부단해진 게 아니라 정이 많아진 거지. / 쑥스럽겠나? / 하지만 정이 많아져서 괴로워진 건 아닌가 하는 생각이 들어. 정이 많은 사람일수록 어찌할 바를 몰라 방황하는 일이 많은 게 아닐까, 하고. / '정이 많다'는 건 어수룩한 사람이라는 뜻도

되잖아? / 이렇게 말하는 나도 이삿짐을 싸면서 왠지 정이라는 마음으로 일본을 생각하게 되네. 일본에 돌아가서 작년 여름까지의 생활로 돌아가도 아마 여러 가지 일에 대해 정을 갖고 대하게 될 것 같은 생각이 들어. / 이상하네. 보스턴에 처음 왔을 때는 이쪽 생활과 비교할 때마다 일본의 싫은 점이 먼저 생각나서 화가 치밀었는데. / '돌아가는' 덕분인지도 몰라. / 집이든 뭐든 사람은 '돌아가면' 정이 많아지는 것인지도 모르겠어. / '돌아가기' 위해서는 일단 '나가는' 것이 필요해. / 당신은 스오에서 나간 후 돌아갈 곳이 있어. 나도 보스턴에서 나간 후 일본으로 돌아갈 수 있어. / 그리고 모두 도쿄로 돌아가겠지. / 스오에도 '돌아가고' 도쿄에도 '돌아간다'. / 이거 모순 아닌가? / 내가 지금 무슨 말을 하고 있는 거야? / 어쨌든 그때 했던 폭언은 잊어줘. / 그런데 아파트는 구했어? 분에 넘치는 말 같지만 여름 중에는 정해야 할 거야. 이런 상황에서 '우유부단'이라는 말을 쓰는 거지. / 그렇지?

고개를 갸웃하고 열없이 웃으면서 몇 번이나 다시 읽었다.

가즈미라면 '나간다'와 '도망간다'의 차이에 대해서도 잘 설명해줄 것 같은 기분이 들었지만 그건 내가 생각해야 할 문제라고 생각을 고쳐먹었다.

그리고 비오는 날 아침 휴대전화가 울었다.

착신음에 잠에서 깼다. 베갯맡의 시계를 보니 아직 7시였다.

"여보세요? 미안, 잤어?"

오랜만에 듣는 교코의 목소리가 잠에서 깬 귓전을 곧장 찌르고 가슴으로 파고들었다.

교코는 오사카에서 전화를 했다. 짐을 다 내리고 이제부터 잠을 좀 자려던 참이었다고 한다. "오사카 야간행은 대타 정도로 생각하고 있었는데 어느새 선발이 되고 말았어." 말만큼 싫지만은 않은 목소리로 말하고, "숙박비로 고타이한테 스파이크나 사다 줄까?" 하고 웃는다.

"스파이크는 내가 사줄게. 봄에 그렇게 약속했어."

"……이별 선물?"

알고 있었구나, 하고 나는 말없이 쓴웃음을 지었다.

고타이에게 들었나 보다. 미나코가 전학 간다고 하니 못내 서운한 모양이다.

"그걸로 놀렸더니 애가 바로 화를 내더라고…… 미나코를 좋아했나 봐."

"미나코도 그래."

"정말?"

"아마…… 그 녀석도 그런 말 하면 화낼걸."

첫사랑 상대? 도쿄에 돌아가면 앞으로 많은 남자아이를 만나고, 사랑을 하고, 수없이 '안녕'을 말하기도 듣기도 할 텐데, 이 마을에서 다시 고타이를 만나면 그때 미나코는 무슨 생각을 할까.

"고타이가 중학교에 들어가면 오사무 묘지에 데리고 갈 생각이야. 아들에게 할 말이 아닐지도 모르지만 오사무에 관한 건 모두 말해주려고."

"엄마는 야구부 모두의 아이돌이었다는 것도?"

교코는 웃음으로 받아넘기고 "도쿄로 이사 가기 전에 언제 한번 고타이한테 코치 좀 해줄래?" 하고 물었다.

"응…… 장마 끝나면."

"배팅을 봐달라고 하니까 그대로 해줘. 요지 아저씨가 던지는 공, 홈 런으로 날려버린다고 자신만만해하고 있어."

"정말로 맞을지도 몰라."

"무슨 소리야? 슈코의 에이스께서. 좀 더 정신 바짝 차리라고."

"내가 가고 난 후에는 가메가 코치를 해준다고 했어. OB 모두가 장 래의 에이스를 키우는 거지."

공부는 내가 가르쳐주지 뭐, 하고 진노도 말했다.

"고타이가 에이스가 되면 이번에야말로 고시엔에 가야지."

"만약 그렇게 된다면 요지 너도 도쿄에서 응원하러 올 거지?"

"회사에서 잘려도 갈 거야."

"고시엔이니까 뭐."

"그래…… 고시엔이니까."

먼 저편의 꿈이라도 좋다. 실제로는 가지 못해도 상관없다. 고시엔이 있다. 확실히 그곳에 있다. 그걸 믿을 수 있다는 것만으로도 좋았다.

전화를 끊자 미나코의 방에서 알람 소리가 들리고 바로 멎었다. 나 는 자리에서 일어나 창을 열었다. 여전히 이어지고 있는 빗소리와 습기 를 잔뜩 머금은 초목과 흙 냄새가 방으로 흘러들어온다.

복도로 나가니 미나코의 방문도 천천히 열렸다.

파자마 차림의 미나코가 "아빠 안녕?" 하고 졸린 얼굴과 목소리로 말한다.

"응, 잘 잤어? 금방 아침밥 할게."

"오늘도 파이팅." 하고 미나코는 웃었다.

7월이 되기를 기다렸다는 듯이 오랜만에 비가 그쳤다.

하지만 야구부 연습은 쉰다. 그라운드를 쓸 수 없을 때는 연습 중지, 부원총회에서 그렇게 결정했다.

흐린 날이 이틀 이어지고, 이제는 괜찮겠지 하고 슈코로 간 3일째도 그라운드는 야구를 할 수 있는 상태가 아니었다. 모래는 비에 씻겨 내려가고 검은 흙도 패여 그 아래의 적갈색 흙이 드러나 있다.

"그라운드 정비의 차이가 이럴 때 나오게 되는데……"

야구부실 앞에 잠깐 멈춰 서서 중얼거렸다. 누가 들으라고 한 소리는 아니었는데 야구부실 청소를 하고 있던 매니저인 후타바가 "그런가요?" 하고 되묻는다.

"하루나 이틀 문제가 아니야. 매일매일 겨울에도 농땡이 부리지 않고 그라운드 정비를 했다면 흙 입자가 고와져서 배수도 좋아지고 잠깐 내리는 비 따위엔 아무렇지도 않지."

"정말 그래요?"

"음…… 이론상으로는 어떤지 모르지만."

또 시대에 뒤떨어진 정신론이 되어버린 것 같다. 후타바도 로커 위에 빗자루를 걸면서 "그거 야구부원들 욕하는 거죠?" 하고 웃는다.

"그런 게 아니야."

"그래도 역시 코치님한텐 불만이죠?"

"……그보다 가토나 야구치는 어딨어? 오늘은 안 왔어?"

가토는 2학년, 야구치는 1학년 여자 매니저다.

"안 되겠어요, 걔들. 연습이 쉬는 날은 매니저도 쉰다고 생각해요. 해야 될 일이 산더미 같은데, 매니저가 그러는 게 아닌데. 뭐랄까 어린애들이라 생각이 다른 것 같아요."

어쭈, 너도 정신론 운운하면서 뭘. 그런 말을 입 밖에 낼 정도로 나는 짓궂지 않았고, 입술을 삐무는 후타바를 보고 조금은 반가웠다. 후타바도 '고교구아'다. 아주 오래전 교코가 그랬듯이.

"미안하지만 양동이하고 걸레를 있는 대로 꺼내줘."

"어디 쓰려고요?"

"마운드와 배터 박스만이라도 좀 정리하게. 이대로 놔뒀다간 내일 날씨가 좋아도 못 쓰니까."

쓸데없는 짓이라는 건 알지만 아무것도 하지 않고 있을 순 없다. 지역 예선까지 앞으로 얼마 안 남았다. 이번 주 중에는 대진 추첨도 있다. 정말로 이제 시간이 없다.

야구부실에서 양동이와 걸레를 있는 대로 꺼냈다. 체육용품실에 석회와 함께 쌓여 있는 모래를 20킬로그램짜리 자루째 짐 운반용 외바퀴차에 실었다. 삽도 있다. 오랜만의 육체노동이다.

걸레는 전부 스무 장이었다. 그걸 반씩 홈베이스 부근과 마운드에 깔았다. 걸레로 물을 빨아들여 양동이에 짜낸다.

지난한 작업이다. 비가 내리기 시작했을 때 비닐시트로 덮어두었으면 됐을 것을, 진노란 놈 교무실에서는 그다지 발언권이 없는지 시트 살 예산도 확보하지 못했다고 투덜거렸다. OB회도 그 정도는 기부해줘도 좋을 텐데, 섣불리 말했다간 오히려 걸레로 물을 빨아들이는 것에서 그라운드에 대한 감사의 마음이 싹튼다고 설교 들을 게 뻔하다. 정신론이다. 케케묵은, 근성과 정신세계에 관한 이야기다. 불합리하고 헛된 땀만 흘린다.

하지만.

나는 엉거주춤한 자세로 걸레의 물을 짜면서 중얼거린다.

그 점이 좋지, 슈코 야구부는.

양동이가 흙탕물로 가득 차서 야구부실 옆의 도랑에 가져다 붓고, 물과 함께 모래와 흙도 잔뜩 빨아들인 걸레를 빨아 꼭 짜서 다시 그라운드에 간다. 그렇게 몇 번을 반복해도 비에 젖은 땅은 좀처럼 마르지 않았다. 티셔츠의 가슴과 등은 땀으로 흠뻑 젖었다. 허리와 무릎도 아프다. 걸레를 짜는 게 의외로 중노동이다. 필시 내일이면 손목과 두 팔의 근육통 때문에 비명을 지를 것이다. 아니 그전에 구름의 움직임이 또다시 수상해졌다. 오늘 밤 비가 오면 도로 아미타불, 처음부터 다시 시작이다. 그래도 나는 이렇게 고교 야구 시절을 보내왔고, 달리 보내는 방법은 모른다.

등 뒤에서 걸레의 물을 양동이에 짜내는 소리가 들렸다.

"……무슨 소리야?"

돌아보니 후타바가 짠 걸레를 깔면서 "꼭 벌칙 게임 하는 것 같아서요." 하고 웃는다. 나도 "땡큐." 하고 웃어주었다.

"그런데 아까 휴대전화로 일기예보를 확인해봤더니 오늘 밤 비가 또 온대요."

"그래……."

"어차피 내일이면 여긴 또 물웅덩이가 될 거예요."

"그래도 괜찮아. 울퉁불퉁해진 땅을 고루 펴고, 모래를 깔면 요다음 날이 갰을 때 차이가 날 거야."

"그럴까요?"

"잘 모르지만 그래."

후타바는 조금 난감한 듯 고개를 갸웃하고 걸레를 땅바닥에 깔면서 말을 이었다.

"모두가 연습을 쉬고 싶어 하는 건 아니에요. 야구도 좋아해요. 하지만 비가 오는 날이라든가, 운동장을 쓸 수 없는 날에는 뭘 해야 할지 모른다고요. 연습 방법을 아느냐 모르느냐의 문제가 아니라…… 처음부터 그런 발상이 누락되었다고나 할까. 그러니까 의외로 본인이 제일 답답한 거죠."

알 것 같다. 그라운드 정비를 시작할 때부터 딱히 지금의 부원들을 탓할 마음이 없었고, 누가 보라고 걸레를 간 것도 아니었다. 나는 역시 가즈미가 말했듯이 조금은 정이 많아졌는지도 모르겠다.

"후타바, 다른 녀석들한테 가르쳐줘. 알았어? 비가 그친 날에는 이렇게 그라운드 정비를 하면 된다. 비가 올 때는 야구부실에서 공에 쓴 '열구'라는 글자가 있을 거야, 연습할 때 사용하면서 흐려졌을 테니까, 그걸 사인펜으로 다시 쓰면 된다고."

"그건 별로 야구스럽지 않은데요……."

"그게 고교 야구스러운 거야."

내 말에 후타바가 "그렇네요." 하고 쓴웃음을 지었다. 그때 교사 쪽에서 진노가 이쪽으로 걸어오는 것이 보였다.

진노는 내 시선을 알아채고 걸음을 멈추고 양손으로 천천히 X 표시를 만들었다.

자와 옹이 돌아가셨다.

마지막은 조용하게, 주무시다가 숨을 거두셨다고 한다.

# 3

일기예보대로 그날 밤부터 다시 내리기 시작한 비는 다음 날도 하루 종일 퍼붓더니 자와 옹의 장례식 밤샘 애도가 시작될 무렵엔 억수 같은 기세였다. 그것이 밤샘 애도가 끝나고 조문객들이 장례식장을 떠날 무렵에는 거짓말처럼 멎었다. 하늘에는 구름 사이로 별도 보였다.

다음 날 장례식과 영결식은 아침부터 화창하게 갠 하늘 아래에서 거행되었다.

장의위원장을 맡은 OB회 회장이 깜짝 놀랄 정도로 많은 사람들이 자와 옹을 위해 모였다. 지역 신문과 방송국에 근무하는 OB들은 각자 지방면 박스 기사나 로컬 뉴스 코너에서 슈코를 사랑한 자와 옹의 생애를 심도 있게 소개했다. OB회에서 가장 성공한 사람으로 불리는 현 참의원의원도 비서를 시키지 않고 본인이 일부러 도쿄에서 장례식장까지 찾아왔다.

누구나 자와 옹의 응원을 받으며 야구를 했다. 누구나 시합에 진 후 자와 옹에게 "잘 싸웠다."라는 말을 들었다.

슈코의 현 감독으로서 조사를 읽은 진노는 굳이 자와 옹을 그냥 '자와 옹'이라 부르며 이렇게 말했다.

"고교 야구란…… 슈코의 야구란 지는 것에 묘미가 있다고 우린 자와 옹께 배웠습니다. 고교 야구에서 계속 이기는 학교는 고시엔에서 우승하는 단 한 곳밖에 없습니다. 어느 학교나 한번은 집니다. 지는 것이 고교 야구입니다. 자와 옹, 당신은 우리들에게 저도 가슴을 펴라고 말씀해주셨습니다. 지는 것이 얼마나 멋지고 소중한 경험인지를 우리들에게 가르쳐주었습니다. 우리는 어른이 되어도 지는 일뿐이었습니다. 계속 이기기만 하는 사람 따윈 필시 아무도 없을 것입니다. 하지만 그때마다 당신의 목소리가 들렸습니다. '잘 싸웠다, 잘 싸웠어.' 하고⋯⋯. 어른이 되고 나서 자와 옹 당신의 목소리가 고교 시절 이상으로 또렷하게 들립니다. 그 목소리에 힘을 얻고, 용기를 얻으며 우리는 인생이라는 이름의 그라운드에 서서 행복이라는 이름의 백구를⋯⋯ 아니 열구를 쫓아다니고 있습니다. 감사합니다. 자신을 응원해주는 누군가가 있다는 것이 얼마나 행복한 일인지, 우리는 당신께 배웠습니다⋯⋯."

사람들 울타리 한구석에서 가메야마가 "진부 점마도 말 참 잘한데이." 하고 내 귓전에 속삭이고 눈물을 뚝뚝 흘렸다.

교코는 밤샘 애도에도 영결식에도 오지 않았다. 나도 가메야마도 진노도 그리고 분명 자와 옹도 그걸 납득하고 받아들였다. 친구들 중 한 명쯤은 옛날 추억을 그대로 아름답게 간직하고 있어도 좋다. 오랜 앨범과 같은 것이다. 고향과도 닮았는지 모르겠다.

헌화 대신 조문객이 한 사람씩 야구공을 영전에 바쳤다. 각자의 글씨로 각자의 생각을 담아 '열구'라고 썼다. 발안자는 OB회장. 간사회의 만장일치로 결정되었다. 올해 OB회의 예산을 전부 털어 공을 샀다고 한다. 그 말을 듣고 그동안 싫기만 하던 OB회가 조금은 좋아졌다.

공을 바치고 장례식장 밖으로 나오자 먼저 나가 있던 진노가 장례식에는 어울리지 않는 즐거운 표정으로 "어이, 이쪽이야." 하고 내게 손짓했다.

진노 옆에는 교복 차림의 후타바가 있었다.

"이 녀석, 매니저로서 자와 옹의 장례식에 꼭 참석해야 한다며 학교를 빠져나왔대. 그러지 않아도 되는데 정말, 나중에 담임선생님한테 사과해야 된다."

교사의 얼굴과 감독의 얼굴과 OB의 얼굴을 미묘하게 바꿔가면서 진노가 말했다.

그 옆에서 후타바는 "그래도 아까 감독님 연설은 감동적이었어요." 하고 볼을 상기시켰다.

"바보, 장례식장에서의 인사는 조사라고 하는 거야. 그런 것도 모르면 추천 못 받는다."

그렇구나, 하고 새삼 깨닫는다. 이 아이도 내년 봄에는 스오를 떠난다. 도쿄의 여자대학에 추천 입학을 못해도 어쨌든 도쿄에 간다고 한다. 이런 시골에서 청춘을 보내고 싶지는 않아요, 하고 언젠가 웃으면서 말했다.

후타바가 상경해도 우린 도쿄에서 만날 일이 없을 것이다. 내가 먼저 연락할 생각도 없고, 후타바도 따로 연락해올 것 같지 않다. 도쿄에서 취직하고 도쿄에서 결혼하려는 것일까. 만약 도쿄 생활을 정리하고 스오에 돌아올 일이 있다면 고향의 바람을 가슴 한가득 들이마시고, 그때 그녀는 무슨 생각을 할까.

"그라운드는 어때? 아직 물웅덩이야?"

"진탕이에요."

"그래……."

"아, 그래도 저녁까지는 대충 마를 것 같으니까 연습할 수 있을 거예요. 다른 애들도 모두 올 것 같구요."

잘됐네, 하고 웃으며 고개를 끄덕였다. 기대는 하지 않는다. 먹살을 잡고 그라운드로 끌어낼 마음도 없다. 단지 오늘의 맑게 갠 하늘은 자와 옹이 야구부에 선물로 준 것이라고는 생각한다. 내일부터도 한동안 비는 오지 않을 것이다. 자와 옹은 그런 사람이었다.

우리 앞을 지나가는 노부부, 딱 부모님 연배의 두 분이 후타바의 교복을 보고 그리움에 젖은 표정으로 발길을 멈췄다.

"저기……." 하고 할머니가 조심스럽게 우리들에게 말을 걸었고, 할아버지가 "자네들 슈코 사람들인가?" 하고 묻는다.

처음 보는 얼굴이다. 진노나 후타바도 아는 사람을 만난 표정은 아니었다.

"네……."

내가 대답하자 할아버지는 반가운 듯 웃으면서 고개를 끄덕였다.

"그렇군, 자네들 역시 슈코였어. 올해는 어떤가, 야구부는. 몇 회전까지 갈 것 같나?"

"혹시…… OB 선배님이세요?"

"아니, 아니야, 내가 돌대가리야. 슈코에 들어갈 머리가 아니었지만, 스오 사람이면 고교 야구는 바로 슈코지."

그 말을 듣고 할머니도 "참말이여, 슈츄 경기는 우리도 꼬맹이 때부터 응원하러 갔으니께." 하고 말했다.

슈츄周中, 스오 중학교. 구제도의 중학교 시절 이야기일 것이다.

"응원단 할아버지가 돌아가셨다는 걸 신문에서 봤네, 우리도 현립구장에서 자주 뵀지. 이 근처에 살아서 산책 삼아 나와 향이라도 올릴 겸 들른 게야."

할아버지의 말에 진노는 감격하며 "감사합니다!" 하고 큰 소리로 말했다. 놀라는 할아버지의 손을 양손으로 부여잡고 "열심히 하겠습니다. 올해도 슈코는 열심히 하겠습니다. 응원해주세요." 하고 머리를 몇 번이나 숙였다.

처음엔 어리둥절해하던 후타바도 볼이 또 빨개져서 할머니를 돌아보았다.

"제가 야구부 매니저예요!"

가슴을 펴고 자랑스럽게 말한다.

어때?

너 나 할 것 없이 누구에게든 말해주고 싶었다. 마음껏 자랑하고 싶었다.

이것이 슈코 야구부다.


영결식이 끝나자 진노와 가메야마를 내 차에 태우고 셋이서 오사무가 잠들어 있는 공원묘지로 갔다. 자와 옹이 돌아가신 것을 말해주고 싶었다.

오사무의 묘에는 새 꽃이 놓여 있었다.

"……교코가 다녀갔나?"

진노가 불쑥 중얼거리자 가메야마는 콧물을 닦고 "봐라, 오사무, 니 천국에서 자와 옹 만나거든 무조건 사과해라, 이 문디 자슥아." 하고 위협적인 목소리를 만들었다.

가메야마는 울보가 되어버렸다.

"사과하면 된다, 사과하면 돼. 자와 옹은 화내지 않을 거다." 하고 비석을 쓰다듬으며 오사무에게 말하는 진노는 필시 앞으로 더 학생들을 생각하는 교사가 될 것이다.

"또 오꾸마." 나는 사투리로 오사무에게 말했다.

우리, 친구 아이가. 마음속으로 덧붙이고 교코가 바친 꽃을 바라보았다.

파란색을 띤 보라색 꽃잎이 무척 예쁜 수국이었다.


바로 오우치 시로 돌아가 단골 거래처를 돌아봐야 한다는 가메야마를 역 앞에서 내려주고 진노와 함께 슈코로 갔다. 진노도 저녁부터 직원회의가 있다. 조수석에서 회의 자료를 읽고 있는 옆얼굴은 이미 백퍼센트 고등학교 선생님이었다.

진노는 자료를 한 번 다 읽고 나더니 문득 생각났다는 듯 지갑에서 명함을 꺼냈다. 헤어질 때 가메야마에게 받은 명함이었다. "영업 이사면 출세한 거네." 하고 명함을 앞뒤로 뒤집어보면서 웃었다. "아무리 사장 사위라 해도 이런 일이 통용되는 회사에선 내가 직원 같으면 일하기 싫겠다." 하고 밉살스럽게 말하고 손가락 끝으로 명함을 가볍게 튕긴다.

"그래도…… 녀석은 이사직보다 '가메 씨'의 주인장으로 있고 싶어 했잖아."

"그건 알지."

명함을 지갑에 다시 넣고 휴우 하고 길게 꼬리를 끄는 한숨을 쉰다.

"가메도 앞으로 오우치에서 일하게 됐고, 너는 도쿄로 돌아가고…… 심심하겠어……."

"너도 정년까지 슈코에 있을 수 있는 건 아니잖아?"

"그야 그렇지, 내후년엔 이동이 있을 거다. 이번엔 어디로 가려나, 스오에 있는 학교는 더 이상 무리겠지.”

결국 뿔뿔이 흩어진다, 모두. 그래도 우린 다시 만날 수 있다. 이 마을로 돌아와서 다시 만날 것이다.

“진부.”

“응?”

“너 다음에 가는 학교에서도 야구부 감독 해라. 고시엔을 꿈꾸며 계속 열심히 해봐야지.”

“응, 나도 그럴 생각이야.”

“그리고 말이지, 다음 학교에서도 연습용 공에 ‘열구’라고 써 넣어라. 슈코의 전통을 여러 학교에 퍼뜨리는 거야. 이거 괜찮은 생각 아니냐?”

진노는 애매하게 고개를 끄덕이고 조금은 쑥스러운 듯 “벌써 했어.” 하고 말했다. “전에 다니던 학교에서도 ‘열구’라고 써 넣었어……”

반가운 마음에 나도 모르게 진노의 어깨를 쳤다.

한 손 운전이 되어 차가 중앙선을 넘을 뻔했다.

“인마, 뭐 하는 거야, 정신 차려!”

화내는 진노도 웃고 있었다.

슈코까지 얼마 안 남았다. 시간은 어느새 방과 후가 되었고, 기울어지기 시작한 태양도 눈부시게 내리쬐고 있었지만, 길가에 남은 물웅덩이를 보니 그라운드는 아직 사용할 만한 상태가 아닐 것이다.

“직원회의에 갈 거면 정문으로 가는 게 낫지?”

그라운드 앞에서 막 좌회전하려는 순간 진노가 “잠깐만 요지.” 하고 제지했다.

“왜?”

"지금…… 유니폼을 입은 사람이 그라운드에 있는 것 같아."

"정말?"

반신반의하며 차를 그대로 앞으로 몰고 가자 그라운드가 한눈에 들어왔다.

"어! 요지, 봤어?"

진노는 소리를 질렀다. 내 왼팔을 잡고 난폭하게 흔든다.

그라운드에는 야구부원들이 몇 명 있었다. 양동이와 걸레를 들고 그라운드 정비를 하고 있었다. 야구부실에서 잰걸음으로 나오는 부원이 또 몇 명. 뒤에서 메가폰을 들고 왜 그렇게 꾸물거리느냐는 식으로 닦달하고 있는 것은 후타바였다.

난 차를 세웠다. 진노와 눈빛을 교환하고 크게 고개를 끄덕였다. 보닛 모서리에 반사된 햇빛이 눈부시다. 벌써 여름 햇빛인가, 하고 생각했다.


그날 스오는 장마가 끝났다.


# 4

"잡았다!"

미나코의 환성에 뒤를 돌아보니 아버지가 막 말쥐치를 낚아 올린 참이었다. 아버지는 평소와 다름없는 무뚝뚝한 얼굴로 물고기를 바늘에서 빼 아이스박스에 넣는다. 붙임성이 없는 아버지에게도 미나코는 까불대는 목소리와 몸짓으로 "대단해요, 할아버지." 하고 아이스박스를 들여다보며 "꼭 어부 같아." 하고 웃는다.

아침 일찍 방파제에 도착해서 한 시간도 안 돼 아버지는 말쥐치와 볼락, 쥐노래미 같은 작은 물고기를 벌써 열 마리 이상 잡았다. 물때가 그리 좋은 날은 아니지만, 이런 점이 오랜 경험이라는 것일까.

"아빠, 아빠 얼마나 잡았어?"

종종걸음으로 내 옆으로 와서 답을 알면서도 장난스런 눈으로 들여다본다.

나는 말없이 세 손가락을 세웠다. 깔깔깔, 미나코가 웃는다. 일요일인데도 평일보다 한 시간 이상 일찍 일어났고, 게다가 어젯밤엔 첫 바다낚시에 대한 기대로 좀처럼 잠을 못 잤다고 하면서도 아까부터 하품한 번 하지 않는다.

"부자 사이에도 완전 다르네. 할아버지랑 자리를 바꾸면 어때?"

"넌 아직 한 마리도 못 잡았잖아!"

"낚싯대가 너무 길어서 쓰기 힘들단 말이야."

변명 섞인 말이었지만 성인용 낚싯대는 확실히 미나코의 체격에는 너무 길고 그립도 너무 두껍다.

"이번 주 일요일에 아동용 작은 낚싯대로 사줘."

미나코는 아무렇지도 않게 그렇게 말하고 내가 대답하기 전에 깜짝 놀라 어깨를 움츠리면서 "이번 주라니…… 생각을 어따 두고 있는 거야!" 하고 스스로 자신에게 면박을 주었다.

이번 주 일요, 우린 이 마을에 없다.

내일 슈코는 지역 예선 1회전을 치른다. 그날 오후 비행기로 난 도쿄로 가서 마침내 인터넷으로 찾아낸 아파트를 임대 계약하고, 구와바라 선배와 일에 대한 얘기를 나눌 것이다. 시간을 생각하면 슈코 시합은 첫 이닝 정도만 볼 수 있을 것이다.

하룻밤 자고 스오로 돌아오면 목요일에는 미나코의 학교 종업식. 금요일에 이사 업체에서 짐을 가지러 오고, 토요일에 미나코와 둘이서 스오를 떠난다. 도심 호텔에서는 우리보다 몇 시간 일찍 체크인한 가즈미가 시차로 인한 졸린 얼굴로 기다리고 있을 것이다.

아버지와 이렇게 외출하는 것도 이번이 마지막이다. 돌아보면 스오에 돌아온 이래 아버지와 낚시를 하는 게 처음이기도 했다.

"아빠."

"응?"

"나 말이야, 도쿄에서 태어났어? 그러니까 고향도 도쿄가 되는 거냐고."

"응……."

"스오는 아빠 고향이지만 내 고향은 아닌 거네?"

이치로는 그렇다.

하지만 떠나는 것이 섭섭한 마을은 그 사람에겐 고향과 다름없다는 생각도 든다.

"고향은 하나가 아니어도 돼. 두 개여도, 세 개여도 상관없어. 특별히 법으로 정해놓은 건 아니니까."

미나코는 "에이, 영감 같은 억지소리." 하고 웃었지만 그 미소 띤 얼굴로 천천히 몇 번이나 고개를 끄덕였다.

"넌 즐거운 추억과 괴로운 추억 중에 어느 게 많아?"

"지금은…… 괴로운 추억 쪽인가. 학교 애들한텐 미안하지만. 아빠는?"

"나도 아직은 괴로운 추억 쪽이 많아."

하지만, 하고 말을 이으려는데 그것을 가로막고 미나코가 말했다.

"하지만 몇 년 지나 학교 애들을 만나면 웃을 수 있을 것도 같아. 그리움이나 용서, 뭐 그딴 건 아니겠지만…… 그냥 모두 웃으면서 만날 수 있을 것 같아."

내가 하려던 말은 이제 쓸데없는 말이 된 것 같다.

고향이라면 도망가도 돌아올 수 있는 곳이지. 미나코에게가 아니라 나 자신을 위해 마음속으로 중얼거려보았다.

해가 높아져서 한여름 더위가 덮치기 전에 방파제에서 철수했다.

아버지는 작은 물고기를 스무 마리 낚았고, 나는 여섯 마리. 모처럼 낚시를 왔는데 아버지는 바다에 도착하고 나서 한마디도 먼저 하시지 않았다. 잡은 물고기를 아이스박스에 넣는 김에 "아버지, 노인 클럽에선 좀 더 상냥하게 대해야 돼요." 하고 말하면 쌀쌀맞게 "알았다." 하고 대답했다. 대화다운 대화는 그 정도였다.

건강하세요, 저희도 도쿄에서 잘 지낼게요. 앞으로는 자주 스오에 오도록 하고, 아버지도 건강이 안 좋아지거나 하면 바로 연락주세요. 만약 아버지가 나이를 더 먹고 혼자 사는 게 도저히 힘들 것 같으면 도쿄로 오세요. 싫을지 모르지만 도쿄로 오세요. 스오 집을 처분할 생각 따위 없으니까, 아무리 힘들어도 반드시 고향에 돌아갈 곳은 남겨둘 테니까, 제발요 아버지…….

하고 싶었던 말은 모두 목구멍 속에 머문 채였다.

낚시하는 도중부터 이래도 괜찮을까, 하고 걱정되었다.

뚱하니 아무 말 없이 바다를 바라보는 아버지도 어쩌면 나와 마찬가지로 하고 싶은 말을 목구멍 속에 쌓아놓고 있을지도 모른다.

　미나코는 막 돌아가려는 찰나 겨우 첫 고기를 낚아 올렸다.

　작은, 너무 작은 쥐치였다.

　튀어 오르는 물고기를 보며 "으악, 무서워 무서워 무서워."를 연발하는 미나코에게서 "할아버지 패스!" 하고 낚싯대를 건네받은 아버지는 즐거운 듯 웃었다. 나쁘지 않은 미소였다. 그 미소를 앞으로도 가끔은 보고 싶어서 돌아오는 길에 미나코에게 작은 낚싯대를 사주었다.


　그날 밤은 잡은 고기를 담박하게 조려서 먹었다. 저녁식사 때도 아버지와 특별한 얘긴 나누지 않았지만, 아버지는 다른 때와 달리 술을 마시면서 내가 어렸을 때의 얘기를 몇 가지 미나코에게 들려주고 다다미에 보란 듯이 누워 잠들어버렸다.

　"오늘 밤은 아빠도 여기서 잘게."

　아버지에게 타월이불을 덮어주면서 말하자 미나코는 "그래도 할아버진 제대로 주무시게 하는 게 낫지 않아?" 하고 걱정스런 표정을 지었다.

　"괜찮아. 가끔은 아무 데서나 자도. 에어컨이 없을 때 할아버진 늘 툇마루에서 주무셨으니까."

　"……그럼, 뭐 다행이지만."

　"내일은 아빠가 빨리 나가봐야 되니까, 아침밥 남기지 말고 깨끗이 먹어."

　"고타이와 결전?"

　"응, 그래, 남자 대 남자의 승부지."

　허세를 부리며 말하자 미나코는 "초등학생을 상대로 너무 진지한 거 아니야?" 하고 웃었다.

하지만 진심이다. 미나코가 "응, 응, 당연히 고타이에게 맞아줄 거지?" 하고 말해도 전력 투구하기로 결심했다. 지금쯤 오사카를 향해 고속도로를 달리고 있을 교코도 반드시 그렇게 해주리라 바라고 있을 것이다.

"그치만 일부러 학교 가는 날 할 건 없잖아. 고타이도 일찍 일어나야 될 텐데, 얼마나 불쌍해."

"내일이 아니면 안 돼."

"왜?"

"어쨌든 그래."

교코가 외박하는 날 다음 아침, 고타이가 혼자 밤을 보낸 다음의 아침이니까, 의미가 있다. 과거 슈코 에이스의 속구를 보여주겠다. 배트를 있는 힘껏 휘두르게 해주겠다.

"나도 보러 가고 싶지만 역시 안 되겠지?"

"안 된다고 했잖아. 이건 남자 대 남자의 승부야."

"코치잖아?"

"아니야. 아빠가 전력으로 던지고 녀석도 혼신의 힘으로 친다면 이미 멋진 라이벌이지."

"대단하셔……."

"미나코, 만약 고타이가 슈코에서 고시엔에 나간다면 아빠랑 같이 응원하러 가자."

미나코는 건성으로 "네, 네." 하고 가볍게 대답하고 2층으로 올라가 버렸다.

1층 거실에 남겨진 나는 숨소리에 맞춰 작게 오르내리는 아버지의 등을 잠시 보다가 불을 끄고 다다미 위에 누웠다.

아버지와 같은 공간에서 자는 것이 몇 년 만일까. 30년은 넘었을 것이다. 불단에는 어머니의 위패와 사진도 있다. 집안끼리만 보내는 밤이다.

어둠에 아직 눈이 익숙해지지 않은 사이에 주무시는 줄 알았던 아버지의 낮고 탁한 목소리가 들렸다.

"……요지."

잠꼬대가 아니라 확실한.

"네?" 하고 대답하자 천천히 사이를 두었다가 말한다. "도쿄에 돌아가기 전에 미나코를 데리고 어머니 묘지에 다녀오거라."

"……알았어요."

"난 걱정하지 않아도 돼."

"……네."

다음 말을 기다렸지만 아버지는 더 아무 말도 하지 않았다.

나도 말없이 타월이불을 어깨까지 끌어올린다.

이윽고 아버지의 코고는 소리가 들려왔다. 어렸을 때는 괴수가 우는 소리 같다고 생각했던 그 소리에 숨어 나는 조금 울었다.


현립구장의 외야 잔디는 춘계 대회 때보다 녹색이 짙어져 있었다. 방해하는 것 없이 강하게 내리쬐는 햇빛을 반사하는 스탠드는 빛의 고리가 되어 그라운드를 에워싸고 있는 것처럼 보인다.

이거다. 이 잔디의 색깔과 이 햇빛이었다, 21년 전에 우리가 있던 곳은.

돌아왔다.

연기

양손을 벌리고 심호흡을 하려는데 오른쪽 어깨가 갑자기 아팠다. 당황해서 팔을 오므리고 어깨를 천천히 돌려본다.

"……아저씨가 다 됐군, 정말."

일부러 목소리를 내어 중얼거리고, 아이고 맙소사, 하고 쓴웃음을 지었다.

고타이와의 승부는 내가 졌다.

정말로 어이없게 졌다.

고타이는 내가 던진 혼신의 직구를 멋지게 받아쳤다. 공원 밖 도로까지 굴러간 타구는 유격수 땅볼이나 3루수 땅볼로 잡힐 공이었지만 초등학교 6학년을 상대로 헛스윙을 유도하지 못했으니 내가 진 것이다. 게다가 워밍업이 부족했는지 1구만 던졌을 뿐인데도 어깨가 아팠다.

귀향 생활의 마지막은 이처럼 시답잖게 되어버렸다. 하지만 왠지 그것이 현실이고, 그런 어설픔이 고향 아니겠느냐는 생각도 든다. 변명일까?

"이겼다!" 하고 승리의 포즈를 취하는 고타이는 나와 처음 만났을 때와 비교하면 키가 많이 컸다. 반바지를 입은 다리도 무릎 윤곽이 또렷하고, 허벅지가 한 바퀴는 더 굵어졌다.

잠이 부족해서 눈이 충혈된 것을 알고 "어젯밤 혼자서 잘 잤어?" 하고 묻자 갑자기 정색을 하고 "밤새 만화책 봤어요." 하고 대답한다. 미나코에게는 미나코의 자존심이 있듯이 고타이에게도 고타이의 자존심이 있다.

물론 생일을 맞아 서른아홉이 된 전 에이스에게도.

"겨울방학 때 다시 한 번 겨뤄보자. 아저씨도 몸을 다시 만들고 특훈을 하고 올 테니까."

"언제든 좋아요. 난 몇 번이든 승부를 겨뤄도."

고타이는 여유 만만하게 가슴을 쫙 펴고 "가을부터는 가메야마 아저씨가 코치해준다니까." 하고 말했다. "가메야마 아저씨가 4번 타자였죠? 요지 아저씨보다 백배는 잘하는 강타자였다고 하던데."

"녀석이 자기 좋을 대로만 말한 거야."

"별명이 슈코의 야마모토 고지(전 프로야구 선수—옮긴이)였다던데 정말이에요?"

"……자기가 지은 거지. 넌 가메한테 코치를 받으면 바깥쪽 낮은 공을 치는 방법은 스스로 연습해야 할 거야. 그 녀석 바깥쪽 낮은 공은 전혀 치지 못했으니까."

그랬지, 하고 말하면서 생각했다.

우리가 정말 형편없는 팀이었나.

"이건 가메야마 아저씨한테 들은 건데, 요지 아저씨의 전력 투구는 세토 학원의 후보 투수가 던지는 커브보다 느렸다고."

스피드건으로 잰 것은 아니지만 아마도 그럴 것이다.

이별 선물인 스파이크를 받고 고타이는 인사도 하는 둥 마는 둥 "빨리 밥 먹지 않으면 학교에 늦겠어요." 하고 집으로 뛰어 돌아갔다.

"고맙습니다." 정도는 말해줘도 되잖아, 하고 뒷모습을 보면서 생각했다.

하지만 지금, 현립구장의 스탠드 통로를 걸으면서 생각한다.

고타이는 "고맙습니다."가 아니라 "안녕히 가세요."를 말하는 게 쑥스러웠는지도 모른다.


스탠드에는 봄 대회와는 달리 응원단도 있었다. 우리 때보다 전체 인원은 줄었지만 여학생의 비율은 늘어났다. 큰북 한가운데엔 먹으로 '열구'라는 글자가 요동치고, 그 바로 옆에 자와 옹의 사진도 있었다.

스탠드 맨 앞줄까지 가서 노크를 끝내고 벤치 앞에서 땀을 닦고 있던 진노에게 말을 걸었다.

"어, 요지. 와주었구나."

"비행기 시간이 있어서 시합이 시작되면 바로 가봐야 돼."

"그래. 가메도 오늘은 하카타 쪽으로 출장 가야 한다던데. 모두 바쁘구나."

"컨디션은 어때?"

"응, 뭐, 다들 긴장하고 있지만 상대도 비슷한 수준이니까 재밌는 시합이 될 것 같아."

설령 1회전에서 이겨도 고시엔까지의 길은 멀고도 멀다.

그래도 표어는 '고시엔'이다. 고시엔을 목표로 하고 진다. 졌을 때 기분 좋게 울고 싶어서 땀과 먼지로 범벅이 되어 백구를 쫓아간다. 확실하게 져라, 하고 그라운드에서 돌아오는 후배들을 보았다. 우리도 계속 확실하게 질 테니까, 하고 약속했다.

"요지, 이거 도쿄에 가져가라."

진노는 발밑에 있는 볼박스에서 연습용 낡은 공을 하나 꺼내 내게 내밀었다.

거뭇해지고, 실밥이 풀리기 시작한 공에 흐릿하게 '열구'라 쓰여 있다. 지금 야구부원 중 누군가가 쓴 것이리라. 오른쪽으로 올라간 형편없는 글씨였지만 우리 글씨랑 비슷한 것이었다.

나는 공을 받아 꽉 쥐었다.

"그럼 건강하고 잘 살아라." 진노는 말하고 벤치로 돌아갔다.

나도 공을 오른손에 쥔 채 통로 계단을 올라간다.

출입구까지 물러갔을 때 시합 개시를 알리는 사이렌이 울었다. 나는 그곳에 서서 그라운드로 등을 향한 채 사이렌의 여운이 가실 때까지 꼼짝도 하지 않았다.

주심이 우렁찬 목소리로 "플레이볼!" 하고 말했다.

나는 다시 걷기 시작한다. 뒤를 돌아보지 않고 구장 밖으로 향한다. 출구 직전에서 걸음을 멈추고 공을 가방에 넣는다.

스탠드에서 브라스밴드가 연주하는 〈컴뱃 마치(고교 야구 등에서 응원단이 연주하는 행진곡―옮긴이)〉가 들려왔다.

좋아, 요지, 가!

누군지도 모르는 그리운 목소리에 등을 떠밀려 나는 뛰기 시작했다.

여름 햇빛이 눈을 찔렀다. 아스팔트의 열기를 받아 땀이 비 오듯 쏟아졌다.

〈컴뱃 마치〉는 아직 큰 소리로 울려 퍼지고 있다.

# 청춘과 한가운데 직구 승부를 벌인 추억

 

야구부 이야기를 써보려고 생각한 것은 고등학교 동급생 몇 명과 10여 년 만에 모여 술을 마셨는데, 그들 중에 야구부의 핵심 멤버였던 T군도 있었던 것이 계기였다.

우리가 졸업한 야마구치 현의 Y고교는 이야기에 나오는 슈코와 마찬가지로 구제도 중학교 때부터의 전통을 자랑하고, 특히 야구부에는 지역이나 OB의 뜨거운 시선이 늘 쏟아지고 있었다(덧붙여 난 '일요일엔 연습이 쉰다'는 이유로 경험도 없는 핸드볼부에 들어가 룰도 제대로 모른 채 1년 만에 그만둔 근성 없는 놈이었다).

야구부 시합에는 전교생이 응원하러 가서 OB에게는 교가 이상으로 애정이 깊다는 응원가를 부른다. 그 응원가의 제목이 〈열구〉다.

T군은 1학년 여름부터 중심 타자로 활약했고, 신문 지방판에서도 '유망선수'로 소개되었다. '기타 다수'인 나와는 달리 녀석은 틀림없는 스

타였다. 유감스럽게도 우리가 재학 중에(그 후도, 그 전도 마찬가지이지만) Y고교가 고시엔에 진출한 적은 없었지만, 푹푹 찌는 여름 하늘 아래의 현립구장 스탠드에서 T군을 비롯한 야구부 면면에 성원을 보내고 〈열구〉를 목이 터져라 부르던 기억은, 여러 가지로 깨달음과 뒤틀림의 시간을 보내던 고교 시절의 나에게는 몇 안 되는 '청춘과 한가운데 직구 승부'를 벌인 추억 중 하나다.

말은 이래도 나는 이미 〈열구〉 가사를 깡그리 잊어버렸다. 그리고 모두들 그럴 거라고 생각했지만 안이한 생각이었다. 시골의 전통 있는 학교라는 것은, 뭐랄까, OB에게 언제든 '나만의 동창회'를 강요하는 것이고, 나 이외의 모두는 아직도 정확하게 노래를 부를 수 있는 것이다.

T군은 "한심한 놈." 하고 실망스런 표정을 지었고, 다른 애들도 저마다 "그러고도 네가 Y고 OB냐?" "우습게 보는 거냐, 건방진 놈." "작가 나부랭이가 돼서 잘난 척 뻐기기나 하고, 한바탕 굴러야겠어." 하고 나를 탓하는 바람에 결국에는 〈열구〉라는 타이틀로 이야기를 한 편 쓰기로 약속해버렸다(내가 왠지 왕따 당한 것 같군).

그 약속을 지킨 것이 본 작품이다. T군을 비롯해 그날 밤에 모인 옛날 친구들에게 바치는 이야기가 되었다. 녀석들이 마음에 들어 했으면 좋겠다. 아니 물론 그것은 이 책을 읽은 모든 이들에게 바라는 마음이기도 하지만.

*c*

《문제소설》 지에 격월로 연재된 본 작품을 단행본화에 맞춰 개고改稿하는 동안 고향에 계신 할머니가 돌아가시고 아버지가 쓰러지셨다. 도쿄와 고향을 몇 차례 왕복하며 아버지를 대신해 할머니의 장례식과 그 뒤처리를 하면서 원고를 고쳐 나갔다. 기본적으로는 '고교 시절의 오랜 친구가 모여 와자지껄 떠드는 이야기'로 구성할 생각이었던 작품에 '고향'이나 '귀향'에 얽힌 이야기가 추가된 것은 개고 시의 집안 사정이 영향을 주었는지도 모르겠다.

작품이 완성된 후에도 현재에 이르기까지 나는 '귀향'을 축으로 한 이야기를 여러 편 썼다. 그런 의미에서 보면 《열구》로부터 무언가가 시작되었는지도 모르겠다는 생각도 든다.

T군은 고등학교를 졸업할 때 논프로$^{non-pro}$ 팀에서 입단 제의를 받은 것 같은데 허리 부상 탓도 있고 해서 결국 야구를 그만두었다. 지금은 지극히 평범한 샐러리맨이다. 재회의 술에 취해 "그때 논프로 팀에 들어가서 허리를 치료했다면 어떻게 됐을까……." 하고 중얼거렸을 때는 잠깐 쓸쓸한 표정을 짓던 T군이었지만 바로 웃는 얼굴로 돌아와 근황을 말해주었다.

"나, 지금 리틀 야구단 코치를 하고 있어."

이야기 속에는 나오지 않는다.

하지만 그 한마디가 멀고, 멀고, 아주 먼 끝의 에필로그가 되어줄 것을 꿈꾸면서 나는 《열구》를 써내려갔다.

시게마츠 기요시

# 열정

그때 우릴
미치게 했던 야구

한국어판 ⓒ 도서출판 잇북 2010

**1판 1쇄 인쇄**   2010년 7월 19일
**1판 1쇄 발행**   2010년 7월 24일

**지은이**     시게마츠 기요시
**옮긴이**     김대환
**펴낸이**     김동길
**책임편집**   김랑
**책임디자인**  한나영
**펴낸곳**     도서출판 잇북

**출판등록**   제406-2008-000012호
**주소**       (413-832) 경기도 파주시 교하읍 신촌리 43-1
**전화**       031-948-4284
**팩스**       031-947-4285
**이메일**     itbook1@gmail.com

**ISBN**      978-89-964334-2-2  03830

값은 뒤표지에 있습니다. 잘못 만든 책은 교환해드립니다.